辽宁文学

2022辽宁文学散文报告文学卷

金方 主编

北方联合出版传媒（集团）股份有限公司
春风文艺出版社
·沈 阳·

目录 Contents ▶

| 散文 |

| 党的二十大主题征文优秀作品选登 |

| 报告文学 |

| 附 |

散文

灯棚

◎薛士东

心里有事的人，晚上睡觉会睡不踏实。

老宋家闺女宋春花这个晚上没有睡好，夜里醒了几次。

估摸着天快亮了，宋春花摸到窗台前，掀起一角窗帘，通过那个缝隙观察外面的天光，这几次观察的结果几乎一样，窗外都是黑黢黢的，可是屋内父亲和娘两个人鼾声依旧起起伏伏，从容一致。

如果说窗外的黑都是一样的，似乎也不妥，她每一次观察天光，天光都好像在黑的中间多了一些亮，那样的黑，要是形容起来，就不再是一团僵滞板结的黑，而是可以感化的黑。腊月里，宋春花的爷爷给村子各家各户写对联，宋春花负责给爷爷研墨。要说起来，研墨也不是一件简单的事，考验的是一个人的耐性和细心。"轻研墨重落笔"这个道理，宋春花还是明白的，这个"轻"是说不可以用笨力气。用笨力气，谁没有呢？谁不会呢？有笨力气，大哥二哥都值得一说，如果举办笨力气大赛，恐怕宋春花连选拔赛都进不了，能不能进入初选都成问题。可是研墨这件事就不一样了，你的动作越轻柔，你的手法越轻，你研的墨就会越好，墨汁的浓度就会一点一点浓起来。研墨的过程，要是和观察晨光这件事比起来，宋春花认识到这是一个逆向的过程：夜色由浓到淡，由深到浅，可是研墨这件事呢，正相反，墨色是由浅入深，从淡到浓。

一个姑娘家，宋春花整个夜里翻过来掉过去没有睡好觉，都是因为惦记着第二天早晨早点起床，早点起床是因为有一件事情需要自己去做，这件事不做不可以。心中有事，这就没有办法睡得踏实。往年这件事都是自己的父亲和大哥二哥来做，宋春花有时候连搭把手的机会都没有，对于父亲和大哥二哥来说，宋春花来帮忙，还不够碍事的呢。可是今年不一样了，宋春花觉得今年的灯棚必须由自己牵头搭建。宋春花是想证明一些什么吗？是想证明“轻研墨”的“轻”自己可以，搭建灯棚这种重活自己也干得了吗？

透过窗帘，天光是有一点亮了，身边的娘翻了一个身，那轻轻的鼾声只是停顿了一小会儿，就又起起伏伏地继续了。宋春花轻轻地撩开被子的左边，她的心跳有点快，她一边把手按在胸口，自己对自己说，别这么跳哇别这样，一边摸索着找到自己的棉裤和棉袄，动作那么轻，轻到仿佛是电影里面的慢动作。宋春花在心里一遍又一遍地对自己说，小点声啊小点声，娘要是听见了，整个计划是不是就会停止了呢？要是娘醒了问她，她该怎么说呢？宋春花提前也想好了答案，她准备说自己肚子疼，需要去房后的厕所方便一下，厕所在屋子后面，不穿棉裤棉袄，只穿着线衣线裤哆哆嗦嗦的怎么能行呢，要是夏天完全可以，可是现在外面是天寒地冻啊！

千好万好，娘没有被惊动，还在睡，只是没有了刚才的呼噜声，也许娘心里知道宋春花是去干啥，问不问的，孩子都得去，那当娘的还问啥。该去去，该回回，回来接着睡，到天亮还早着呢，天还冷着，地还冻着，种地的日子还远着，忙碌的日子还早着。

谢天谢地，宋春花摸黑儿蹬上了棉裤，也披上了棉袄，纫上了一只袄袖，另一个袄袖还空着呢，她就悄声蹭下地，用脚摸索着找到了自己的棉鞋。宋春花没有摸到自己的袜子，没找到就先不穿，直接穿棉鞋也不是不可以，更痛快。

宋春花轻轻地推开门，哇，下雪了！可是她没敢把自己的惊叹发出来，她只是在心里面惊叹了一把。真好，真好！下雪了真好。父亲说过，“八月十五云遮月，正月十五雪打灯”，是说头年的八月十五如果是云朵遮住了月亮，那么接下来的这一年的正月十五前后就会有一场降雪。地上的雪是白的，高处的灯是红的，两种颜色都是纯正单一，看起来有着一种说不出来的舒服的感觉。再说，有这么一场雪，人们在点燃鞭炮和礼花的时候，比较放心，即使是偶尔有爆炸之后燃烧不充分的小火球落在地上也不怕，要是平时，地上有柴垛，有草垛，那可不得了。现在因为地上有雪在，雪给柴垛盖上了一层被子，也给草垛盖上了一层被子，发生火灾的情况将会大幅度降低。可以说，有了这场雪，从精神层面上说，红白相映，令人赏心悦目；从实用角度上说也是非常不错的，这场雪就好像是及时到来的消防员。那些屋顶上的雪、墙上的雪，那些落在树杈上的雪，都好像是在和宋春花问好，一股风吹动树杈，树枝上的雪有些落在了地上，好像在对宋春花说：宋春花，我们来得还算是及时吧？

刚过去的那个八月十五是个阴天吗？是不是谚语里面说的“云遮月”？宋春花有些记不得了，答不上这个问题无所谓，没有关系，下雪了总归是好事，说明今年这个开头不错，对，那就开始吧，宋春花的心跳得更厉害了。

这个小姑娘宋春花一心欣赏雪景，一时间忘记自己要干啥了，她有些自责，转过身轻轻地关上了屋门。她家的屋门是对开木板门，门里面有一副木制的门闩，门外面左右各有一个铁制的门环，宋春花把关门的动作放得很慢，慢到什么程度呢？这么对你说吧，如果说平时的关门时间是四五秒，那么今天关门的时间至少得二十多秒，她采取的是控制速度的办法，控制速度就是为了不让木板门发出声音，不让门闩和门环发出哪怕一点的声音惊动娘。响声也许不会惊醒西屋住的二哥，有时候推他捅他，他都不醒；可是娘的觉浅，有那么一点声响都会让娘醒来。这不，娘在屋子里说话了，娘说，是春花吗？宋春花没有回答娘的问话，也没有停下自己的脚步，她转过身，高抬脚，轻落步，踏着雪，走到院子里去了。

宋春花纫上另外的那只袄袖，从上到下分别把棉袄扣子一一系好，又弯腰把棉鞋提上来，提了左脚，再提右脚，直起腰来的时候，这才感觉到早晨的寒意，不由得打了一个哆嗦。她呵着手，打量起眼前自家的这个院子。

听娘说，咱家的这个院子有一亩来地呢，一亩是个什么概念宋春花也不太懂，好像是说比一般人家的院子都大一些，当然在这个村子里也不是最大的，可是如果说人家用大院子来给宋春花换，宋春花的父母还有哥哥和自己也不一定就换呢。说来说去，住在这个院子多少年了，一砖一瓦，一草一木，角角落落，都是有着感情的。

这个院子，坐北朝南，正房是五间，左右分别是东西厢房，厢房分别是三间，南面是门楼，门楼和正房之间是宽度大约两步的砖铺地，砖铺甬路东面有一道矮墙，是花墙，花墙里面是一个菜园，有一口井，井盖盖着，井里潜伏着一个水泵，花墙一角留有一个小门。花墙与西厢房之间，包括甬路也还有一些空地。在这么一个早晨，宋春花依据这么一块地方开始做文章。要是说宋春花是作家，那么雪白的稿纸上是可以做文章的，但一条从南到北不足二十米的砖铺甬路，有啥文章可做的呢？不要小瞧这条甬路，这里大有文章可做。宋春花要在这里扎一座灯棚，然后悬挂好多好多的迎接春天的红灯笼，红灯照福，把一个正月里的农家院子打扮得像是那么一回事，把一家人对于春天的期盼展示出来，这样的文章算不算大文章呢？想到马上就要到来的正月十五，宋春花的心有些激动。

正月十二扎灯棚，也算是当地的老俗老礼。勤快的人家提前准备好木杆铁丝等材料，正月十二的一大早就会热闹地搭建起来，左邻右舍，走过来走过去的，都会朝院子里瞧一瞧，咦嗬！够快的呀，得到一句这样的夸赞，主家的心舒服得好像是喝了半壶烧酒。种地的人，心里有自己的一个理儿，一年顺不顺，关键是看正月顺不顺，正月顺不顺，关键又看过年和正月十五元宵节。除夕夜，各家各户烧起高香，敬天地诸神，燃放礼炮，烧黄纸祭天地，全家团坐一起吃饺子守岁。一般人是不去别人家走动的，大门当然是敞开的状态，那是为天地诸神下降凡间大开方便之门，一句话说是给神留的道，不是给人留的道。正月十五的元宵节就不一样了，好像是半个月的时间人们都在家憋不住了，得四处走走，看看村子里别人家的红灯，看看别人家的礼花。说来说去，这灯棚是各家各户的门面，横也成排，纵也成趟，亮亮堂堂的红灯呈现出一种队伍集合的样子给自家看，更给别人看。

天还是有些黑，不过也不是黑得不透气儿，在不那么严实的黑夜里，宋春花走到院子当中，停住，转过身来看正房，看完了正房又看了门楼，她在设计灯棚的大小，初步确定四根立柱的位置。往年扎灯棚都是父亲和哥哥们的事情，前几年大哥还没有结婚的时候，大哥、二哥在父亲的指挥下，用不了多长时间，家里的灯棚就搭好了。大哥结婚之后在村子东头又建了一处新的宅院，一时顾不上这个曾经的家，这个院子的事，说起来还得靠目前在这个院子里生活的人。宋春花目测了灯棚的大致位置，南北有多长，东西有多宽，还在需要刨坑的地点用脚踢了踢，地上那些薄雪配合宋春花，马上就形成了鲜明的标记。要是薄雪会说话，会不会说，早上好哇宋春花，欢迎你惊动我们。宋春花好像也在心里听懂了薄雪的话，宋春花在心里说，对不起呀雪，没让你们睡个懒觉。既然惊动了你们，那么咱们就早早扎建灯棚吧！

说到灯棚，不由得让人联想起瓜棚、茶棚、粥棚或者是窝棚。一块瓜地，有时候是西瓜地，有时候是香瓜地，春天的时候下了瓜种，到了夏天的时候瓜就长大了，会招来过路人的注意。如果有两三个不那么自觉的人，第一管不住眼馋，第二又管不住自己的嘴馋，偷偷摸摸进瓜地摘几个瓜，这种事说起来也很平常，瓜棚的存在就是种瓜人为守护瓜地而建的。茶棚和瓜棚一样，一般也是在夏天搭建，可是两种棚建的地方不同，瓜棚建在瓜地中间，茶棚建在村口或者是路口，过往的人，走了不近的路，脚乏了口渴了，都希望有一口热茶润润喉咙，当然喝了人家的茶，多多少少还是需要给人家留下一点茶钱的，要不人家建这样的一个茶棚图个啥呢。粥棚呢，宋春花没有见过，父亲说爷爷见过，听爷爷和别人说话的时候说过。爷爷说，粥棚过去也常见，这些年不常见了，粥棚和茶棚一样，也是建在村口或者路口，有时候也搭建在谁家的大院子里。有的时候是因为赶上了旱涝灾年，有的时候是赶上了兵荒马乱，有的时候是赶上了瘟疫流行，粥棚就应时而生了。建立粥棚的人都是有钱人，都是有钱人中的善良的人。看着大片大片因为吃不上饭死去的人，这些心软的人不忍心了，就把自己家的粮仓打开，把粮食拿出来，大锅熬粥，搭建粥棚舍粥，舍粥是积德行善的事呀。老辈人讲，舍粥积德会给后代带来好处。宋春花瓜棚看过，茶棚也看过，就是粥棚没有见过，听父亲和娘说，他们都没啥印象。

以前爷爷和父亲他们在说这些往事的时候，娘总在一边说，陈芝麻烂谷子的事，说这些有啥用呢。父亲爱听，不但爱听，还愿意转述给宋春花和她的哥哥们，宋春花也觉得这些事和自己的距离有些远，有时候需要用想象来补充。可是自从去年秋天，父亲赶车拉庄稼的时候从车上摔下来，突然得了这个病，这个病有点麻烦，这个病的名字里带有一个“栓”字，拴住父亲的不是一根实实在在的绳子，可是比真实的绳子还厉害。这根看不见摸不着的无形的绳子，拴住了父亲的腿，也拴住了父亲的一只手，就连父亲的嘴也被拴住了一大半，说话呜啦哇啦地听不清了。娘从父亲得病那天开始，泪水就没有断过，可是哭能顶什么用呢！现在父亲想说一句囫囵话都费劲，都是一种奢望，更别说让他讲古了。

宋春花听爷爷说过，太爷爷的时候，他们家住的还是窝棚，窝棚啥样呢，宋春花心里好奇，缠着爷爷给自己讲，爷爷说，没啥说的，窝棚就是类似猪窝狗窝，和猪窝狗窝相比，就是高一点大一点吧，略微宽敞一点。宋春花也在自己大脑中想象了一下窝棚的样子，咋也想不出，人在猪窝狗窝那样的地方睡觉和生活，是一个什么样子。过去的日子咋就那么苦呢，宋春花不知道心里是个啥滋味。

灯棚与瓜棚、茶棚和窝棚相比，实用性似乎不太大，没有扎建灯棚的人家，日子也照样过，有的人家就在晾衣服的铁丝上忽忽悠悠地挂几个灯笼，还有的索性把灯笼挂在院子里的杏树或者梨树上，有的高，有的低，按说这个灯棚是可以有，也可以没有的。用爷爷的话说就是：无可无不可。可是在宋春花的心里头，灯棚往年是可有可无的，对于今年必须有。宋春花觉得灯棚除了有一些实用价值之外，更重要的是，还有一些说不清楚道不明白的东西。

往年协助父亲哥哥们搭建过灯棚，宋春花对搭建灯棚的基本过程都清楚，无非就是立几根木头柱子，绑上几根横杆，横杆的上面顺搭上一些差不多长短的木头，在这些顺搭的木头杆子上分别悬挂红灯笼，横成排竖成趟，灯棚就完成了。依据往年父亲和哥哥们搭建灯棚的经验，宋春花没有觉得这件事有多么难。

宋春花呵呵手，四下里寻找可以做立柱的木头。立柱需要四根，粗细长短都应该差不多才行，四根立柱分别矗立在灯棚的四角，对于整个的灯棚起承重作用，别的木头杆子可以细一点，可以弯一点，可是作为立柱的木头不能这样，立柱要求是尽可能直一点、粗一点，否则会给即将搭成的灯棚带来不安全的情况。宋春花找了前院，又去找后院，找了院里，又去找了院外，谢天谢地，她终于找够了符合要求的四根立柱。后院的两根宋春花挺容易就搬到了院子里，院子里西南柴堆里的那根拽出来费了一点劲，可是终归也拿出来了。胜任立柱任务的第四根木头，压在院子外面大门东侧那堆木头杆子里，宋春花试着往外拽，可是木头纹丝不动，这木头好像挺有性格，你动我干什么，人家还在冬眠，没事你影响我冬眠干什么。

屋门响了一两声，接着是娘的脚步声，听到娘起来的声音，宋春花停止了自己的行动，她直起腰，双手插在了袖筒里，好像是一个没事人一样。娘把尿桶拎出来，站在粪堆边，猫腰下去把尿桶倾倒。尿桶里的尿水流在大门西边的粪堆上。娘站起来一转身，发现了站立在那里的宋春花，娘哎呀一声，说吓我一跳，又说，你就吓死我吧，也不给个动静，一大早戳在那里干啥呢，看院子里那几根木头，是想扎灯棚吧？宋春花没有否定娘的话，只是略微点了一下头，娘没有说什么，回院子里去了。

如果说搭建灯棚也是一项工程的话，往年这项工程的总指挥就是父亲，可是现在父亲病着。大哥呢，要是不结婚搬出去还住在这个院子里，大哥指挥搭建灯棚也会轻松得很。现在大哥有了自己的院子，他也要搭建自己家的灯棚，分不出一个身子来老院子搭建灯棚。二哥呢，要说是搭建一个灯棚也不是啥难事，可是感觉灯棚这事，对于二哥来说可有可无。

前几天娘在话里话外征求了二哥的意见，在饭桌上娘说，往年你爸张罗搭建灯棚子积极着呢，这人哪，说完蛋了咋就真完蛋了呢。宋春花停下筷子，抬头看二哥，二哥在埋头吃饭。二哥本该说，放心吧娘，我来，我能搭灯棚子。可是二哥没吭声，没有吭声的二哥让娘有些失望。娘的失望没有写在脸上，娘的失望表现在还没有吃完饭就轻轻放下了的筷子上，娘的失望也表现在转过身的一刹那，她的眼圈有点红。宋春花也有一些失望，宋春花的失望在外部表情上没有丝毫体现。她的失望体现在自己内部，也就是体现在自己的心里，她觉得自己的心里有点酸，鼻子也有点酸。娘叹口气，好像是对自己说，唉，算了，今年咱就不扎灯棚子了，费那个事也没啥用。转过身去的娘，下地又去干别的事情了，宋春花突然有点想哭，她也拧身下地，追着娘出去，她只是轻轻地喊了一声“娘”，娘没答应，也没有停下脚步，娘的步子比平时有点快。她走过院子，快到门楼的时候，娘说了一句，我去你三婶子家借个箩。

宋春花没有跟娘去三婶子家，她站在院子当中，有些发呆。按说年年扎灯棚，插花的一年没有扎也没啥，村子里不扎灯棚的人家也不少，可是宋春花在心里放不下这个事，要是父亲还好好的，不扎就不扎，完全可以。可是父亲病了，父亲病了之后的家，似乎更应该扎一个灯棚，挂一片红彤彤的红灯笼，以此增长一些过日子的心气。

每年的正月十三都是村子里起灯的日子，不扎是不扎，要扎一定得正月十二这天完成。要说起灯的日子也是大日子呢。敲锣打鼓的，护送着撒灯的人沿着村子大小道路分别给各家各户撒灯，撒灯的人走街串巷，给人们带来的是光明和喜气。要是这家这户没有灯棚，人家撒灯的人就会一掠而过，有时候勉强留下两枚煤油浸泡的纸灯，就算不错。要是路过有灯棚的人家，撒灯的人就会在院门口放了纸灯，再进院子里放，还会在屋子门口左右两边放两枚，可以说放置的纸灯是没有灯棚的人家的两三倍。

到正月十四这天，撒灯的队伍更多更大，因为撒灯队伍后面还会有秧歌会。早些年有高跷会和英雄会，现在简化了，只剩下了秧歌会。秧歌会也不错，安全系数要高一些，别看高跷会占一个“高”字，其实天寒地冻的，高跷会的安全系数不咋高，在人不咋注意的地方有贼冰，往年有过摔伤的事件发生，邻村还有过骨折的。鉴于这种情况，后来组织高跷会的几个会首碰头，商量了一下，就取消了这个有点危险性的活动，目前只剩下了秧歌会。也因此，那些敲锣打鼓吹喇叭的人都很卖力气，锣鼓更响，喇叭更亮，让听的人心潮起伏。秧歌会跟随在撒灯的队伍之后，一路扭起来，走过主街，走进小巷，村子里哪条街巷都不会落下，然后就分别扭着秧歌走进各家各户，给各家各户打茶间拜年。

如果说正月初一的拜年是属于内部的，是本家晚辈给长辈拜年，是简单的，不过是问一声过年好，伏地上磕一个头而已，那么正月十四这个晚上秧歌会的拜年就属于外部，属于团体拜年，就显得有些隆重和复杂，不但隆重复杂，还有一些喜气洋洋的感觉。正月十三撒灯了没关系，正月十四这天还得撒灯，之后是放鞭炮，年三十除夕夜放鞭炮是给神灵的，这一回是给秧歌会的，这两次放鞭炮是有着区别意义的，是天和地的关系，是神和人的关系。在鞭炮声中，秧歌会的几十个男男女女用扭秧歌的形式给主家拜年，当然少不了收下主家的赏钱，锣鼓声稍稍暂停的时候，会有嗓音豁亮的伞头根据此情此景唱出对主家的感谢，唱几句，停一停，然后是锣鼓镲的伴奏，然后伞头再唱。这样的拜年形式，你说隆重不隆重，你说复杂不复杂，宾主都欢喜，一年里头这样的晚上能有几个呀。

秧歌会还没有来的时候，会有特定的信号传递过来，秧歌会从东边这家扭着出来的时候，东边这家要放二踢脚或者礼炮欢送。东边这家的礼炮一响，西边这家就早早做好了准备，准备的方式也是二踢脚或者礼炮，也得在第一时间点燃捻子，让声音打到高空中去，在空中用声音和亮光表示欢迎。这么说吧，东边的人家送，西边的人家接，有送有接，秧歌会的队伍一直在二踢脚、礼炮和烟花的氛围中，那么秧歌会的成员们，你们就起劲地扭吧！

宋春花所在的这个村子，位置在辽西丘陵里头，有“耍正月，闹二月”的说法，这个说法怎么理解呢？啥叫“耍正月”呢？啥又叫“闹二月”呢？说来话长，你如果非要说“闹正月，耍二月”，似乎也行，想想又不行，正月里的人们“耍”是一种父老乡亲大家伙儿忘记年龄的狂欢，是“玩耍”的“耍”，也是“戏耍”的“耍”，踩高跷是耍，扭秧歌也是耍，办灯会也是耍。

先是“耍正月”，然后才是“闹二月”，一个一个来，谁都别着急。似乎是老天爷细致的安排，等春天近了，山村里、山村外、田野上万物萌动，才放开手，让人们以“闹”的形式来迎接二月的春天。而正月呢，是一年的起始，是需要“耍吧耍吧”的。好像是人们心里都有这么一个约定俗成的想法，觉得辛苦了一年，不“耍吧耍吧”有点亏，不“耍吧耍吧”，怎么能把自己迎接新的一年的喜悦心情表达出来呢？耍，是耍给自己的；闹，是闹给春天的。这么说吧，耍正月是迎接新年，闹二月是迎接新春。这样说，你总会明白了吧？

现在，你总算是懂得了宋春花一定要和往年一样扎一座灯棚的原因了吧？要是没有这座灯棚，人家秧歌会就是来了，也不过是在院子里象征性地扭几圈，例行一下公事而已，那个气氛和有了灯棚怎么会一样呢？前几天邻居妹妹凤云还问宋春花，问她还去不去参加秧歌会，宋春花想了想回答她今年不去了，凤云问为啥不去，宋春花说自己要在家陪着娘。凤云说去扭秧歌不耽误陪娘，你还是去吧。宋春花没有解释，只是笑了笑。宋春花心里觉得，自己长大了，需要以一个家庭主要成员的身份接待一下正月十四这天晚上来家拜年的秧歌会了，即使是站在娘的身边也觉得挺重要的。往年和娘站在一起的父亲，如今病了，自己不陪着娘站在一起，还能有谁呢？

天色越来越亮，远远近近的景物都清晰了起来。宋春花心里想事不耽误手里做事，只是她的力量太小，抡不动尖镐，一镐头下去，地上只留下了一个白印。娘做好了早饭，招呼宋春花进屋吃饭，宋春花没抬头，只是小声说，你们先吃。宋春花有点着急，按照这个速度，她在心里估量了一下，不要说一天时间，就是给她整整两天时间，也不太可能搭建起来这座灯棚。娘知道春花在搭灯棚，娘说，你哪有劲，你不吃饭更没劲，好了，你快来吃饭吧。宋春花没有否认自己劲小，她似乎想用沉默来抵制娘的这个看法。娘毕竟是自己的亲娘，娘说，好闺女，吃了饭你二哥帮你。

吃过饭，二哥也参与到宋春花的工程中来，二哥抡起镐头，三下五除二，嘭嘭嘭，嘭嘭嘭，就刨出来一个合适的土坑，不大不小，不深不浅，刨出了一个，就不愁第二个，第三个第四个接着干，一会儿工夫也都完成了。二哥头上冒出腾腾的热气，他把镐头靠立在花墙边，自己坐在花墙上稍稍歇歇，这时候宋春花进屋里找来一条毛巾，递给二哥，让他擦汗。二哥笑笑，说立柱的木头他看了，其中三根可以用，但是还得找一根高一点粗一点的来。宋春花问为啥呢，二哥宋春水说，你忘了需要一个挂高灯的杆子啦。听了这话，宋春花忽然想起，咋就忘了这事呢。就是那些不扎灯棚的人家，也都在院子里耸立一根高高的木头杆子，讲究的人家还在木杆顶端安置一个小的滑轮，绕上一根结实的绳子，可以自由方便地安装悬挂家里最大的那个灯笼。按着今年的灯棚规模，去年的那个高木杆今年用不上了，还得另外寻找一根。二哥擦完汗，说，你先找着那些小横杆，我去咱家小树林找一棵干巴树，弄回来。

宋春花今年准备搭建的灯棚和往年不太一样，往年的灯棚有点小，也有点矮，她准备今年高一点，也争取大一些。往年的灯棚基本上是一个正方形，用的木头也少，挂的灯笼也少，因为是正方形，父亲挂的是九盏灯，横竖都是三盏灯，好多年了一直是这样。今年宋春花想要建一个可以悬挂十五盏灯的灯棚，十五这个数字也挺好的呀，正月十五月儿圆，天上月圆地上人团圆。既然想要扩大规模，那么就不得不重新设计，根据院子的空间，宋春花把灯棚设计成长方形，南北长，东西宽，这也符合院子的形状。说起来扩大灯棚的方法也很简单，不过就是南边那两根立柱和北边那两根立柱距离稍稍拉大一些，具体拉大的距离，宋春花已经通过脚步测量过了，否则她一大早起来在院子里走来走去干啥呀。

今年搭建灯棚用的木杆多，宋春花找了又找，找了前院找后院，还是有点不太够，娘忙完了灶上的活计，也来帮助她找。宋春花对娘说，娘回屋吧，忙一早上了，这会儿去歇歇。娘说多个人干得快，她没有接受闺女让她休息的建议。宋春花看娘不进屋，忽然有些生气，哐的一下，扔掉了手里的一根木头，把娘吓了一跳，也把自己吓了一跳。宋春花说，我爸在屋子里，你陪陪我爸去多好。这一回娘听话了，拍拍前襟的土，进屋去了。

半上午的时候，二哥把一棵枯死的小树扛回来了，宋春花和二哥又修理了枝枝杈杈，按着长度的要求，用刀锯锯开，又在合适的位置使用钉子钉上一根厚墩墩的木板条，木条上安装了一个小的铁滑轮，这个小的铁滑轮是秋天拉庄稼的时候用的，人们可以凭借这个小小的不起眼的东西把车上的庄稼捆得结结实实的。而现在，正月里用在这里也不错，有了这个小滑轮，人就可以站在耸立起来的木头杆子下边，通过拉动绳索控制滑轮从而操控红灯笼了。安装上小滑轮，又在小滑轮上穿上了一根结实的小细绳子，兄妹两个才把这根木头杆子抬到它应该竖立的地方，栽到那个坑里面竖起来。宋春花扶着，二哥回填周边的土坷垃，然后用脚踩实，又找来大铁锤夯砸，形成的土凹再及时补充上湿土，再夯。经过这么一回，你就是故意晃动这根木杆子，让它稍微动一下，恐怕都不是一件容易的事。

父亲也走出屋子，他端着胳膊走得十分缓慢，上半身晃动得非常厉害，晃动得有规律，走一步晃一下，他左脚迈出一小步，右脚的脚尖再划着地皮跟上来，然后左脚再往前迈，右脚再划上来，父亲是那种小心谨慎的样子。原来那个走起路来虎虎生风的父亲，转眼之间变成这样子了，这让宋春花心里一想起来就不好受。

现在，灯棚的建设比较顺利，四根立柱都已经立好。宋春花找来一条板凳，给二哥扶住，二哥敏捷地蹬上去，开始捆绑那些横杆。宋春花有时候去找铁丝，有时候递给二哥钳子，有时候还得蹬上板凳去扶一下木杆，跑来跑去的，一会儿工夫额头就出汗了，刺刺痒痒的，挺不好受。春花自己出汗了没有顾得上擦，可是忽然想到了父亲，一转头，看见太阳底下靠着花墙的父亲额头上也有一些细密的汗珠，就紧走几步过去，从父亲衣兜里找出手绢，轻轻地给父亲擦去了。

村子里响起来敲锣的声音，邻居妹妹凤云来找宋春花了，凤云说秧歌会发服装呢，想让宋春花和自己一起去村西里老胡头家看看热闹去。老胡头是会首，秧歌会的那些锣鼓家伙什儿和服装都在会首家厢房存放着。宋春花对凤云说自己不去了，灯棚还没有弄完，弄完了再说吧。凤云有点不高兴，说等你弄完了人家那里也发完了，去不去还有啥用？凤云觉得宋春花不和自己好了，心里有点失落，她略站一站，就转身回家去了。宋春花想对凤云说一句话，可是想了想，啥也没有说出来。到娘招呼兄妹二人吃中午饭的时候，灯棚就剩下顶上的木杆没有上了，材料都有了，也就不用怎么着急了，宋春花跟忙乎了一上午的二哥宋春水说，谢谢你呀二哥！把二哥说得有点蒙。这个宋春花今天这是怎么啦。

想必是上午二哥有点累，午饭后，二哥靠着被垛睡着了，宋春花没有打扰二哥，自己先去布置那些灯棚顶上的木杆了。等二哥出来的时候，她已经搭上了不少，有些不够长的木杆，兄妹二人就找铁丝给木杆加长，有些木杆长出来三五寸，按说也没啥，可是对于宋春花来说还是不够完美，就用木锯锯去了多余的部分，有时候锯出的木头末落在脸上，爱干净的宋春花也不在乎。娘走过来看见了，说，不用那么仔细呀，一个灯棚子，差不多就行，三两天的事，挂挂灯笼，还费那个事干啥。宋春花不解释，只是停下来，朝娘笑笑，顺便用袖口擦擦自己额头上的汗珠。可是她在心里有几句话是准备这样回答娘的：那不行，整得好看点，自己家看，别人也看，谁看着都好，咱家一年都过得好。

宋春花和二哥宋春水今年搭建的灯棚，和往年的相比略高一些，这个建议还是宋春水提出来的。二哥觉得高一些的灯棚看着带劲，更方便秧歌会通过。有些人家的灯棚矮趴趴的，秧歌会就是想从那里面穿过去都费劲，人家秧歌会索性就不去这家院子里了，只是在大街扭几圈完事。

午饭之后的这段时间，父亲在午睡，娘也到院子里来帮助兄妹两个传递木头杆子，效率变高了短的木杆都已经接长，过长的木杆都已经截短，在娘慈祥的目光下，哥两个也把东厢房里的那些灯笼取出来，一个一个地撑开，安装进去电灯泡。二哥还找来往年的那些电线，分别连接到灯头上，顺出去一个线头，领到西厢房里面南墙上那个总开关。

掌灯时分，宋春花征求娘的意见，是不是需要试一试这些灯笼啊，娘答应得很干脆，说行啊，得试试呀，要是不亮，让你哥抓紧修理。二哥和宋春花分别检查了每个灯笼，为了确保安全，两个人又互相检查了对方的灯笼，检查完成之后，二哥对宋春花说，开灯？

宋春花说，开灯。

二哥说，你开？

宋春花说，你开。

二哥笑着说，你开。

宋春花没有和二哥再谦让，她走进西厢房，走到屋子里的南墙下，定了一下神，扶住了刀闸，轻轻地吸了一口气，平息了一下自己略快的心跳，然后轻轻地、快捷地往上一推。哇！灯全亮了。那些灯笼的红光，让宋春花仿佛看到的是一个一个秋天劳动之后的父老乡亲的红脸膛，仿佛他们顾不得擦汗就忙着对宋春花说：谢谢你呀宋春花，谢谢你呀！

宋春花喊娘，娘快来院子里看灯来。娘答应着从屋子里快步走出来，娘顾不得解下扎着的围裙，顾不得拍掉手上还沾着的面粉，脚步匆匆就到院子里来了。娘站在灯棚下边，抬头仔细地数了数：从南边数到北边，有五排；从东边数到西边，有三行。三五一十五，十五盏灯，个个红彤彤。娘搓搓手，样子有些发呆。眼里看的是灯笼，说出来的话却不是灯笼的事。娘说，俺的闺女长大了。就是这一句话，把十五岁的宋春花说得鼻子有些发酸，眼泪差点流下来。在泪眼朦胧中，那些红灯笼，红彤彤的，有些梦幻，仿佛不是真的似的。

二哥对娘说，今天正月十二，还不到正月十三，灯是亮着呢，还是先关了呢？娘已经走回到屋门口，一脚门里一脚门外，她停下来，回头说，亮着呀，亮着！我回屋把你爸也扶出来，也看看咱家亮亮堂堂的灯，亮着多好哇！

娘又说，你说是吧，春花？

宋春花没能及时回答娘的问话。她感觉自己的脸上有两行滚热的东西淌下来，她在红灯笼的红光之下，狠劲地点了几下头，也不知道娘看见了没有。

书　札

◎万　琦

1

窗台上的花，一年四季都绿着，从不开花，房间里有了这些生长的植物，生活也多了点小小的情趣。

前些年从兄长家索要来一盆密密匝匝的剑兰，用车拉回家中，又去市场买了四个搪瓷大花盆和十几袋花土。

卖盆者帮我运到楼上，又亲自将剑兰劈开，分装进四个花盆里，精心浇水，移到大厅四个角落，空间一下子就显得窄小了。

可惜好景不长，或许是我浇水太勤，两个月后，笔挺的剑兰纷纷东倒西歪折腰了，我心里充满了疼痛感。

硕大的花盆太占地方，一思忖便送给了楼下的物业人员，人家千恩万谢，几百元一晃打了水漂，还被弄得心情沮丧了很久。

串门看见人家养的花，一朵朵灿烂着，满屋皆香，就心生羡慕，又不得要领，看来此生与花无缘。

新冠肺炎疫情二次袭扰，自觉留在家中，来回溜达的间隙，总想给植物喂喂水，又怕重走老路，护花成了害花。

植物虽是生命，却没有表达情感的功能，它们只要一直葱绿着，便是彼此流通的气息，与心灵的宁静互为相依。

偶尔我也会把它们当成低矮的树木，想象着它们枝繁叶茂的样子，躺在树下栖息，温暖的梦不时浮起。

不经意间遇到烦躁的时候，伫立于窗前，就会慢慢驱散内心的积郁，仿佛植物抚摸着我，瞬间情绪便平稳下来。

朋友送我的两个盆景，原本摆在电脑前作为饰物，多年以后茁壮成长，挪到了大一点的花盆里，继续繁茂着。

尽管长得歪歪扭扭，看得久了也就顺眼了，亦如友情不断地升华，在蹉跎岁月里不离不弃，终成生命中的不可或缺。

2

寂静在一月，覆盖着万物，它们不再生长，它们分别在做着各自的梦。

喧嚣也因疫情退隐于宅，被隔离于窗外，在非常时期，喧嚣变成了病句。

简单的生活，细节笼罩着重复，需要耐心精致调理，不至于思维受阻。

离开了大众的日子，人愈发活成自己了，活得如此真实，本真出演着角色。

每个特殊的阶段，都有灵魂的叩问和倾听，是一个人内心的独白。

虚荣已经无地自容，狡黠也已变得简单，当你身边万籁俱寂，一切都不需要掩饰。

发自肺腑的感动，一生或许曾经履历若干，时间一悠久，再无别的感动浮现，陈旧的感动就掉进了心底。

聪明的人越来越多，许多人便开始怀念不聪明的人，而不聪明的人，大都活在往事里。

教训是经验的老师，谙熟所有的曲折与坎坷，但凡获得了经验，必从教训与坎坷中汲取了补给。

喜欢静谧的时光，无争无扰，饥饿来了便有粮食，饥渴来了便有甘霖，餐饮之前必有祷告。

咀嚼锻炼着牙齿，脸颊的蠕动与舌苔的味觉，一起赞美着美食，过程是陶醉的，可惜被我们粗心地掠过了。

梦境与生活总是相悖的，做了一辈子梦，到了还是分不清哪个更贴心，哪个更离谱。

3

1974年的秋天，铁岭龙首山驻扎着解放军某部一个连队。

我当时在铁岭一中读书，与班级的文艺宣传队去部队做慰问演出，简陋的舞台，记得台下坐着百余名齐刷刷的士兵。

我们准备了十几个节目，有器乐合奏、合唱、独唱、舞蹈、乐器独奏、快板书、三句半等，我的节目排在中间。

演出过半，当女同学接着报幕的时候，我已在舞台侧翼跃跃欲试了，“下一个节目，笛子独奏《扬鞭催马运粮忙》，表演者……”话音未落，我已跑到了舞台中央。

也没有伴奏，直接开吹，笛声脆脆的，节奏也奔腾着，却如马儿载着丰收的粮食，在乡路上嗒嗒地撒欢跑着。

我摇曳着身子，随着笛声摆动着肢体，眉飞色舞吹得我汗津津的，到了吐笛环节，一气呵成吹响了台下经久不息的掌声。

成功了，我忘了谢幕，转身跑到了后台，看见几个女生在望着我，眼神里飘着几缕欣喜。

青春是如此招摇，那时的年轻与单纯，几乎完全被朴素笼罩了。

班里有个女生，她热爱芭蕾，哦，那天我表演完了，就是她登场跳了一段芭蕾舞剧《白毛女》片段。

只见她轻盈如燕，翩跹于舞台上，脚尖立得很直，一看就是练过的，她得到的掌声也同样热烈，后来她借调到县歌舞团做了演员，可见她功夫了得。

通过她，我认识了铁岭地区歌舞团笛子独奏演员小瑞，小瑞很有名气，戴着一副眼镜，斯文儒雅。

他的笛子独奏《扬鞭催马运粮忙》上了中央电台，我从电台听了几次，哪次都听得津津有味、神魂颠倒。

当时小瑞正和她姐谈朋友，教我教得十分耐心，我的技艺多半都是小瑞的功劳。

这种业余爱好，一直持续了三五年，那时的日子很清贫，业余生活也很单调，约束也多，幸好爱上了文艺，才有了后来与文学结缘的铺垫。

时常和同学相邀，去龙首山松林里吹口琴，那年能吹的曲子有限，如《珊瑚颂》《英雄赞歌》《打靶归来》《游击队之歌》，对了，还有《莫斯科郊外的晚上》《三套车》等。

松林漫山遍野地生长，它掩盖了辽阔的大地，适于人们隐藏，所以，经常有男女青年涉入谈情说爱，我们吹累了，也会扒开树枝，悄然去窥视会儿世外桃源般的景象。

偶尔遇见吵架的，我们便撇出去一块石子以示警告，吓得那对男女撒丫子似的没了踪影。

那个年代，即使谈对象也不敢轻易在大街上露脸，生怕碰见熟人，所以，山上自然是最佳的去处。

我们少小无知，一群愣头青，不管不顾地做了许多愚蠢的事，现在想来也会生出些许的愧意。

遥远的记忆一旦打开，就是一地碎金，在阳光下折射着往事的余晖。

那时的人，那时的事，那时的情，较之今天，都是真金白银也买不回来的岁月了。

4

每天例行倚窗望外，俯瞰熟悉的街景，等着有人走过来，像等着一棵枯木逢春的树长出嫩芽。

腊八大寒，吃过午餐，费劲地把脚送进鞋里，跛脚走在街上，冷风飕飕往颈项里灌，乘公交的人忽然多了起来。

隔了几天不出门，市井的生活还真有点缱绻，即使没了熟悉的面庞，往日绷着的脸也自然松弛了。

院中几只慵懒的猫，饱食之后会坐在甬路边的椅子上瞌睡，天气冷了，它们喜欢相互依偎取暖。

即使我蹲在它们身边，也无碍它们做着美梦，拍几张照片，镜头里立即有了它们乖巧的模样。

家人用纸壳箱子给猫做了个窝，放在楼下暖气管道边，既挡风又有暖气烘着，猫可以睡个踏实觉了。

离群索居久了，内心或许会发生微妙的变化，生长出善良与温暖的胚胎，铸出崭新的模子。

也还有另一种可能，长期独处后变得怪诞、呆板，心理扭曲，把自己生生变成了与世隔绝的人。

孤独有高度，寂寞有宽度，它们二者之间时有相像，又时有悖逆，一个儒雅，一个俗套。

天上住满了星辰，可望而不可即，大地洒满了灯火，璀璨而迷离，仰望即哲学，俯瞰即人学。

离开了壁炉与诗集，浪漫便失去了噼啪作响的火焰，从而枯燥，与孤灯独影面面相觑。

离开了邮票与信笺，思念缺少了心灵的笔迹，从而茫然无措，与夜色一起载着灵魂漂泊。

5

庭院的步行路，两侧悬挂着街灯，每个杆子上各有两盏，高矮和我一般，我凑近站在那里，像多了两盏灯似的发光。

积雪静静地趴在枯草坪中，它们从天而降，已是昨夜的事了，现在它们还在梦中，想象着飞舞的样子。

我蹲下来，看着它们酣睡的模样，簇拥在一起，身上像铺了一层白被子，自己盖住了自己，安安谧谧的。

空气似乎透明，清新得润入肺腑，仿佛嗅到了甘霖的芬芳，瞬间有了错觉，像静雪散发出来的气息。

出了大门，街上的积雪被车轮碾成了淤泥，路面黏糊糊的，那一刻觉得呼吸也有些发黏，便使劲咳嗽几声。

右脚的小恙在逐渐好转，已经可以与左脚伴舞了，走路的姿势恢复到了从前，健康如此令人欣喜若狂。

悠然自得的晚上，一个人在街上徜徉，影子摇曳在身后，回过头叫一声，影子又瘦又长。

不知不觉饥饿感袭来，肚子咕噜咕噜吵起了架，我加快了回家的步伐，竟把影子给弄丢了。

一碟菜肴，一杯红酒，几个长得像糕点一样的馒头摆在盘子里，顾不得形象，即刻狼吞虎咽起来。

说来奇怪，温饱以后的人，忽然多了闲情逸致，脾气也格外温和了，幸福指数倍增。

到了临睡时，想起来尚有未完成的工作，赶紧在网上搜索，整理出来资料，才了了一桩心事。

哦，友人特意送来了醒酒药，放在楼下菜店，殊不知我谢绝了应酬，与微醺毫无瓜葛了。

6

人总是习惯在一个季节里想着另一个季节，诸如冬日里想着春天，想着蓓蕾初绽的样子。

想着一场初恋，嘴唇挨着嘴唇甜蜜的瞬间，花开的芬芳与花谢的凋零，亦如人生的序曲与落幕。

期待像一次饕餮的守候，忍受着饥饿，也要等来一起就餐的人，宁可佳肴变馊，香气依旧回味无穷。

城市断续落了两场薄雪，虽不酣畅淋漓，却也滋润得空气清新，怂恿人们簇拥到街上流连。

我加入了合唱，与之公交车上共舞，还未及站稳，人已下了车，只两站的距离，玩的就是心跳。

市井生活全然恢复了常态，兴奋之时尚需警惕，安全意识铸造造平安，平安才能带来幸福，这是典藏的法宝。

健忘症迅速地普及，使得优秀的事物躺在往事里，不再被人企及，仅仅像做了一个短促的梦。

而那些被记忆感动的人，正在面临衰老，他们秉持着传统的心，一次次回到往事里，追溯那激情燃烧的岁月。

那个火红年代里的人，笃信与忠诚，善良与斗志，谱写了一曲曲凯歌，每每想起都记忆犹新。

朴实无华的事物，是这个世界上仅存的硕果，我们很难寻找到它全部的影踪，哪怕寻找到一二也足矣。

心里叨念的人，与被人叨念的人，都应该是幸福的。

闲下来，思忖一些事，明白了就明白了，糊涂了继续糊涂，反正做事明白就好，事后糊涂了再说。

7

河边伫立，看冰面上圈出来的一块椭圆形图案，人们在里面恣意地玩耍，大人陪伴着孩子做童年的游戏，场景极其温馨。

广场上空旷了许多，此时寒风贯穿，游动的人，大都弯着身通过，以抵御凛冽之风带来的不适，无遮无拦的开阔地，视野畅通无阻。

寺院关闭了许久，妨碍了我最初流连的脚步，不知院内的松树生长得如何，也不知那香火是否还在燃着，只余书房空着时的落寞。

见到了推车卖糖葫芦的小贩，抹着蜜糖的外表，有回忆里的甜，只可惜牙口到了只能眼馋的地步，车子过去了，嘴里还咂巴着旧日里的脆香味。

渐渐落了的日头，挂在楼顶上，烟囱冒出的白烟，恰好给殷红映衬出衣衫，如披着白衣红光满面的人，在我的仰望中，飞掠着一幅定格的油画。

蹒跚步履的人，与我擦肩而过，他们像我以后的样子，正在一步步临近，抵达只需瞬间，剩下的光景，我加倍呵护着，这短暂的金色时间。

家与街，一个在半空一个在地上，所谓的楼房一层层高悬着，我夹杂其中久了，必然会跑到街上呼吸一下孤独的气息。

一座叫作城市的故乡，陌生感日益加重，驱车迷路的时候，总以为误入了异乡，在自己家门前导航，就像回家按错了门铃般可笑。

8

立春日，在北方冬春交接只是一个童话，离温暖的日子还有好久呢。

不过，二十四节气不说谎，天南地北的，总有地方享受着早春二月的福祉。

积雪还老老实实地覆盖着城市的街巷，立春翌日便是小年了，小年也是习俗里的大年。

半月以来无应酬，养成了安静的习惯，心里澄澈了许多，眼睛也似乎明亮了。

市井中芜杂的琐事，几乎与我毫不相干，没有大事不出门，应了戏里那句台词。

纵览天下事，心知肚明，却无能为力，看得多了，慢慢也就冷静了下来。

都说寂寞久了，人或许会处于呆傻状态，对于事物的辨识极其缓慢。

抑或会突然一笑，又突然皱眉，旁观者不觉一愣，悄然隐到远处去。

与我而言，这样的人思想深邃，不屑于与他人为伍，只是久不与人交往，性情有点怪诞罢了。

对热爱上心，对仇怨有点麻木，多少年来都是如此过来的，于是便有人冠以名称“老好人”。

其实，做个老好人未必是一件坏事，争来斗去的到最后，几乎没有赢家和输家。

赢家和输家都学会了忏悔和赎罪，一定的时间点上握手言和，仿佛过去像是做了一场噩梦，彼此忽然一起醒了。

玉兰花开

◎于学利

这是一个年复一年普通的春天，又是一个不寻常的春天。病毒扰乱了人们的生活生产秩序。当万众一心、众志成城的力量再一次将病毒“封住、圈死、扑灭”，我才从紧张的氛围中缓过点神儿来。走过单位园林小院，发现和惊喜一个接着一个，小草欲发芽，小松要长大，桃花正含苞，迎春已说话……万物春天竞萌发。原来，病毒可以推迟人们出行的脚步，却无法阻挡春天的到来。

在园林东北一角生长着几棵高矮不等的玉兰树，驻足观看，有两棵略高大的，树龄大约十年，七棵稍矮小的，树龄也不过六七年。似乎缺少园丁修剪，树形并不规则。在她们身旁走过，没人在意，也没人指望她们能开出绚丽的花来。然而，当我在春寒料峭中瞥见一枚枚毛茸茸、浅绿色、略呈椭圆形的花蕾在枝头迎风颤抖时，不禁意识到，这玉兰树要开花了！

于是，我关心起这些玉兰树了，关心起她们的前世今生了。玉兰，木兰科，玉兰属植物。落叶乔木。花先于叶开放，直立，芳香，直径10~16厘米，花被片9片，白色，基部常带粉红色，分布于我国江西、浙江、湖南、贵州，生长于海拔500~1000米的树林中。各大城市园林中广泛栽培，河南省的南召县玉兰树质优量多，被誉为“中国玉兰之乡”。我倒有意观察书本上的玉兰树与我眼前的玉兰树有何差异呢。

那一天，一夜和风，飘落满天细雨。清晨，满园散发着青草的馨香和湿润泥土的芳香。远远看去，两棵长得稍大一点的玉兰树竟然率先有花儿绽放枝头了，是白玉兰！因树冠枝条呈向上耸立状，花儿可见却不可亲近。虽说两树玉兰花开，但花朵并不多。花儿昂着头，高傲地开着，不是风吹花开，就是雨润花开，抑或兼而有之吧。玉兰花在人们最沉郁的时候，送来了春天，送来了信心。

可惜，花期只有短短七天左右，就落英缤纷了。也许，短暂更觉珍贵，短暂更显壮美。就在白玉兰花儿凋落之时，七棵红玉兰竞相绽放了。树虽矮小，但枝条丰腴，花蕾饱满，花儿开得热烈，开得高雅，开得真挚，开得纯洁，开得透彻。人若似她，也该是谦谦君子了。

周六傍晚，奔波了一天的我回到单位园林小院，目睹这棵棵红玉兰。太阳快要落山了，柔和的阳光透过高低错落层层叠叠的柳树、桃树、松树，无私地洒向刚刚泛绿的树上，给她们镀上了一层金辉。蓝天白云、园林绿树、红花光影交相辉映，难得奢侈的美景就在眼前，风光旖旎，稍纵即逝。定睛看这红玉兰，九瓣红花羞涩而又大方，红里透白，白里泛红，艳而不妖，娇而不媚。红玉兰就像枝头托起的一盏盏红灯笼，光影透过，花瓣就变成晶莹剔透的红玛瑙了。我想，这花之所以称为玉兰，就在于不论如羊脂玉的她还是似红玛瑙的她不论是盛开的她、还是飘落在地化作泥土的她，都有玉的品格，都有玉的精神，都是人们心中的崇仰。故此，才配得上这美好的名字呀！古往今来，文人骚客对玉兰多有赞誉，此时此景，再恰当不过的该数明朝诗人睦石的《玉兰》了：“霓裳片片晚妆新，束素亭亭玉殿春。已向丹霞生浅晕，故将清露作芳尘。”

凝神静气，细细品读这玉兰花，洁白无瑕的白玉兰也好，色彩艳丽的红玉兰也罢，她们都有共同的品格：勇敢、高雅、纯洁、真挚。玉兰花勇敢坚强、昂扬向上，给人以无穷的力量；玉兰花天生丽质、美丽无瑕，给人以高洁淡雅的感受；玉兰花纯洁如玉、不染世俗，给人以初心不改的坚持；玉兰花情感忠诚真挚，友谊地久天长，给人以信心信念。这，就是玉兰的品格。

此时，我的眼前浮现出一树树白玉兰、一树树红玉兰，在抗击病毒的斗争中，那成千上万义无反顾奔向前线的“大白”不正是一朵朵白玉兰吗？那无数穿行于大街小巷为民服务的“红衣”志愿者不正是一朵朵红玉兰吗？他们舍小家顾大家，日日夜夜奋战在一线，他们也有父母需要照顾，也有子女需要呵护……我想，这不正是玉兰花坚忍顽强的品格吗！天下没有天生的英雄，只有勇毅前行的凡人。当人民需要时，挺身而出的就是英雄！当国家需要时，一往无前的就是英雄！向英雄致敬！向英雄敬礼！

“为什么我的眼里常含泪水？因为我对这片土地爱得深沉。”艰难困苦，玉汝于成。“不相信有完不成的任务，不相信有克服不了的困难，不相信有战胜不了的敌人。”风险与挑战和我们同在，胜利与成功和我们同行！

我急忙用手机拍下这一树树玉兰花，一幅幅照片发给朋友。很快，朋友配上了音乐，编辑成小视频，取名《玉兰花开》……

营盘常在我梦萦

◎邸守林

1949年诺贝尔文学奖得主美国作家威廉·福克纳说：“我的像邮票那样大小的故乡是值得好好描写的，而且，即使写一辈子，我也写不完。”

——代题记

“我们一起去看看曾经住过的老营盘吧！那里，有我们的青春。”前些天，微信群中，几个战友发出美好的提议。

事情有些突兀，却直击我心坎。脱下军装三年多了，我像一直在等待，又一直在准备着有这样一次行程。八一建军节在即，这个时节，这样的红色之旅，对于我们这样的老兵，应该别具意义吧。

打起行囊就出发。

沿着高速公路路牌箭头指向，身下铁骑发出战马般的嘶鸣，层层叠叠的山峦便一路迎面扑来，泱泱河水倒映着弧线形的翠绿青山，辽东这熟悉的山水展现出一年四季之中最秀美的景色。

夏至，流光如火。

青春，流年似水。

本溪—小市—通远堡—凤城—五龙背—丹东……在我们穿过绿

军装的人心里，这些名字，不仅是一座城市的地理名称，更是一座营盘的代称，还是一团火焰的化身。我们的喉结在这里隆起，唇上的绒毛在这里变黑发硬，世界观、人生观、价值观在这里成形，热血和青春曾经在这里尽情燃烧。还有，我们的人生从这里开始起步，继而走向远方。

山连着山。涵洞连着涵洞。桥连着桥。思绪连着思绪。

青山高千尺，记忆长万丈……

仰视一片林

凤凰山下，有一个不起眼的小村落四台子，在这里向北有一个高高的岭，岭被人们劈开，有一条沙石路，翻过去再向另一道高岭前行三公里，地势较平坦处，错落有致地排着三座老营盘的旧址，当年分别是我们三个连队的营房。

再次走进老营盘，曾经熟悉的场地空旷得让脚步变得沉重。还好，我新兵连时的营区里白杨钻天入云，经受这些年风雨洗礼的灵魂家园，底色、成色、本色依然明丽和生动，它们还在翘首盼望着我们这些在青葱岁月融入这片营地的兵偶尔回来看看，它们还在默默看护着我们心灵的“圣地”。

回想当年，我们在树下练习步伐、器械，进行政治学习，合唱《当兵的历史》《团结就是力量》……完成了从社会青年到一名合格军人的转变，开始了正步军旅的生活。

徜徉林间，我抚摸它们的肌理，拥抱它们的躯干，内心和它们热烈地对话。

老营盘里白杨树参差横生出的树枝布满了树干，如巨伞般遮蔽半空的树叶在风中发出欢快的声响。我知道，兵之初时白杨的精神和风骨一直在潜移默化地影响着我们，也嫁接到我们成长过程中的枝枝丫丫上，鞭策和助推着我们在不同的工作岗位上不断前行。

另一处老营盘的场地被成片的树木掩映着，走近细看，发现是成片的银杏树。村里的老人告诉我们，这是多年前部队撤出营区前栽种的。我问老人，村里人捡银杏果一年可以卖不少钱吧？老人笑着说，没有多少银杏果，你没发现这绝大多数都是雄树吗？

雄性银杏树？

在老人告诉我分辨雄雌树的常识后，我立在了那里，仰视着这片雄性银杏林。虚光幻影中，一片树林成为一个静默如山的方阵，它们是这座老营盘中官兵的化身哪！它们不惧雨雪风霜，一直忠诚地守护在这里，它们一直在等待着召唤，保持着战斗的姿态、冲锋的姿势。

我曾在指挥机关工作多年，常常“下部队”，到过百十座大小军营。十余年前，我随队从丹东、通化、白山到延边，走了一条长长的边防线。越野车穿行林海，两侧都是笔直笔直的杨树、松树，高耸入云，间隔几十公里，不时可见一个小小的哨所。在去天池哨所的路上，我还在长白山的半山坡见到了心仪的白桦林，有些还没有枪身高，更不够粗壮，但有身着迷彩的边防军人相衬，别有一番壮美和诗意。

俄国风景大师希施金，一生描绘俄国北方大自然的宏伟壮丽，探索森林的奥秘，被人们誉为“森林歌手”。希施金笔下的树木成为俄罗斯民族性格的象征。我一直觉得，树和军营、军人有最密切的关联。我最喜欢看军营里昂首向天的一排排白杨、一棵棵青松，固执地认为那不仅仅是树木，更是一队军人的阳刚，更是一座军营的风骨，更是一支军队特有的军魂。

…………

辽东多山，地多沙石。相较于我出生的泛着油光的黑土地，这里的山和地都是贫瘠的。因地之贫瘠，植物和树木的生长便缺少养分。

这是一座营门。在一个背阴旮旯处，一棵普普通通的白杨树，百十条树根紧实地包住一块嶙峋的山石，扎根土地，茂密的树枝越过墙头，昂首向天，向着太阳茁壮生长。沿着围墙前寻，发现还有多处这样奇特的现象。树抱石，石头有大有小，树根粗细不一，但这些老杨树、老榆树都顽强地生长着，它们有的已与围墙连为一体，互为支撑和扶佑，尽管不为人知，它们依然向天空伸出了激情的臂膀。

把我的情绪推向顶点的是在半山腰上的一座老营盘前，两块硕大的山石之间赫然生长着一棵松树，树冠如伞，君临石上，撑起一片天空，有王者之风。左侧山石上刻着斗大的“日”字，右侧山石顶端凿出一个“月”字，铁画银钩。

树抱石，日月在心，树根条条，扎在石缝中，扎在沙砾里，吸纳天地灵气，吸收一切可供生存的有机物质，不抱怨，不放弃，默默地把身体探向空中，把一双双手伸展在天地之间，活出伟岸，站成崇高。我想，它抱的即使是火，也一定会浴火重生，化茧成蝶，在尘世间留下一道风景，在天空画一道痕迹。

日月在天，胸有日月。多年以后，在这如菩提般的树抱石下，我才顿悟山沟里的一茬茬官兵用热血和汗水凝聚起来的军魂，也才明白一代代将士如抱石一般抱着坚定的信念耐得住如此寂寞，赓续红色的传统，流淌进后来人的血脉里。

走进座座老营盘，多见成片成片一蓬蓬的迎春花树，我已经回忆不出这里面有没有我种下的一棵。虽然今年这个春天早已经过去，但我可以想象它们在一个个春天到来时报春的第一抹娇艳，向过往的人们诉说着在这一座座营盘里曾经发生过的“我的梦、中国梦、强国梦”的故事……

缕缕长烟入云端

辽东凤凰山下，一条瑷河穿过的县城便是凤城市。这里奇山相依，丽水为伴，使得这座县城有了江南般的灵秀。

寻访我入伍时的老营盘，随时可见一尊尊烟囱，它们是随着营盘的奠基而向阳生长，几乎与营盘同龄。芳华过后，它们仍然坚定地站立在那里。我把军营里的烟囱称为“尊”，是想表达我内心的尊崇。在军人的情感世界里，那一尊尊直入云端的烟囱是另一种图腾。这些钢筋、红砖垒砌起来的军营里的烟囱，曾经尽情燃烧我们的青春，并把我们变成一团团火焰，在每一个战位上发光散热。

烟囱有高有低，有胖有瘦，有大有小。这一尊尊烟囱，在许多年里，常常从胸腔里喷出一团团白烟，笑看着我们军旅生涯中的过往。

我们那批新兵多数从农村入伍，在大炕上出生，在大炕上长大。新兵班的大炕不叫炕，班长说是通铺。通铺确实不是炕，它取暖靠火墙，老兵称它为“地火龙”。每班十人，自行取暖。头几天，班长给我们示范怎样点火，何时加煤块，煤坯子怎么用。但煤不够烧，操课过后，我们要到山上捡树根、树干、树枝，用军用背包绳捆扎，或背或扛往回运。山高林密，迷失方向的时候，我们就站在高处找烟囱，那是最好的坐标。

新兵集训过了一段时间。一天凌晨，我们突然被一阵急促的哨声惊醒，迷迷糊糊中听见班长喊：“紧急集合！”

月亮还挂在空中，地上泛着一层白霜。几分钟过后，我们班新兵狼狈地站成横队，班长的手指头像金庸笔下描写的六脉神剑，隔空虚点，罡风纵横，荡得我们几乎站不住脚。

“你们看看，有几个班的烟囱冒烟了？”

“你们再看看，咱们班的烟囱里冒的是什么烟？”

大家东瞅瞅西看看，有五六个班的烟囱在月空下冒着浓浓的白烟，而我们班里的烟囱飘的却是几缕黑烟。我们都耷拉下脑袋，不敢看班长。

“你们都抬起头来！”

“我们是连队的一班，一班是连队标兵班。你们是一班的兵，就要站排头、当标兵!”

班长喷溅的吐沫星子，在那个寒冷的冬天，凝成了一道道白霜。

那一幕，我从未忘怀。后来，我想我们的集体观念、荣誉意识和勇站排头的作风大概是从那时产生了火苗并燃烧起来的。

我们连队炊事班比班排宿舍的地势高些，有时在去饭堂的路上操练正步，身子容易往后仰，必须掌握好重心。晨起早操时，我们在队列中常爱往炊事班的烟囱上瞟，看炊烟袅袅升起，训练就有了力量和劲头。十八九岁的年龄，正是长身体的时候，训练又比较紧张，肚子常常咕噜咕噜叫，能够吃饱是我们最基本的身体需求。

华丰牌方便面是我们那时的奢侈品。我当兵时不知道有能干吃、泡着吃、煮着吃的方便面。后来许多年，我都“报复式”地吃方便面，总结出自己独特的“方便面经”，以至于我再吃方便面时常常不自觉地干呕。而当时，对于别人吃方便面，我只能多看几眼炊事班的烟囱冒烟，用意念来压下馋虫。

营区里最高的烟囱当数浴池的。

说来也怪，充满阳刚的一排排齐刷刷的营房和队列，还有营区里一列列钻天的白杨，可能潜移默化地影响和熏陶着烟囱，它笔直笔直地向天空矗立着。

我入伍的时候是冬日，到达营房的时候是黑天，只见干打垒的石头房里的灯火，不见烟囱。第二天早上列队的时候，我才发现那高高的烟囱，不知道它是干啥的。

一个星期天，连队早餐列队前，它突然开始喷出连绵的白烟，直入云端。值班排长在队列前，宣布当天集体洗澡的时间。

连长、指导员和几位排长、班长在我们新兵面前脱光了衣服，在我们这些新兵蛋子前退去了训练时的一脸严肃。等我们身体泡得发红了，干部和老兵给新兵搓背，搓得我们从后背到一颗心都红了。从那天开始，我不再“怕”他们了，代之的是“敬”。这种敬，一直伴随我走过三十多年的军旅人生。

新兵集训即将结束时，我们驻守在山沟里的两个营组织新兵徒步行军，到远在十多公里外的团部大院进行会操，接受军事训练成果考核。我发现，团部机关的烟囱比我们营连的烟囱高，在检阅台上检阅方队的团长、政委的个头好像和烟囱一样高。我们拔直了身子，正步行进的脚步把沙石混合的操场砸出一个个坑，荡起一路烟尘。

新兵生活结束了，我们各自奔赴分散在辽东各地山沟里立着高高低低烟囱的座座军营，开启了真正的军旅生涯。

作为少数，我被留在教导团作为预提班长。这个带着喜讯的家信在辽宁和吉林两省之间传书的时候，我被选送到师宣传科学习，去驻县城的师部机关报到，我被那尊直入云端的烟囱惊呆了，师部的烟囱比团部的更高。

新闻报道组和师长办公室的门对着，走廊的尽头是一扇窗，从窗户向外望去，清晰可见师部大院里高耸的烟囱。烟囱下面两座连着的平房，分别是警卫连和通信连。烟囱下的锅炉房里，每天定时为机关烧开水。第一次去打开水，我遇见两个女兵。这是我在电影、小说之外，第一次见到真实的女兵。打量女兵再丈量烟囱，我感觉烟囱在沉稳之余，突然有了青春的另一种气息。

白云悠悠，春夏秋冬，铁打的营盘，一茬官兵来了，一茬官兵走了，那高耸的烟囱默默站立在那里。后来，我提了干。后来，我告别了那一尊尊高耸入云的烟囱，进了省城机关。烟囱虽然少见了，但曾与烟囱相伴的一个个故事在我的情感世界里依然鲜活。许许多多的光阴里，我常把军营中烟囱的故事讲给自己听一听，把命运的褶皱熨一熨，面向阳光前行。

风中的语言

明月照山峦，天际线下，群山裸露出宽厚健壮的身躯。

脚步轻轻，走在老营盘里，微风拂过，我听到指导员用他特有的嗓门在全连面前对我的口头嘉奖。那虽是三十多年前的话，可指导员说话时的每一个动作、每一声腔调，一切如在眼前。彼时，两鬓白发渐生的我突然又变成那个初入军营的新兵蛋子，在风中激动得战栗。

风起于军营的每一个角落，每一场都是有目的的。

风中的语言，它只说给伫立在风中的多情人听。

平坦的松辽平原，风带着自由和狂野一年四季撒着欢乱跑，无遮无拦，里面有人间冷暖的温度，有尘世悲欢的音调。静立倾听，应是人这种高级动物和同在地球之上生存的其他动物、植物对它出于理性的基本尊重。听得懂，则需要生活积淀的智慧，还有顺风耳般的异禀，能够接收到命运老人偶尔指点的信息。

三十多年前的一个冬日，风带着雪在我的身边打了一个气旋，将远方军营里的一声声集结号传到我耳膜里，我听得懂那确实同电影中吹奏出的曲调是一样的。风在正阳堡这个我故乡村庄的上空盘旋了一阵，又穿过村庄越过田野向远处奔去，在间隔了一段时间之后，我知道那天的风声还有十余个我的同龄人听懂了，因为我们一同穿上了崭新的绿军装。

我对风的语言带有先天聪慧的因子。其实，听风的门道和窍门没有哪个神仙教我，我是从吴承恩老先生的《西游记》中品咂出来的。那时，我痴迷于读这些书，几次险些走火入魔，幸被关键的章节情景引导才打通筋脉。书中第二回《悟彻菩提真妙理 断魔归本合元神》中说悟空学艺这一段：菩提祖师讲法，孙悟空在众仙中癫狂跃舞，“祖师手持戒尺，将悟空头上打了三下，倒背着手，将中门关了，撇下大众而去”。人人惊惧。猴王却已“打破盘中之谜，知祖师打他三下者，教他三更时分存心；倒背着手走入里面，将中门关上，教他从后门进步，秘处传道他也……”悟空终得七十二般变化，西天路上帮助师父取到了真经。反复读此处，我听到了菩提祖师手中戒尺敲打悟空头上在空中激荡的风声。从那时开始，我一双欲振翅起飞的翅膀一直在期待一场风，我对风有了更多的敏感，常常驻足倾听来自风中的声音，生恐错过了风中传来的信息。

辽东多山。我们入伍后，从故乡来的冬日的风一路嗅着我们的气息，翻山越岭，爬坡过坎，跃过围墙，吹到我们身上的时候便轻柔了许多，它跑得累了倦了，会在营区的旮旯里待上一阵子，有时一动不动地待上十天半个月，看我们的身形、腿形、手形有了兵的模样，胸脯、腮帮长些肉了，又腾跃起身子，将自己听到的看到的我们成长的故事带回给我们故乡的亲人。

平素，我喜欢站在高处迎接从故乡跑过来的风，但风不定性，猜不透它什么时候会来。在我入伍没有几个日出日落的一天晚上，我趴在铺上写家信，告诉他们一个让我掉眼泪的事情。

我发现了我们的班长睡在最靠近宿舍门的床铺上，宿舍门和家里一样都是木头门，宿舍门也和家里的门一样都有门缝，都漏风，班长睡的地方最靠近门缝，最靠近风。我们这些新兵都要和班长换铺睡，班长不同意，说这是班长的位置，班长的“特权”，还说当班长就要这样在全班最靠近危险、最靠近枪弹、最靠近雨雪的地方，这是从红军时期就一直传下来的传统，这个规矩没有写在条令条例上，但每一个班长都知道。

那一天是周末的晚上，连队熄灯晚一小时，大家有的写信，有的打扑克，有的洗衣服，我在最靠近窗户的铺上写信。为啥我在最靠近窗户的地方啊？我告诉我的亲人，我入伍时坚持在背包里塞了十几本书，其中有高尔基的人生三部曲《童年》《在人间》《我的大学》，这可能触动了班长的神经，班长当时看到了没吱声，后来他让我代表班里写了一个决心书。不几天，班长在参加完连队骨干会议结束后，就宣布任命我为副班长了。班长还说，班长得在最靠近门的地方，副班长要在最靠近窗户的地方，除非把你撤职了，否则你必须睡在那里。班长还说，在战场上，班长要冲在全班的最前头，副班长要在全班的后头断后……

那一天晚上，我在家信中还写些啥我忘了，写得挺多我倒是记得，因为连队文书在收寄新兵信件的时候，用手一掂便让我再多贴一张邮票，说我的信超重了。我写完家信装进信封时，一张信纸好像被什么翻动了一下，我知道，那是家乡的风变扁了身子，从门缝里偷偷挤进来看我了，它也一定是翻着筋斗高兴地把这封信的内容带回家乡去了。

十里不同风。军营里的风，用十里的概念来形容简直是对风的诋毁和侮辱，它一定会对你“风言风语”。军营里的风，就是一米之间、隔着一堵墙和两座营门，都是不同的，但它们都有一个共同特点，就是都带着棱角，带着速度，带着激情。

早起号声一响，穿衣，整理装束，出操，叠被……每一个动作都带着风。你做的所有动作里如果没有带起风，班长“快快快”的命令声则会带着风，把你的脚步绊个趔趄。班长说，一步一动，一步步带着风了，那你们离一名真正的战士就不远了。

终于，到了实弹射击和投掷手榴弹的考核时刻。说不紧张，那纯是骗人的。没有一个战士天生就是勇士和英雄。

“进入射击阵地！”脚步，带着风。

“卧姿装子弹！”手臂，带着风。

“射击！”子弹，带着风。

胸环靶上绽出梅花般的点点弹孔，那是我们血性岁月的点点青春。

“投弹！”手榴弹，高低不同，远近不一，在弹着区上空，弹体在空中织出一张网，弹片迸射出散花般的弹痕。

…………

寒来暑往，营盘里的钻天杨又增长了三圈年轮，耸立在营区里的烟囱仿佛矮了一点，因为我们每名战士的身子都拔高了几寸。辽东的风不停地向四面八方吹，它们传递着我们在军营中成长的消息、立功受奖的消息。

故乡的风不分年节和日子依然不时地来。听风中传来的消息，有时我得去猜，需要和到来的家书一起相互印证。我在教导队进行提干集训的那段日子里，我觉得从故乡来的风有些深沉，夹杂着苦涩的味道，声音中有嘶哑的成分。我问它怎么了，它说春夏换季心火大。我没有细问它，我那段时间一直沉浸在即将成为军官的喜悦中。

那一年入秋的一天，我在正式确定提干并将到大连继续进行集训之前，领导特批了我几天假回老家看看。辽东军营里的风没有到车站送我，故乡的风也没有到站台接我，我当时没有心思找它们，我只当它们不懂事。邻居告诉我，我的母亲在我被确定为提干对象的那几天去了另外一个世界……

我记得我像根木头杵在了地上。事后，我没有责怪风，我知道是母亲把风头按在了手下，没让它去告诉千里之外身在军营的我。“哀哀父母，生我劬劳……”我心里默念着《诗经》，把这两句话嚼碎了咽进肚子。

起风，纸钱的灰在空中飘，我和母亲聊着分别四年里的一切。

风起，我踏上归途。风，没有抹干我的眼泪。可能是从那一天开始，我的身上多了一层忧伤的气质，在我成长的过程中，在我走在幸福的道路上，这种渗到心底的气质一直挥之不去。

直线加方块的营盘一年四季鼓荡着四面八方来的风，渐渐地，它们经过磨合、糅合，整合在了一起，吹拂着、感召着来自五湖四海的人站在一面鲜红的旗帜之下，凝固成一道铜墙铁壁。

以梦为马，以笔为枪。在又一茬新兵走进军营后不久，我听到了一个新兵关于官兵关系如和煦春风般的慨叹，他把这些记在密码本里，诵读在连队政治教育的课堂上。我把这些故事汇成文字，托付给风送寄到省城和京城的报社。这些文字最终变成了铅字。风振动着翅膀，把一份份印着铅字的报纸送到座座军营，成为那一年全军最重大的新闻之一。这样的故事一经广泛传播，当年应征入伍的队伍里，汇聚起一股激荡青春、坚固长城的飓风。

好风凭借力，它像一个热心的朋友一样，山一程水一程地把我送到一个个工作岗位上，让我感叹命运如此眷顾，生活如此垂青。

军营也生长爱情。风，是媒人，更是信使，让我和妻子相识相知相恋，两地鸿雁，一地垒巢，终成眷属，生育下可爱的女儿。

风，情深意真，默默相伴，多年后又不离不弃地把我送到军旅生涯的终点，温柔地挽着我的臂膀，向我发出一声声长情的告白。

我，感谢这些年风中发出的声音。

重回营盘，往事如昨，别梦依稀，我的思绪在我最珍贵的这样一条岁月河床上疾行。

还是风中，飘来一首首军歌，它们一直回响在我的耳畔。

营盘老了。

但是，时光不老！

种树记

◎车承金

1

记忆中，我最早栽下的树，是一棵杏树。

那年，我六岁。暮春，田地里的玉米半尺多高。我与大宝、亮子，来西地挖野菜，在两棵玉米苗中间，发现了那棵小杏树。

那棵小杏树，一拃多高，是棵幼苗，嫩嫩的干，嫩绿的叶子。挖树时，避免伤到杏树苗的根，离树一寸多下铲，先是从东边把剜菜的小铲使劲地摁下去，再向下轻轻压一下铲把，树苗东面的土微微凸起，然后是南面西面，到北面时，使劲向下一压铲把，杏树苗带着土坨浮出地面，把土坨攥紧，双手捧着杏树苗，走回了家。

到家后，拿起比我还高的镐，在靠近猪圈墙的空地上刨个坑，把杏树苗栽到坑里，回填点土，摁实，进屋舀一瓢水浇上。第二天早晨起床后，又浇了半瓢水，水渗干后填土封掩，用浮土围一小圈，以便浇水，再找个破旧的箩筐，扣在杏苗上遮挡阳光照射。

杏树苗小，好活。但我还是不放心，每天都给杏树苗浇水。那杏树苗没打蔫，绿生生的。看着小杏苗成活，长大，我心里既希望所结的杏子像亮子家的那棵麦黄杏，一树的金黄，放进嘴里甜甜的，又希望像大宝家的那棵甜核杏，杏肉有点酸，杏核却是甜的，杏肉杏核都能吃。想到这些时，我嘴中的唾液迅速增多，连续吞咽好几次。

其实，我心里清楚这棵杏树成活的结果，父母也不会把杏子都留给我们吃。家后院有两棵枣树，南园子东墙角还有一棵梨树，每年要成熟时，父母严加看管，熟后摘下拿到集市上去卖，换点零花钱，留下给我们吃的不多，杏树结果后也应是这样的。但我心里还是希望有这样一棵杏树，有杏子吃，总比一点没有要好得多。

天有不测风云。入夏后，连着下了两天雨，猪圈墙被雨水浇塌，杏树苗被埋在泥石下面。雨停天晴。父亲把猪圈墙重新垒好，杏树苗不见了踪影，连“尸首”都没看到。我的美梦，犹如猪圈墙一样倒塌了，破碎了，很长一段时间，我闷闷不乐，打不起精神，想念那棵杏树苗，当然更多的是对未来树上结出杏子的想念。

这是我第一次栽树，虽是一棵杏树，是一棵幼苗，没有成活下来，没有长成大树，没有结果，但栽树时给我留下的喜悦是深刻的，而树亡时给我留下的忧伤也同样深刻。

尽管这种喜悦和忧伤，分别来自对杏树果实（杏子）开始时的渴望和后来的失望，透过这种渴望和失望，让我朦朦胧胧地感觉到人与树的密切关系。

2

青儿，跟爷爷栽树去。

去哪儿栽？南园子。

这年，我七岁，是我栽杏树第二年的春天。

爷爷肩上挑着水桶，右手搭在水扁担上，左手拿着一把镐，前面的水桶里有五棵拇指粗的杨树苗。我扛着铁锹跟在爷爷的后面。

我和爷爷来到南园子。南园子北墙与流水沟之间有一块空地，面积不大，七八米长，半米多宽，实属见缝插“树”。

爷爷，咱们栽棵杏树吧？

栽杨树，成材，盖房子，好给你说媳妇。

我不要媳妇，我想要栽杏树。

馋猫，栽杨树，不能栽杏树，长大了，你就明白了。

当时，我确实不明白，心里想的只有杏树。

爷爷挖着树坑，对我说，树坑的大小要根据树的大小而定，树大根多要挖大点的坑，树小根少挖小点的坑，就像人穿鞋一样，鞋小了，就挤脚，脚趾在里面就不舒服，树坑小了树根在里面也不舒服，挤挤擦擦的，树坑大点，树根舒展开，好扎根，好成活。爷爷挖好树坑，我把杨树苗放进树坑里，扶直。

歪了，往墙那边一点。爷爷边填土边指挥，又打趣地说，把树扶直，树长直溜的，做檩子做柁，给你盖房子说媳妇。填一半时，爷爷让我把树坑里的土踩实。然后，爷爷拎起水桶倒水，树坑满满的。爷爷说，树和人一样，离不开水，栽树时要多浇水，明天早晨水渗干了再填满土，踩实，不让水分蒸发跑了，树就活了。

半个月后，五棵杨树苗果真都活了，冒出了嫩嫩的叶芽，一棵也没死。这次栽树，我粗略地懂得点栽树的方法和技能。五棵杨树，是大叶杨，生长速度快，几年工夫就小碗口那么粗了。五棵树中，西面的第二棵杨树长得最高，被两只喜鹊相中了，在上面絮窝安家，生子，每天飞来飞去，喳喳叫个不停。

爷爷去世后，东面的三棵杨树分给了我家，西面的那两棵分给了四叔家。后来，我家搬出老院子，盖房子，那三棵杨树直径都在五十厘米以上，锯倒后做了三架柁，余料做檩子，做椽子，做柈子，都用上了。盖了五间平房。

那一刻，我明白了爷爷栽杨树而不栽杏树的原因。那时，我家，四叔家，还有爷爷家，我们三家住在一个院子里。院子不大，住三家窄窄巴巴的。我家我和弟弟，两个男孩，四叔家三个男孩。五个男孩长大要结婚，结婚需要房子，盖房子需要木料。爷爷栽杨树，是在为他的孙子们着想。

搬进新家望着宽敞明亮的新房子，我想起与爷爷一起栽树的场景。慈眉善目的爷爷仿佛就站在我面前，给我讲栽树的事。而这时爷爷已去世七年了，正应了那句“前人栽树后人乘凉”的古语。

3

十四岁，我上中学读书，六年级。

春天，学校组织学生去公社林场栽树，全校学生都参加，有七八百人。地点是二营子鸡冠山，离我家有十一二里路，早晨从家步行走到鸡冠山下，腿就酸痛了。

班花王艳琴望着山顶，说，妈呀！这么高的山，走上去都费劲，还栽树哇？看着就打怵了。

我们六年级学生年龄小，栽树的地点安排在山根，七年级、八年级、九年级，依次向山顶上排，九年级排在了半山腰。班主任王老师根据学生体力和男女生情况，给全班分了五个组，每组八个人。

我是第二组，男生有我、李红军、张晓峰、王占立，女生有王艳琴、郝秀枝、郭玉兰、张玉秀，共八人，任务是三十二棵树，挖三十二个树坑。我们四名男生负责挖坑，四名女同学从山下人家抬水。

鸡冠山，土质瘠薄，黄黏土掺杂着小石子，尖铁锹用不上，只能用镐一点一点地刨。不一会儿，我头上的汗水就冒了出来，刨着刨着，觉得手有点不得劲，看看手，是一个血泡，不大，红小豆似的，在与镐把的摩擦中，血泡越磨越大，越磨越薄，忽然针扎一样疼，伸开手看看，血泡破了，流出一股血红色液体。站一会儿，歇一歇，忍着疼痛，又继续刨，刨一会儿，再直腰喘喘。

好在栽的是刺槐树，树苗茬二拃多高，小拇指粗，根也不多不长，树坑比栽杨树要小得多。要求长、宽各四十厘米，深三十厘米。那天上午，我们挖了十八个坑，栽了十八棵树。渴了，把水桶搬过来，对着嘴，咕嘟咕嘟喝几口。

午饭，我带的是玉米面大饼子，林场在山下村庄人家里，做了几大锅豆腐汤，每人半舀子，有半饭盒。我们组四个男生，在墙根背风朝阳处坐下，吃完午饭，靠着墙根歇一会儿，又继续干。太阳快落山时，我们把三十二棵树栽完，经检查验收合格。

终于栽完了！

我们兴奋地跳了起来，忘记了劳累，忘记了疼痛。我们四个男生，齐刷刷地伸出手，看谁手上的血泡多，李红军夺冠，手上血泡最多，六个，破了四个，还有两个没破。我手上的血泡最少，左手两个，右手一个。又看看四位女生，她们的头发被风吹得乱蓬蓬的，鞋子和裤腿都是泥水，湿透了。

两天后，又喜得一场春雨。现在想来，那场雨真是一场好雨，下得及时，下得让人舒畅，是名副其实的及时雨，能弥补栽树中存在的任何不足和问题。

两个月后的一天，课间操上没做操，师生在操场开会。公社林场场长把一面锦旗递给了校长。那天，场长说了很多感激的话，感谢的话，还有表扬的话，我都没记住，只记住了他说那句：你们栽的那坡刺槐树，成活率百分之九十以上。

百分之九十以上！我们的汗水没有白流。

因缘巧合。十年后，大我一岁的堂姐找婆家，嫁给二营子老李家，家在鸡冠山下。一次去堂姐家，我走进了洒下过我汗水的鸡冠山，当年栽下的那些刺槐树，都已经茶碗口那么粗了，绿油油的，密密实实，遮天蔽日。堂姐家所在的这个小村庄，十几户人家，背靠绿山，门前有山泉水流过，犹如世外桃源。

小外甥说，山上有野兔、野鸡，可多了。堂姐说，春天刺槐花开的时候，满山雪白雪白的，满村庄里都是花香，可浓了。我说，等退休了，我来这里住，和你们做伴，山清水秀多好哇！你别哄姐了，才三十来岁，退休还早呢！堂姐说完，笑了。我也笑了。

走时，堂姐叮嘱我，有时间带着弟妹和小侄女来玩。我笑着对堂姐说，一定会带她们来的，特别是孩子，也让她看看我当年栽的这些树，让她知道我们当年栽树的艰辛和不容易，让她也受受教育。

心里还想，不来，就辜负了这一片山清水秀！

4

女儿出生那年，我二十八岁，在乡下一所中学教书。

学校墙外，有一片杨树林，生长在河边的河滩上，有二十多亩，不远，离学校三四百米。老教师们说，这块校田地以前种水稻的，因离河近，下雨，河水大，水稻经常被淹，后来栽了杨树。

我去过那片杨树林，在林子里转悠过几次，那些杨树有碗口那么粗，有的成材可做檩子，但不知是树品种问题，还是树得了病虫害，有的“破肚子”，流出了黑色的黏液，有的从树尖向下开始干枯，这样的树占一半以上。学校决定把那些杨树砍掉，重栽，还栽杨树，品种是大叶杨。

栽树那天，女儿出生第六天。在指导学生栽树的同时，我在靠近农民田地的地方，单独栽植了三棵杨树，以纪念女儿出生，寓意女儿与树苗比翼健康成长。土质好，树坑也好挖。在一大堆树苗中，我先挑选十三棵，又从十三棵中挑选三棵，优中选优。栽植成活。望去，三棵树粗壮硬朗，英俊挺直，成为林中的佼佼者。

女儿三周岁生日那天，我带着女儿来到树林，指着那三棵树，对女儿说，这三棵树是你出生第六天，爸爸亲手栽下的。女儿喜欢这三棵树，当我用镰刀砍掉树干上多余的枝条时，女儿拽我的手，不让砍，她说，树会疼的。我说，疼也得砍掉，不砍，树枝乱长，不能成材。女儿似懂非懂。

此后，每到女儿生日那天，我和女儿，还有妻子，都来这片树林，带一把镰刀，还有一把剪刀和一团红毛线。用镰刀给这三棵树剪剪枝。后来杨树长高了，镰刀够不着了，我就把镰刀捆绑在木杆上，砍去树上多余的枝杈，确保主干营养供给。这三棵杨树心无旁骛，一个劲地长，长得又高，又直，又粗。

我用带来的毛线，绕树一周，剪断，再用毛线量量女儿的身高，剪断，比比今年树长粗多少，女儿长高多少。女儿读小学四年级，写篇作文，有句话现在我还清楚地记得，她说：今年树长四厘米，我长三厘米，树比我多长了一厘米，爸爸说这三棵树盖房子能做檩子了，我也要快点长，像树那样早点成材。

一晃，我离开那所学校二十多年。女儿也大学毕业，参加工作。那三棵杨树现在啥样不得而知，如还健在，也有一搂粗了吧，应是名副其实的参天大树了。

我调到城里后，在机关工作，每年春季，机关都组织义务植树活动，去郊区栽树，我都积极参加，没缺席过，认认真真地栽上几棵树，找好标志物，如有机会，路过，绕几步，也去看它们，成活没有？多粗了？多高了？我喜欢栽树，感觉栽树就像是在育人，也许这是当老师的职业病。

此时，我想起唐代于鹄的一首诗：

种树

一树新栽益四邻，
野夫如到旧山春。
树成多是人先老，
垂白看他攀折人。

春天来了，又到了栽树的时节，我想高声喊一嗓子：走，我们种树去！

母亲的缝纫机

◎闫沐清

我们家里有一台比我年龄都大的老物件——缝纫机，这是母亲的最爱，听母亲讲，在我还没有出生的时候，这台机器就来到了我们家。当年是我们屯唯一一台先进的半自动化机器。直到今天，这台缝纫机仍然在母亲的房间里。

那一年，生产队里奖励父亲一张缝纫机票，父亲又借一些钱，凑够一百七十块，给母亲买了这台飞人牌缝纫机。当时，父亲特别激动地对母亲说："这可是飞人牌的缝纫机，很难买的，售货员都说我和前面那人幸运，说这次就来了两台这个牌子的机器，后面的人都没买到。以后有它帮你干活，就轻松多了。"虽然母亲心疼钱，但是看到父亲为了让她减少生活上的劳累而不惜花大价钱买了这么好的缝纫机，很兴奋，想到以后不用每天熬到深夜的时候，母亲还是很开心的。那时候，一到农闲，母亲就起早贪黑，忙着做针线活，家里人口多，全家人春夏秋冬四季的衣服鞋子都是手工缝制的。那些年月，到了换季，穿不上应季衣服鞋子的人家，大有人在。

买缝纫机那天，生产队的马车还没有把这台机器拉到家，屯子里已经来了很多人，等着看这台先进的"设备"。

父亲一行人到家后，安装好了缝纫机，至于怎么用，大家都不会，还研究了一番。每次，母亲都会得意地说："最后还是我弄明白的。"接着，母亲拿来一条需要缝补的裤子，开始给大家演示，把需要缝补的部位放在缝纫机针对准的地方，放下压脚，脚踩着踏板，机器发出嗒嗒嗒的声音，一会儿裤子缝好了。大家看着缝补好的裤子，有夸赞的："这缝出来的东西太好了，针脚这么小，真精致！"

有人羡慕地说："这么快，做活再也不用点灯熬油了。"

也有人酸溜溜地说："啧啧，再好也是人家的！"

听到大家的话，母亲笑了："以后谁有需要的，拿来我帮你们做，有机器了大家都方便。"大家听了母亲的话，开心得不得了。

自此以后，母亲经常坐在缝纫机前忙碌着，什么张家的鞋帮，李家的衣服……我家里就没有断过。特别是过年或者屯子里有人结婚的时候，这都是母亲最忙的时候，经常熬到很晚才能睡觉。因为她要赶在过年前或者人家结婚前，把需要她帮忙做的活计做完，才不耽误大家。在物质和经济匮乏的年代，人们是很容易满足的。虽然很忙碌，但母亲过得也很充实。小时候，听母亲说得最多的一句话就是：帮助别人，快乐自己！

母亲忙碌的身影，伴随着机器嗒嗒嗒的旋律，引来娇羞的月光随之舞动，偶尔也会有炙热的曙光在窥视，母亲的生活乐此不疲。

有一天，母亲的叔叔来家里做客，告诉母亲说，堂弟要结婚了，听到这个喜讯，母亲很开心，他又接着说："人家姑娘结婚要的缝纫机没给买，媒人说了，没有缝纫机，人家不把姑娘送过来。这不，想把你家的缝纫机借来用一用，结完婚就送回来。"

还没等母亲表态，父亲听完就一口答应了，因为当时我们那里的农村很多家庭都是这样，如果男方能买齐女方家要的彩礼是最好的，如果买不全，就向别家借用，婚后再还回去。母亲一看自己堂弟的事情，父亲答应了，她自然没有意见。

拉走缝纫机那天，母亲对她叔叔千叮咛万嘱咐，对缝纫机有些担心。她叔叔也知道缝纫机是母亲的心爱之物，一再保证，会完好无损地送回来。直到拉走缝纫机的马车消失在视线中，母亲才恋恋不舍地回屋去。父亲看出母亲的担心，安慰说："放心吧，叔叔不是说了吗，会完好无损地送回来的，也就几天的时间。"

没有缝纫机陪伴的日子，母亲忧心如焚，一方面担心她叔叔家里人保护不好缝纫机；另一方面习惯了用缝纫机，现在做活实在是不方便。可是，又能怎么办呢！只能盼着缝纫机早些被送回来。

在正常情况下，借别人物品，都是结完婚第二天送回，可是我那个舅舅结完婚很多天，也不见我的这位姥爷把缝纫机送回来。母亲有了不好的预感，正当母亲为没送还机器而烦心的时候，之前答应帮邻屯李奶奶女儿做嫁衣，离婚期还有半月，这天李奶奶拿来让母亲给赶出来。这是已经答应人家的事情，不能出尔反尔。

母亲着急忙慌地就去和她叔叔说，要把缝纫机拉回来，结果和母亲的预感一样，母亲的堂弟媳不让她叔叔给拉走，说是她结婚的缝纫机，就是她的，如果想要拉走，必须先买回一台。母亲的叔叔没办法，最后说让母亲自己再买一台。

这台机器承载了母亲太多的情感，怎么舍得送人呢！

父亲看出母亲的焦虑，决定再买一台新缝纫机，把母亲原来的那台换回来。这个时候，国家土地已经分产到户了，我家的条件也好多了，买台缝纫机的钱还是有的。

但是，想买一台新缝纫机，哪有那么简单，即使你有钱未必能有票，就算有钱也有票，缝纫机也是紧缺的。父亲找到在五金商店工作的一个熟人帮忙，因为是求人帮忙，父亲低着头涨红着脸说："缝纫机借出去没有还回来，孩儿妈答应别人帮忙做嫁妆，她不是言而无信的人，现在急得嘴都破了，看看你这能不能帮忙想想办法？"

看到父亲的样子，这位熟人很热心地说："那就这样吧，给你当个急，反正这么多年我都没有缝纫机，也不差这一时，单位分我的票给你用，以后我还有机会。你明天早早来排队，把缝纫机拉回去，别耽误那个结婚的大事。"

事情终于解决了，父亲拉着新买来的缝纫机，把母亲那台飞人牌缝纫机换了回来。母亲看着李奶奶女儿穿上了她亲手做的嫁衣，会心地笑了。我们家又恢复了往日平静的生活。母亲的身影依旧出现在缝纫机前忙碌着。屋内时而宁静，时而充满机器嗒嗒嗒的声音，如同美妙的音乐在回荡。

母亲出生在穷苦的年代，生活的艰辛，促使她养成了精打细算的好习惯。改革开放给人们带来的好日子，母亲也倍加珍惜，从不挥霍。

记得上小学的第一天，每个小朋友都背着新书包穿着新衣服，开开心心地在家长的陪同下来学校报到，我也穿着连衣裙背着新书包和妈妈来到了学校。我的新衣服和新书包一分钱都没花，却很别致，吸引来许多家长和小朋友羡慕的目光。那是母亲两个晚上忙碌在缝纫机前、熬在灯光下的杰作。

连衣裙用的是姐姐们穿小了的两件布衫改成的，上面是白色的，胸前有个蝴蝶结，下面裙子和蝴蝶结是一样的，白底粉色的小花，穿在身上特别漂亮。书包是用父亲穿旧的劳动布的裤子做的，书包上面用红布角做的五角星好似在闪闪发光。别人的新衣服新书包在我这里，显得很是逊色，让我骄傲地昂起头，看向大家。爱美是女孩子的天性，大家总看我穿各式各样漂亮的“新衣服”，都很喜欢和我一起玩，这让我在同学面前特有面儿。

有一次，一个和我特别要好的小女孩想让我妈妈帮忙给她做一件漂亮衣服。我知道母亲一定会答应的，因为多年前村里就我家一台机器时，村里需要用缝纫机的活都快被母亲承包了。

母亲帮小女孩做好了漂亮的新衣服，小女孩穿在身上，拉着我的手开心得连蹦带跳，逢人就说：“这是阿清妈妈帮我做的新衣服！”

母亲的心灵手巧，在那个不太富裕的年代，给了我无比的荣耀与自豪，也在我的童年里增添了无数的幸福与快乐，让我成为一个阳光、自信的人。缝纫机那嗒嗒嗒声音也偶尔会在我的回忆中响起。

后来，这台飞人牌缝纫机从土坯房几经周转，又飞到了现在宽敞明亮的楼房。它陪着母亲一起，度过几十年的光阴岁月。不知道做了多少活，出了多少力，帮助过多少人，只记得曾与母亲并肩奋战的那些日日夜夜……

如今，缝纫机在人们的生活当中已逐渐被淡忘，它“下岗”近二十年，因为现在要想添新衣服，随时可以去商店里购买或者网购。经济条件好了，再也不是以前穿衣服“新三年，旧三年，缝缝补补又三年”的困境了。我们家却始终保留着这台缝纫机，因为在它身上有难以忘却的往事，值得纪念，缝纫机属于母亲的时代，是母亲美好年华的记忆，也可以说它见证了我们的家庭史。

一个人的柬越之旅

◎邓　舜

1

沈阳的深秋来得有些早，我穿上长裤和长袖外套，依旧觉得冷。

头一天约好的司机很谦和地帮我拿着行李，放进后备厢。迎着有些阴云的天空，我看见月亮冰冷地挂在云头，心里想，无论怎样，一个人的柬越之旅已经开始。

讲真的，我从来没有想过今年的旅行目的地会是这两个地方。此前，土耳其、冰岛都曾经列入过计划，还曾想过去不丹，不过，最后还是因为日程的冲突，选择了柬埔寨、越南。

飞机在广州中转，在近四个小时的飞行过程中，我几乎都在昏睡，直到最后半个小时，机内广播提醒即将到达白云机场，才望向窗外。

层层叠叠的云朵在机翼两旁掠过，呈现的是另一种海市蜃楼。飞机则如同一只没有情绪的鸟，安静地飞。下降过程中，一些云朵随风飘散，而另一些悬浮在天空，就仿佛人的两种状态，变化、追寻，静止、等待，难说哪种是美的、对的。

吴哥窟南航登机口。

落日的余晖像一幅油画一般铺展在暹粒机场。

到达吴哥时，已经是当地时间晚上7点钟。闷热、潮湿，柬埔寨以一种毫无保留的方式出现在我的面前，那种味道在空气中弥散，又仿佛捉摸不到。

精致的佛教风格建筑，星星缀满天空，高大的植物拥有宽厚的叶片。

在异国他乡，没有人在意你的过去、未来，你只是一个游客，只是轻装简行，擦肩而过的人们，他们都有自己的生活和状态，你只是他们眼里的一个画面、背景，贫穷和富有，这都无关紧要。

换句话说，在这个世界里，谁不是游客呢？

2

吴哥暹粒机场外，一个皮肤黝黑、个头很小的自称小黎的地接导游正等待着我们。

很显然，小黎早已经习惯当地的温度，穿着长袖衬衫（后来听他说是工装），示意我们上大巴车。

车子驶离机场，便进入一段颠簸黑暗的路段，小黎戏称其为按摩路。

入住酒店时，已经是当地时间晚上8点多，酒店内的环境比想象中好很多：热水供应、空调好用，还有巨大的露天游泳池和自助餐厅。

也许是习惯使然，每到一地旅行，特别是出国旅行，总会看看当地电视台，听得懂听不懂的，都想体会一下普通“当地人”的晚间时光。

果不其然，用柬埔寨语配音的韩剧让你觉得怪异可笑，更有趣的是，一个当地电视台里，一男一女在台上唱戏，观众不时哈哈大笑，感觉有点像柬埔寨版的“东北二人转”。

如果稍微了解柬埔寨的历史，就会发现，柬埔寨的历史完全没有笑点。

在小吴哥窟，导游小黎让我们抚摸了一处遗迹，当年战争留下的枪孔，如今就像一个无关痛痒的伤疤，永远地刻在小吴哥的一个石门上，永远刻在历史的脸颊上。

无论是女王宫，还是大吴哥、小吴哥、十二生肖塔，处处记录着古高棉帝国的鼎盛，也记录着20世纪欧洲殖民者大肆掠夺的罪行。那些断掉手臂、没有头颅的佛像，在阳光和风雨的交替中端坐、站立，戏剧般地增加了另一种古朴和遗憾。

虽然有本国和包括中国在内的周边国家不断的支持、重修和维护，但大吴哥、小吴哥依旧盗毁严重，大多数情况下，这些毁坏是不可逆的。

在塔布茏寺，许多游人在这里拍照、合影，因为这里曾是《花样年华》和《古墓丽影》的拍摄地。然而很多游人不知道，因为拍摄《古墓丽影》的缘故，造成了塔不茏寺部分建筑的坍塌，如今，电影已经家喻户晓，而断壁残垣依旧横七竖八地躺在原地。

商业给人类社会带来了巨大的机遇和财富，却也像幽灵一般令人丧失心智。

同样，在景区周边，吴哥当地人似乎早已忘记高棉帝国的富庶与繁荣，历史遗迹能够给予他们的，不像是引以为傲的文化，更多的是生存下去的机会。

随处可见的十几岁甚至不到十岁的孩子，赤脚，皮肤黝黑，用仅会的几句中文和英文在贩卖手里的明信片，“人民币十块，one dollar”；他们的眼神里既有童真和诚恳，又有长时间做“生意人”的老练，他们既会对分发糖果感到十分欣喜，又会对一元乃至五元人民币显出嫌弃的神态。

在金边的姐妹庙附近，相对于大、小吴哥的孩子，这里的孩子的眼神里显然复杂了许多，他们不厌其烦地用夹杂中、英文词汇的柬埔寨语追着游客。

夏末，正值柬埔寨雨季尾声，天空总会有大团的云朵出现，公路两旁，高高的棕树屋顶房悬在半空中，大片的棕榈和椰树长势旺盛，时刻提醒着这里是东南亚。时而阳光明媚，时而大雨倾盆，风雨中，若不是真的目睹那种没有任何雨具的骑行，恐怕不会相信，人在面对自然时的无奈和泰然。

无论怎样的气候，无论怎样的境遇，人终究是最强大的，在自然面前，我们似乎无力选择，却又一点点地改造甚至是改变自然。

3

金边大皇宫入口处，生长着一种奇特的树。

远望，有点类似菩提或榕树，到了近处，才发现它的花蕾都是长于根部，一根长长的枝蔓伸展开来，暗红色的花苞悄然绽放，香气浓郁，花色鲜艳，花期却短（一天即凋谢），它有一个很美的名字：无忧花。

我想，世间万物，能在最绚烂的时刻尽情绽放，即便短暂，可谓幸福无忧。而那些长长久久的，更需幸运和耐力，否则只是煎熬。

想到此，突然联想起一些探险者的遭遇，对于突如其来的灾难和死亡，或许他们会觉得生命在激荡中迸发，即便陨落，也觉得值。

所谓朝闻道，夕死可矣吧。

王宫正殿一侧，现任柬埔寨国王西哈莫尼的寝宫静静矗立。自然，寝宫不能开放。

对于游客来说，那显然是一个神秘的所在，我们距离一个国王如此之近，却依旧感觉遥不可及。而在君主立宪制的国家里，国王早已是一种象征、符号，没有真正的权力，从另一个侧面讲，更像是一个职业、一种传统。而这种职业的特殊性和至高无上，更让其成为一种神圣所在。

大皇宫为诺罗敦国王于1866—1870年建造，是一片富丽堂皇的建筑群，外有黄墙围绕，内有金殿、银宫、查雅殿等二十多座大小宫殿。王宫的建筑极具高棉传统建筑风格和宗教色彩，宫殿均有尖塔，代表繁荣；殿身涂以黄、白两色，黄色代表佛教，白色代表婆罗门教。这里不仅仅是外国游客参观的一个景点，更是柬埔寨国家文化和宗教文化的典型代表，当地人也会定期朝拜。

按照行程安排，金边景区由另一位导游进行讲解，导游依旧是华人，发音流畅许多，语言也风趣许多。只不过，当被问及诸如国王的衣食住行由谁来提供时，便连连摇头，一副莫谈国事的样子。

湛蓝的天空下，大皇宫的金碧辉煌会让人暂时忘记贫瘠与苦难，享受那片刻的宁静与惬意。

4

越南与柬埔寨的接壤处，一个不起眼的界碑矗立，两国国旗在风中摆动，宣示主权。

相对于柬埔寨的散漫，越南显得规范和紧张。当地旅行社的接团人不断地到海关交涉，时不时对我们露出歉意的微笑，然后在签证官的玻璃缝里寻找一丝可能。

然而，签证依旧耗费了两个小时的时间。

等看到越南地接导游时，天已经完全黑透，接近五十岁的导游阿丽说着一口不太流利的普通话跟大家致歉。

大巴车驶向胡志明市中心，街区灯火通明，摩托车随处可见，一派繁荣忙碌景象，在胡志明市的主干路上，还有个别路段堵车，与柬埔寨形成鲜明对比。

越南史称安南，曾为中国附属国，在法国入侵之前，越南人写汉字、说汉语。

如今的胡志明市，很大程度上依旧受法国文化影响。除了越南文字以法语为基础，胡志明市的建筑、饮食、文化都充斥着法式味道，有时候会令人忘记这也是一个社会主义制度国家。

在阳光明媚的早晨，大片的棕榈树荫下，三五小坐，品尝正宗的越南滴漏咖啡，或聊天，或放空，或冥想，也算得上是一种惬意的时光。

胡志明市旧称西贡，为越南的商业中心。说起西贡这个名称的由来，大约要从明代说起，当郑和下西洋后，不少东西亚、中东沿海、东非等国家也向明朝进行朝贡或贸易，西贡作为一个港口成为“西方来贡”的重要节点。

同行的伙伴有的等不及一滴一滴的咖啡滴满，偶尔晃动一下滴滴壶，然而，滴滴壶经过晃动后，速度减半，更加难以滴下。正所谓欲速则不达。

在历经深刻变革的中国，绝大多数一二线城市，都被紧张、忙碌的气氛所笼罩，从小孩出生到购买墓地，生怕落别人之后。然而在胡志明市的早晨，一杯小小的滴漏咖啡，是否会治愈这些紧张的情绪？如果无法治愈，那旅行的目的又在哪里呢？

在越南的华人五邦里，依旧保留着最传统的中华文化，修建祠堂，传播儒家文化，学习汉字汉语，是越南华人薪火相传的传统。

吃早餐时，同导游阿丽谈起华人生活，她不无感慨地说，在越南，华人是无法真正融入越南文化中的，然而回到中国，她是外国人；在这里（越南），她又觉得自己是中国人。她诚恳、无奈的表情里，是一种对于民族和文化认同的担忧，一种海外漂泊华人的艰辛和不易。

当然，当她说起中国日益强大的时候，她也觉得自豪。

在任何国家里、任何制度下，你都会或多或少地感受社会变革带来的影响和作用，那是一种无形的存在，在路上打瞌睡的人力车夫的表情里，在路上巨大广告栏的文字里，在城市某个角落的迟暮晚霞里，在车流人群的拥挤里。

我们都会找到努力的身影。

藏在岁月深处的爱

◎于春林

家乡是一个古朴的小村庄。小时候，土地贫瘠，民风淳朴，全村有二百多户人家，如果赶上风调雨顺的年景，生活还能自给自足。

大多数家庭的男孩子初中毕业就要回乡务农，可我的父母只要我能念下去，就坚持供我上学。

那一年，我们村只有我一个人考上了县里的重点高中，这自然是一件很令人羡慕的事。父母却因为我的学费而犯了愁。但无论怎么为难，他们在我面前绝对不表现出来。

学校住宿需要自己带行李箱，我的学费还没有着落，哪有多余的钱买行李箱啊。

那天晚上，父亲母亲以为我睡着了，就压低声音说着话。

“把家里那口老柜子拆了吧，不然孩子的衣服往哪儿放啊！”母亲说。

“那口柜是咱们结婚时家里分的，板材很厚，我准备留着咱们百年后用呢，打一个箱子浪费材料了。”父亲语气中有些惋惜。

母亲略带责备地说：“你想得倒是远，但眼下孩子的学费还得东挪西借呢，哪有钱再买行李箱了。”

我听着他们说话，心里有些愧意。为了供自己读书，父母吃尽了苦头，想尽了办法，两个姐姐都辍学上班了……想到这些，我眼角发涩，眼泪流了下来，我把头悄悄地缩进被子里。那一夜我才懂得他们的良苦用心。

第二天，父亲招呼和我们住在一个大杂院的大伯父帮忙，把那口柜子抬到院子里。大伯父得知父亲是要把柜子拆了给我上学打行李箱时，生气地说："你们两口子也忒顾孩子了，家里连学费都没有，读什么高中，趁早下地干活算了，还把家里的柜子拆了，心气太高了。"说完头也不回地走了。

当时我也帮助父亲抬柜子，大伯父的话仿佛锥子一般刺痛我的心，说得我脸直发烧，真想哭出来，告诉父亲母亲，我不想去上学了，这样也不必把祖辈留给他们的柜子拆了。但看着父亲被大伯父说得一红一白的脸，我没敢说出口。如果说出我不想读书的想法，估计父亲会很失望。

那口柜子是朱红色的，确实很厚重。在以前，柜子是每个家庭的门面，大多数都是老祖宗传下来的，是每个家庭最普通的家具，特别实用，家里的衣服、有用的物品都可以放进去。记得母亲每天都会把这口柜子擦得一尘不染，逢年过节时，还要用上一点缝纫机油来擦，锃亮发光，很喜庆。

父亲抚摸着这口陪伴他们几十年的柜子，眼里流露出无限的深情。但为了他唯一的儿子上学用，他还是狠狠心把柜子的木板一块块拆了下来。我和母亲给父亲打下手，把拆下来的厚厚的板子小心翼翼地放到一边。那一天所有人的心情都很沉重。

为了俭省不必要的花销，父亲没有找村里的木匠，而是借来锯子、刨子、锤子等用具亲自给我打箱子。母亲还去供销社买来了钉子、砂纸、刷子和油漆。

父亲虽然不是木匠，但农家院里的活一般都能干得来。他干活时还有一个规矩，就是不许别人插嘴。院子里传出来叮叮当当的声音，把邻居们都吸引来，围着看。母亲热情地招待他们，人们满脸羡慕的表情，嘁嘁喳喳地说着话，鼓励我好好求学，将来好有出息，那热闹的场面是我们家很少有过的。

父亲用他粗糙的手做起了木匠的细活，显得很笨拙。但他努力地做好每一道工序，一点都不马虎，即使是一个榫卯都契合匀称。我发现父亲布满老茧的手磨得更加光亮了，虎口处还渗出了红色的血。我了解父亲的脾气，没敢说什么，但心里充满热乎乎的感觉。

父亲整整用了半天时间才把箱子打完，而且打了两个一模一样、方方正正的行李箱，规规矩矩摆放在院子里。我很纳闷，就不解地问父亲怎么打两个行李箱。母亲告诉我，另一个是送给和我很要好的石磊同学，他的家境也不好。我听了母亲的话，心里说不出的高兴和感动。

父亲累得满头大汗，坐下来抽袋烟，休息一下。母亲就开始用砂纸打磨箱子，我帮助她用抹布擦净上面的木屑。然后母亲开始刷油漆，她特别卖力气，一遍一遍地刷尽了对我的爱，总共刷了三遍。油漆是天蓝色的，刷完油漆的木箱子在阳光下闪着亮晶晶的光，特别美观。

我上学用的行李箱，连同我同学的那只，就这样备齐了。我感觉，这个行李箱比世上任何一只箱子都昂贵，因为它里面不仅仅可以装着我求学时的衣服和书籍，还装满了父亲母亲沉甸甸的爱，这份爱藏在岁月的深处，永远都不会消失。

母亲的四个扁匣

◎谢述玲

春天总是格外惹人青睐，人们常常把希望播种在春天，期待着那个梦想开花。而我对于春天的期待，是山间杏花的粉红，是山沟沟里猫骨朵花吹起的喇叭，是老家西头山梁上的那片青绿，那是母亲安睡的地方。燕子来了，山花开了，母亲却无法回到我的身边，永远地离开了我。春天，于我，更多的是想念和回忆。

母亲生于20世纪40年代，是地地道道的农村人，不到一米五五的个子，穿三十五码的鞋子，见证了伟大中国的胜利，饱尝了20世纪60年代的饥荒，经历了80年代的改革开放，而后的90年代，日子一天比一天好，国家一年比一年强，可是，就在这样逐渐向好的时候，母亲患了癌症，一病十年，也煎熬、隐忍了十年，最后，就在那个春天，永远地离开了我们，再也没有疾病和痛苦，安睡在那个开满山花的山坡，那个可以望得见我们的、离家那么近的地方，那是母亲生前的最后遗愿。从此以后，春风吹开春花，加急一封封快递，催着我去看望她，述说这一年的平安，释放着久违的想念。

记忆里，母亲一直留着齐肩的短发，那时候，不知道谁起的名称，叫五号头。母亲一辈子没有走出大山，她与父亲用双手支撑着八口人的大家庭，我们吃的是自己田里种的粮食和蔬菜，穿的是母亲一针一线缝制的鞋子、衣裳。母亲一辈子的家当都在四个扁匣里。那匣子是木质的，大的长和宽有四十厘米，高度三十厘米，小的长三十厘米，宽和高二十厘米，两个大的，两个小的，外形看着有点扁，我猜这就是扁匣名字的由来吧。扁匣的外面画着四季的花草，刷着暗红的油漆，古香古色的。那是姥姥姥爷送给母亲的嫁妆，那时候，姥姥家里有五个孩子，可以说是一贫如洗，听二姨说，母亲的嫁妆还有一根擀面杖，是姥爷亲手砍来后山坡的树干做的，而这两样东西伴随了母亲一生。平日里，那扁匣就一个一个叠放在柜子的上面，我和哥哥姐姐们是不敢乱碰的，因为那是属于母亲自己的“百宝匣”。

春天，母亲打开第一个小扁匣。我在旁边睁大眼睛看着，期待着有什么新鲜玩意。匣子的里面，是大大小小的纸包，有的是报纸包的，有的是牛皮纸包的，甚至还有哥哥用过的练习本的纸，我悄悄问哥哥：“里面是糖吗？”哥哥拿眼神瞟了我一眼，似乎说：“就知道吃。”母亲小心翼翼打开一个个纸包，一颗颗、一粒粒，是我叫不出名字的小东西。母亲一样一样指着告诉我：“这个是白菜籽、萝卜籽，这个是香菜籽、生菜籽、豆角籽、黄瓜籽、茄子籽……春天来了，可以种菜了，有了这些菜籽，咱们就能吃到黄瓜、西红柿、白菜、豆角好多好多的新鲜蔬菜啦。”我舔舔嘴巴，问：“那过多少天能吃到这些新鲜的菜呀？”

母亲抚摸着我的头，笑着说：“馋丫头，快了、快了。”

我生于20世纪70年代，那时候，农村还没有蔬菜大棚，我们吃的都是自家菜园的蔬菜，只有春天、夏天、秋天可以吃到菜园里的新鲜蔬菜，而后的整个冬天，就是自家储存的萝卜、白菜、土豆和腌渍的酸菜了，品种单调自不必说。漫长的冬天，就像不爱亮天的早晨，在默默撕掉日历的期盼中，可算盼来了过年，终于看到餐桌上多了猪肉、芹菜、蒜苗、蒜薹。我和哥哥们吃得饱饱的，可母亲还一个劲给我们夹菜，她自己却舍不得吃，那时候，我们只顾着享受美味，却忽略了母亲。如果我再懂事一点点，就可以让母亲多吃些有营养的饭菜，也许她的身体就不会那么早早地垮掉。等我懂事了，可以给她买好多好吃的，母亲又因为病痛，吃不下多少了，这份悔恨常常令我彻夜难眠。

母亲的第二个小扁匣，装着剪刀、针线，偶尔还有别针和纽扣。在我十几岁的时候，渐渐懂事，看到母亲经常打开扁匣，拿出针线，缝补一家人穿破的袜子、裤子，偶尔在头发上蹭一蹭针的动作我至今记忆犹新。“新三年旧三年，缝缝补补又三年。”那时候有句话“笑破不笑补”。因为贫穷，不论大人还是小孩，穿打补丁的袜子和衣裳都是正常的，衣服破了，勤劳的双手可以补好，没人会笑话，而因为懒惰，不缝补衣裳，那是要被人耻笑的事情。母亲用勤劳的双手，给全家人做棉衣，拆洗被褥，做鞋给家人穿，那双手，要养两头母猪，要养成群的鸡鸭，要照顾全家人的一日三餐，要洗一家人的衣裳。我不知道，母亲是怎么做到这些的，也不知道，在她那大半生的岁月里有几个惬意轻松的日子。难怪母亲只梳五号头，难怪母亲从来不陪我做游戏，母亲一辈子都没有化过妆，更没有一件金银首饰，我也从来没见过母亲穿裙子。后来，我接过了母亲做活的顶针，开始拆洗家人的被褥，缝补破了的衣服，虽然针脚歪歪扭扭，虽然经常把手指刺破，但是，因为可以帮母亲做点事，我打心眼里开心。母亲用行动，教会我勤劳和朴实，就算现在，我也会缝补一些开线的衣物，感觉母亲就在天上看着我。

大扁匣被压在下面，打开的机会就更少了，后来我在整理物品的时候，打开擦一擦灰尘。其中的一个大扁匣里面，是一双皮鞋，那是母亲唯一的一双皮鞋，黑漆漆、油亮亮的，那双鞋就安静地躺在那里，从我注意到它，母亲就没有再穿过了。在一次干活的时候，母亲的左脚掌扎进去一根铁钉，母亲把铁钉拔下来，擦点红药水，简单包一包就继续干活了，结果，因为消毒不彻底，母亲的脚掌长了鸡眼，而且越长越大，疼得母亲走路都一跛一跛的，就是这样，母亲也没有去医院，就是偶尔自己处理一下。周而复始，母亲因此遭了好多年的罪，母亲就再也穿不了那双皮鞋了。看得出来，母亲是特别喜欢那双鞋的，在那个刚刚吃饱穿暖的年代，拥有一双皮鞋，那得是多珍贵。遗憾的是，母亲只能把它小心翼翼地收藏起来。那些繁重的家务活，已经压弯了母亲的脊梁，她的脚趾也慢慢变形，眼角的皱纹和斑驳的白发，无一不在诉说着岁月的沧桑。

就在前两天，女儿为我买了一双高档休闲鞋，我试了试，鞋底很舒服，也很暖，可是，一下子就让我想起母亲，我的心一阵酸涩：我还没有给母亲买过鞋，这竟是一辈子的遗憾！当年，我参加工作的时候，选择了在外地就业，初入陌生环境，也很彷徨和无助。母亲当时已经瘫痪不能自理，没有人搀扶就出不来屋子了。我的姐姐大我十二岁，关心母亲的事，她明显在行，衣服、鞋子都是姐姐给母亲买。因此，我也就错过了那些我该尽的孝心，只是回家看望母亲的时候多买些她没吃过的水果、鸡、鱼、肉等，让她可以在我面前多吃一点点，开心一点点。一个劳苦了一辈子的人，每天坐在窗台前，看着大门外面来来往往的邻居路过，她该是多么渴望，多么无奈呀！她盼望的是我和哥哥、姐姐们放假回家与她短暂的团聚。而后，又剩她一个人无助地守候，默默地期待。母亲一个人，熬过这病痛折磨的十年，也就守候和期待了十年，一想到那个孤零零的身影，我的心就撕裂般地疼痛，我这个漂在外面的女儿究竟是多么不孝，我又如何让自己的内心坦然安稳，我欠母亲十年的陪伴，却再也没有机会补偿了，再次抚摸母亲的扁匣，这种遗憾更令我痛不堪言。

最后一个大扁匣里，空荡荡的，只有几个账本，那是家里办事情时候乡亲们来凑份子的礼账单。那个年代谁家盖房子、娶媳妇、老人过世什么的，都会需要帮忙。母亲永远不会落下谁家的事情。母亲是一个特别容易相处的人，街坊邻居和她相处格外和谐。礼尚往来互相帮助，就是平日里谁家缺少些什么，只要母亲有的，都会拿去帮她们一把。我还记得有一次，我们村有个婶子，因为女儿读高中，马上开学了，学费还没有着落，找到母亲借五元钱，母亲二话不说，给婶子拿了十元钱。那时候，家里的钱都放在父亲那里，母亲也就每年上山采点蘑菇、榛子和药材，卖了钱攒下来些，偶尔给家里添点日用品什么的。她自己却从来舍不得花。母亲就是这样一个热心肠的人，哪怕自己苦一点，永远也不喜欢拒绝别人，她总是替别人着想。

母亲留下了四个扁匣，装满她所有的付出和期待，她没有机会住楼房、开轿车，也没有机会逛商场、品美食，我再也没有机会看到她的笑，她的伤，她用自己的一生，演绎着自强不息和勤俭节约的传统美德，她把一生献给了家庭，献给了子女，却从来没对我们要求过什么。“子欲养而亲不待。”我在深深的自责中，努力生活，努力工作，也只有这样，我才不辜负母亲的期待，这才是母亲留给我的最大财富！

想念乌镇

◎杨雪松

寂静的午后、黄昏，我会突然想念乌镇。

乌镇有发旧的颜色，如同被岁月的流水漂洗过，越洗越干净透彻，越洗越自然亲切。顺着纹理清楚的木质长廊，踩着有些灰白的青石板，你仿佛可以走进乌镇的心里去。

这是现代城市所无法给予的关怀。在今天的城市，无论你到过多么繁华的场所，跨过多少拥挤的门槛，就是无法坐下来与其倾心交谈。

乌镇有重重叠叠的老屋檐，无论怎样年老，它们一律活泼地上翘着，把目光指向清风明月，指向繁星点点，指向天边的云霞。在一片片白色墙体和漫无边际的天空映衬下，一道道青黑色的屋檐，成了眼中生动的风景。弯而有力的弧线一条接着一条，紧紧提着你的心情向上跳跃，飞得好远好远。

乌镇的建筑极为拙朴。这是木与石造就的一座城堡。墙是木制的，门是木制的，窗是木制的，甚至洗澡的盆、喝酒的碗，无一不雕刻着生命的年轮。树木改变了生存的姿态，整座森林建造成人可以在里面生活的样式，从此以后，树木和人，在光合作用下一同呼吸，彼此依托。人有了暖和的家，树木有了自由出入的灵魂。靠着温润潮湿的窗台，你仿佛化身为倚在树枝间的杜鹃，嗓子里呛进来绿色的氧气。

而石头，则支撑了乌镇所有的艰难困苦。深而窄的河道、小而拱的桥、磨破千层脚板的路面，它们简单粗糙，却异常坚固。

在这里，美不体现在装饰，而体现在实用。就像一个外貌淳朴而内心坚强的民族那样，乌镇上的石头经受住了百年的考验，得到了普遍的信任与尊重。在现代，原始的东西最昂贵，所以乌镇的旧、老、拙朴都成为骨子里的奢华。

何况乌镇又为你打开了百床馆，不经意透露出这里曾富甲一方的烟云往事；何况蜡染坊里的历代衣裙，正悄悄描画着乌镇女子超群聪颖的容颜。谁能比文化更久远，比历史更厚重呢？

在乌镇，你可以玩时光倒流的游戏，从茅盾故居的窗前出发，穿过燕子呢喃的乌镇长巷，跳上一只褐色的乌篷船，一边听漫不经心的桨声，一边吃着香甜的肉粽子。到了古戏台前，你不妨拣一条木凳，认真地看黄衫绿袖的人在唱些什么，思考那咿咿呀呀的腔调里，到底隐含了哪些悲凉，哪些欢乐。

其实最让我想念的，是乌镇的老酒。古老的酒作坊里遍地乌黑的酒缸，用粗布红绳醒目地缠裹着。店主并不说卖酒，只请客人随意品尝一小木盅，就算是说话了，买不买由你。因为只尝了一口就被朋友给拉走了，那酒就此成了心中的余味。我至今还在问自己，到底真的是酒好呢，还是因为没有买一坛的遗憾在作怪呢？

能彻底留住人的脚步的大概只有黑夜。乌镇的夜与世隔绝，你看得见一层层从天空弥漫过来的蓝色气体，感觉得到从木屋里扩散出来黝黑的木头的呼吸，听得清石桥下汩汩的流入心底的水声。你可以披一件浅粉色外套，很随意地静坐在长廊，想一想自己前生是谁，来世又在哪里；也可以穿蓝丝绒的长衫，信步走进一家小酒馆，用青花碗盛下你的心情，或是漂泊，或是回归。

在岁月疾驰的车厢里回首望去，乌镇的夜如此清凉，又如此温暖，那一盏盏金黄如豆的灯火，一点点击碎了你平静的心湖，燃起你重返乌镇的欲望。

当时，仅仅是车过而已。与乌镇匆匆的相遇竟牵扯出一生一世的挂念，意念中的千花万朵竞相开放。也许这就是一见钟情吧。

但我从没有急切地动身回到乌镇，相见不如想念。

清河时光

◎马　哲

我们一行，从火车换乘到汽车，经过几番颠簸，窗外的景色已从耸立的楼宇变成了低矮的砖房。当四外都是荒凉的山坡，一个院落也徐徐地出现在我们眼前。清河，终于到了。

下了车，我们已经饥肠辘辘。急忙进了屋，小黄木桌已经摆好，土炕早就烧得滚烫，每个人的面前都摆上一杯香浓的大麦茶。主人在表述完简短的欢迎词后，就开始端上我们耳闻已久的“八大碗”，鲜菌蘑、溜达鸡、嫩酸菜、老排骨……

最为诱人的是透着玫瑰色的红烧肉，闪着油亮的光。夹一块，化在嘴里，再佐着温热的“小烧”，抿上一口，那醉意宛转发自心底，渐渐地迷掩住空灵的双眼，透红含笑的面颊，冲淡蛰伏的愁思，我们陶然忘情于这无忧的祥和与沁人的缠绵中。

酒酣耳热之后，我们出了场院，才仔细地打量起周围的景色。

极目远望，青玉色的河水缓缓向西流去。两岸是一带栗色的山，倒影起伏着依偎在寒白的水面上。山上，剑立着白桦。笔直的干，一枝是太阿，两枝是干将莫邪，众多列立在朔风中的，就是那滚滚而过的铁蹄、铮铮作响的兵镝，穿苍林，涉秋水，踏戈壁，震碎了故国的陈酣旧梦。可细看，她并不全然是那么咄咄逼人，蔓延开来的枝梢好似吴带当风，一笔笔飘逸在山野里，密的乳白色集成氤氲而浮荡的云，遮挽住我们游移的眼光，使她时而澄清，时而迷离。空气也被凝冻成凹凸圆滑的冰镜，将眼前如烟似幻的绮丽抽象成一张挥洒的大写意，也不知是风情化成了出世的梦境，还是梦境化成了入画的风情。于是，这绰约临风的丰姿，引着我们的遐思，迫不及待地奔过去，要与久违的挚友谈笑相拥，一诉衷肠。

山势既不高也不陡。我们在凉爽的山风中闲适地驻足、惬意地前行。沿着小径，我们怀藏着初次临近郊原的兴奋，不知不觉地走进了疏散的羊群当中。小羊彼此嬉戏。只有年迈的头羊用悠然的目光看着悠然的我们。大家都在大地广博的怀抱中，将躁动不安的心绪变得纯洁、和谐、宁静、悠远。这是我畅想的故土和梦乡。

在舒缓的漫行中，我们触碰到了山间的第一株桦树。玄黑色的大地中挺拔着银色的精灵，竖立在万千萧瑟中，睥睨般俯视着凡木苍林。清亮色的表面，触手却是那么温润。胸襟中蕴在心底的挚情，使她在凛冽的寒风中保有谦谦君子的灵韵。我们不禁每个人搂定一棵，或许是谈不够，说不尽，只能紧紧抱住才不会让至爱失落。

这时候，有人提议，应当唱那首《白桦林》，我心里却认为不合时宜。其实，无须表达，只要肩并着肩，和白桦靠在一起，也就足够了。

不知是谁，吆喝一声：“走哇，前面还有更美的风景。”

于是，乘着清冽的北风，我们循着不远处流淌的清河水，一行人向着前方，缓慢地步行。河的两旁，是高而窄的沙石道，踩在脚下，松散绵软。凉风吹过，丝缕的醉意涌上来，是无尽的舒爽。由于天气寒冷，河流几乎停滞，所以近处两岸结了厚重的冰。我们也不愿一步步挨着河岸走，就踏着呼喊声，挤到了封固的水面上。美呀！透过冰面，飘摇的水草依依随波舞动，鱼儿袅袅自在穿行。更妙的是，枯干的苇草被包在这玲珑中。凿取一块赏玩，满池的秋色被凝在这一方晶莹剔透中，枝条横斜错落，像疏笔挥就的寒意山水图，风韵和秀丽永不逝去。

可能是人太多的缘故，或许还不够结实，冰沿着人的落脚处吱吱呀呀地爆裂开，瞬间，热闹的河面上，只剩下两个人还立在那里，望着远方舒展波动的流水。

“为什么还不走?”

“走和不走有区别吗?”

“走，或许代表着敏锐的理智；不走，或许代表着惆怅的情感。”

“走，就一定怀抱着坚定的目的？不走，就一定陶醉在怅然的迷失?”

“难道说不走比走，更明了?”

“走比不走可能还有些许踯躅?”

“走还有将来不走的选择。”

“不走就没有揣测过走后的结果吗?”

“那么走和不走究竟哪一个更贴切呢?”

“走和不走有区别吗？……”

“但还是走起来吧，哪怕是漫无目的的蜗行，也可能采撷到那天尽头、云起处的一抹夕阳……”

夜渐渐静了，我们拢起一堆燃烧的松木，塞进几个地瓜在红彤彤的干柴下，篝火映衬出一张张绯红的脸。十几个青年，分在两旁，开始轻声唱起旧日的歌。低婉而徘徊的乐声随着飞扬的火光，飘散在夜空；曼妙而回转的旋律伴着青春的芳华，萦绕在心田。我不停地续着木柴，不是想使篝火烧得更旺，而是希冀这些清亮的歌声永不停滞下来，长久地回荡在这安谧的夜。

“地瓜熟了！”一声清喝打破了寂夜的沉静，大家纷纷用木棒拨出地瓜来。剥开炭黑色的表皮，淡黄的内瓤立即弥散出甘甜的香气，我们欢笑着分享这厚土赠予的甜蜜果实。

畅快过后，疲倦袭来。火光渐渐明灭着，闪闪的，宛如远眺繁华都市的夜影。大家围成了圆，在渐渐暗去的焰光中，默默留恋着美好的醉人时光。

采蘑菇的老太婆

◎彭曙辉

老伴退休这六年，是儿孙们长大成家就学的时间段，闲起来的老伴就是玩，快乐地玩，变着花样地玩。她在我书柜里选了孩子们喜欢的四大名著连环画认真地看了两个月，说在寻找童年的记忆。

进入夏季，老伴最活跃，她喜欢穿着纱裙，红的，白的，在广场上最耀眼的就是她。扭腰甩臂地跳舞，有时还化妆参加广场舞的表演赛。她说，活到六十多岁才知道什么是轻松、快乐、潇洒。

今年刚入秋，雨水多了起来，几个广场舞友商量，来个秋季蘑菇大扫荡。城郊有几座小山被树木遮住，大片大片的松林就是她们踏着露水采蘑菇的主战场。

这晚，老伴认真地做着准备。小竹筐、布袋、手套、围巾、套袖、口罩、水杯等弄了一大包，还没采到蘑菇已是负重前行了。

嘴里叨咕着，准备采多少，什么品种，怎么晾晒，保存方法。她说，小时候跟着大人采过蘑菇，那时还没听过《采蘑菇的小姑娘》这首歌，但她就是那个挎着小筐“采蘑菇的小姑娘”，现在摇身一变成了“采蘑菇的老太婆”。

出门前，她特意涂了红嘴唇，描了眉。我说，你这像唱戏的打扮，不得把蘑菇吓跑哇！她脖子一扬，喊一句，采蘑菇的老太婆出发了。

望着老伴兴高采烈走出去的背影，我的心里一阵激动。回想这几年，她是从两个手术台上下来的人，乳腺、子宫的瘤子被割掉后，心情一度压抑，闷在家里精神快要崩溃了。我开始惯着她，她吃什么，我做什么，想怎么玩，我就助力。身体和心理康复后一年，老伴退休了，她很快走进广场，融入欢乐的老年人群。她说想开了，要热爱生活，善待自己，开始天天穿着鲜艳，搽脂抹粉，走路像走模特步，又像扭秧歌。老伴说，她的病发现早治得好，要感谢这个好社会和幸福的时代，所以要好好活着，活出个样来。看到老伴这样的状态我很欣慰。

一连几天，老伴她们每早出去采蘑菇，但收获不多。她说要的是过程，几个老太婆说说笑笑很热闹。她们把采的蘑菇堆在一起比大小，谁的蘑菇头好看，并选出蘑菇王，通过石头剪刀布确定归谁，其他的平分后回家交差。老太婆们挎着竹筐，哼着《采蘑菇的小姑娘》小调，在回来的路上是一道美丽的风景。

我发现老伴的左眼角被树枝划了两道血印，她说，这是看我不老，给我添几道鱼尾纹哪！

采蘑菇辛苦，回来收拾更辛苦。小板凳上一坐，戴上老花镜，一个一个地挑选，摘去蘑菇头上的草棍，掐去带土的根部，平整地放在菜板上，端到阳光下暴晒。

下午，老伴眯一小觉，傍晚又回到广场舞队伍中。这次我跟着去了广场，并为老伴她们清唱了一首《采蘑菇的小姑娘》，歌词略有改动，表达了对她们乐观人生的敬佩之情，衷心地祝愿采蘑菇的老太婆们把快乐进行到底！

中原的树

◎张　哲

我还是第一次见到这样的树。

外形不蔓不枝，身姿不僵不弯，神采飞扬，轻盈端庄，从远处眯着眼看，每一处枝叶间的空隙都那么自然，每一根枝条的长短都恰到好处。3月的山西，树枝还迟迟没有抽出新叶，只有一片模糊的绿意，像是蘸着浅绿色颜料的画笔甩下的溅到白纸上的印迹，又像是不小心被春风偷吻了一口，淡淡地绿了一脸，细看去颇有味道。

每到一地，难免会下意识地与自己所居住的北方做个比较，而树，是最能让人首先感知地域间差异的参照。在我眼里，山西的树就像一位满腹经纶的才子，谦和又不失睿智。它们没有张扬冷峻的外表，倒有几分清雅潇洒的神态，让人身心舒暖。一方水土养一方树，我一直觉得，树，最能代表一个地方的人文气质和水土品性。

山西人我虽没有接触过，却听过“凡是有麻雀的地方，就有山西商人”的说法，足见山西人善于理财、精明能干。但就算再有钱，买卖做得再惊天动地，他们也不会忘记自己是这块黄土地上走出来的人。许多晋商富甲天下，但仍然穿着朴素，生活节俭，有时甚至有些“抠门儿”。然而不论历史还是当今，一旦涉及家国兴衰的紧要关头，他们中的很多人都会毫不犹豫地慷慨解囊。在太原集市闲逛，神态从容的商家拖着响亮的嗓音吆喝叫卖，言语间绝无强买强卖之霸气、戾气。你尽可大大方方讨价还价，就算最后没成交，也没人追在你后面逼你掏钱。买卖双方各守规矩，相安无事，也许，童叟无欺、和气生财就是他们经商成功的秘诀吧。

行驶在本来不宽的山路上，十几辆摇摇晃晃的运煤车呼啸而过，我紧了紧安全带。出租车司机没有东北大哥那样身强力壮，看上去清清秀秀，也不是很健谈，却有股山西人的厚道朴实和精明真诚。他不紧不慢地甩着一口秦腔说，这在山西是司空见惯的事。大学毕业后，他在机关干了好几年，后来出来开这种运煤车，挣钱盖了房子，现在偶尔开开出租。在中国传统的“重儒轻商”观念里，山西人却是个例外。不少学业精湛的读书人一改“学而优则仕”为“学而优则商”，这不能不说是山西人务实、进取的一个实例。

历史的香火，袅袅盘旋在山西这片土地的上空。这里，到处能看到温雅随和的面容，到处能听到浓郁的方言。斑驳高耸的门庭，温厚遒劲的醋香，山西，如一株盘根错节泰然挺立的老树，牢牢扎根中原大地。这里，伫立过霸气无敌的一代女皇武则天，孕育过重诺守信的晋文公重耳，飞驰过“匈奴未灭，何以家为”的霍去病，行走过“秦时明月汉时关，万里长征人未还”的王昌龄……

三月的古城，人流还不算密集。相比名满天下的平遥牛肉，我对农家自酿的陈醋情有独钟。一块石磨，一个吊桶，配上造型古朴的漏斗，开关启动，就见深棕的醋汁不知从哪里流了出来，我赶紧咽了咽口水。山西人嗜醋如命，过去民间更是家家有醋缸，人人当醋匠。要不是因为飞机上不准携带，我定要背回去几大瓶。一道烤粑粑端上桌，鲜香浓郁，绵软韧滑，好吃到无法形容。一个醋，一个面，这里面藏着山西人特有的务实、睿智、诚信和丰富。

我敢保证，即使在这座古城待上半月，你也不会感到时光的流动，只要你来，就一定不愿离开。

答案就在这中原大地上，就在这根深叶茂的参天大树中。

笑容，或者眼神

——写给浓浓的“税务蓝”

◎**崔德忠**

1

回眸，以及面对眼神，其实是一件很美妙的事。我甚至认为，在浓浓的“税务蓝”的眼神里，珍藏着许多往事，有的甚至一辈子不为外人道。

这些“税务蓝”的眼神，固执而不失浪漫。而这些，足以令世间沉寂。这样的眼神，足以散发着湿润的清香。而“我不说话，默默无言，准备，重新化作你”……

是你的笑容，让你的眼神布满着绯红，而略带着长年加班的血丝。我能听到你血管里滚动着的涛声。你的面容，与你青春的肤色相媲美，却与你的现实年龄格格不入！

瞧！你那敬业的目光，多么深奥！它传承与担当的是所有税务人的品格与“忠诚担当、崇法守纪、兴税强国”的新时代税收精神……

也许你永远不会知道，它正深刻地触动着我！

我虽然猜不透税务人的内心，但我感受得到税务人的脉搏，正跳动得愈来愈强劲。而这世界正风清气正，海晏河清……

2

在那些曾经陌生而平静的眼神里，我只依稀地记得你的坚忍，却不知自何时开始，对你只是微微一笑。对此，你总是秘而不宣，却早已把我的内心窥视，并盛满税务人的那份执着。

而仿佛只有你一人从来没有过苦难。对此，你淡然一笑，似乎早已将所有的难处深深地埋藏在心底。

岁月，沾满了露珠，催敲着早春的花蕾；大自然，一片纯净与静美，春来万物长……

3

我，在为你祈祷，我记住了税务人有格调的眼神，以及充满着魅力的美；我仿佛看到了那些煤火的失眠，和春天田野里的一场场梦，以及夜深人静，你的一声声慨叹，引我久久地注视着你的眼神，甚至忽略了你的笑容。

我注视你的眼神，甚至忽略了你的眼睛。

我相信，你也在注视着我！

我甚至从你的眼神里读到了刚毅与温柔。我甚至知晓你眼神里的爱。

4

岁月不居，时节如流！而你的眼神哪！

它们明亮而清澈，如此晶莹，闪烁着光芒。它们预示着吉祥。

你的眼神告诉我，你的眼睛在诉说着！而不仅仅是随意地诉说着！

一代人有一代人的长征与使命，一代人有一代人的作为与担当。那浓浓的“税务蓝”的味道，必将会影响到整个人类社会。一如你黑暗的眼神洁白着，胜过高山上的冰雪！比蓝色的火焰——更加温情与明亮。

5

时间，像条小蛇，有时蜷缩成一团，有时又舒展得一去不复返。

时间，有时也化作一只鸽子，整天在洁白的窗棂旁低声咕咕。直到夜深人静，一转眼就一去不复返了。

“为国聚财，为民收税。”工作落地有声，党建凝心聚力，活动有声有色，民生念兹在兹。跃马迎春风，税收新腾飞。这些都是你那眼神的写照，也是你那眼神里无法掩饰的流露……这一刻，我真的好荣幸！面对这些笑容，我们情不自禁彼此多看对方一眼……

生活，没有一声叹息。你若有所思，我默默不得语……叩打着岁月之门。在一片片祥和而美满的星空下……饱满的谷穗，才懂得低下头。

——透视税务人的眼神，我分明辨得清你“那么多的神奇，那么多的欢畅”。你的道路就是我的道路，我们一起去赴金秋的盛宴。

——透视税务人的眼神，我分明感受得到你刚毅中彰显着温柔的忧愁，你脆弱里展现出的父辈般脊梁式的坚强。

——透视税务人的眼神，我分明看到了生生不息的“炉中煤”。郭沫若在同题诗中这样写道：“我自从重见天光，我常常思念我的故乡，我为我心爱的人儿，燃到了这般模样！”而我，只有用这所有诗句凝聚成的情感，去赞美你！所有的一切我都情愿赠给你，情愿赠给永远的税收人……

6

我不再企求，从你的眼神里读懂太多；我只想平平静静地，面对你的眼神，我想这样我会更加平静，甚至是一种超然的淡定……

每一个不曾起舞的日子，都是对生命的辜负。当星星开始颤抖，我无一刻不迷失于这阳光里的曲调。你们是我这些诗篇的太阳神，你们是我生命的护身符，如同行走于故乡里的芳华……

马克思说：这里有玫瑰花，就在这里跳舞吧！可是，我是多么熟稔，你这刚毅而又温情的眼神！

此刻，又是一年春草绿。我窗外的那株株银杏树，一夜之间绽放叶子。此刻，在时光无声无息、无处停留的角落里，我只想用这黄金般的诗句，高声赞美你！

有一种结果，叫作没有如果。如果把每个纳税人比作一滴水，对于税收来说，那就是积沙成塔，集腋成裘。与税务人的脸谱和眼神的遇见，就是最好的美好与时尚，就应该勇于去面对与担当，就一定是走在幸运的福祉里……

看！一个庄重的“税”字，正以饱满的、沉静的姿态矗立在那里。而蓝色，是税务人的代表色，更是担当、奉献、敬业、实干精神的代言人。

岁月如水，川流不息。人生如棋，落子无悔。时光在守候，你我无法停留。更多的是，光阴在安静里，潺潺流动着……

“税”月芳华

◎陈艳梅

一身澄碧透彻的税务蓝，把年轻女税官的端庄柔美和精明强干融合得完美无瑕。她们挥扬青春的帆板，舞动着梦想的楫棹，在更深的蓝色大海上或疾驰或迂回，划过了平凡而又光辉的岁岁年年、日日夜夜。

新冠肺炎疫情下的盘锦市税务局的各个办税服务厅，依旧迎来送往，井然有序。门口设有疫情防控台，在这里必定站有一位身着蓝色制服的女税官，飒爽英姿，精神奕奕，对进厅办事的人监测体温，提醒佩戴口罩，查看行程码、健康码，丝毫也不含糊，一点也不松懈。为了避免交叉风险，“特事特办专区”提供了“不进厅”服务。

一进入大厅，就看见井井有条的服务窗口，设有优惠政策落实咨询服务岗、咨询辅导区、税收风险提示、小微企业优惠政策咨询服务岗……还有各种体贴周到的服务措施暖心动人，由她们传递出来阵阵拂面春风：“便民办税春风”吹进纳税人和交费人心里；“自助办税”助力办税人驶上办税“高速路”；“预约办”和“容缺办”让现场办税更加快速便捷；延时服务做到让纳税人交费人“只跑一次”……

一项项业务井然有序，一件件服务制度细致入微，一声声办税问候体贴暖心。精准高效的业务水平可不是轻而易举换来的。新政策来了，得认真学习，适时宣传，严格执行。别人在休闲娱乐，她们在熟练地敲击键盘，一分一厘地精细核算；别人享受天伦，她们在灯下凝眉深思。“减税降费”，她们及时把惠民政策送到民心；“同城通办”，她们用信息化办税便民。每一次的自我突破，每一次政策的解读，每一次优惠的落实，她们如释重负，眉宇舒展，一本本账簿，一张张凭证，一行行数字，一件件货物，映衬她们青春四溢的笑，像蔚蓝的大海里一朵雪白莹洁的浪花。

潮涨潮落，向涛而立；搏击风浪，“税”月留痕。年轻的女税官，你闪光的青春和热忱，是从发亮的雪山顶上流下来的清爽芳香，涓涓滴滴如聚势成局的蓝流，虽静默无声，却执着向前，直到汇入了蕴大涵深的一片蔚蓝。在那里，我看到了你闪耀的税徽飞扬着理想，无私的奉献托举着崇高的信念，正绽放出最壮丽、最灿烂的芳华。

不变的情怀

◎李　玲

阜新老王开着他那台破旧的桑塔纳，有些无奈地来到兴隆台区税务局服务大厅，他的建筑施工队在盘锦忙碌了大半年，活没少干，钱总算也到账了些，除了给几十号兄弟发工资，应该没有白忙活。不过还一定得交税呀。这也是他每次结算工程款后最自豪的一件事，咱是新时代的纳税人！

“请您戴好口罩，出示一下行程码，测体温。”一进门，一位防疫人员便温情提示。

“不好意思，没有。”老王心想我整天在工地忙，哪有工夫戴口罩。或许是年底的关系，办税服务厅里的人很多，老王有点犹豫今天办还是不办。

“没关系，这边免费提供口罩。”身披红色绶带的引导员热情地迎了上来，“您需要办理哪项业务？请跟我来。”

老王跟着引导员来到4号窗口前的等待区，坐下来不停地摆弄手机。几分钟后广播里终于喊到他的号码。

“您好，请出示您的身份证，”老王认真填写好纳税申报表，递给工作人员——一位年轻的女同志。心想如今税务部门服务真的改变了，过去这儿是有名的“黑老虎”，门难进，事难办。咱依法纳税，还要看他们的脸色。

“今天的电脑系统有些卡，还请您多理解。”她态度和蔼。这时，有一位工作人员来到她身边，小声说：“你还是给家里回个电话吧，你母亲的电话打到办公室了。”她从抽屉里拿出手机看了一下，迅速打了几个字，说了句“谢谢，知道了”，就继续为老王打票据。老王忍不住提示她：“姑娘不用急，你就给家里回个电话呗。”她微笑地说：“有纳税人办理业务，我们不接打电话。家里孩子小，老婆婆记性不好，总是提示我别忘了去幼儿园接孩子。”老王看在眼里，不再打扰她工作。家家都有本难念的经啊。他情不自禁地看了一下柜台里面那些忙碌的税务工作人员，柜台上有两块小牌子，分别是“绿色通道”“党员示范岗”，老王心里暖暖的……

这是近日我到盘锦税务采访，阜新纳税人老王给我讲述的真实一幕。

盘锦税务好样的！老王说，明年他还要来盘锦干工程，一定及时纳税。

其实，一直以来我对税务的了解认知不够。后来，我也来到一个执法部门工作，渐渐地明白头顶那枚国徽的重量。在我们的中华大家庭里，有各种各样的角色，而每一种角色往往都意味着一种责任，我们在感受快乐幸福的同时，必须还要面对很多意想不到的无奈、讽刺、嘲笑、责怪、刁难，等等。

陪同我们采访的税务部门领导介绍，税务部门不断创新服务工作措施，始终致力于为纳税人提供安全舒适服务。各级办税服务厅采取“先预审后取号”的服务模式，避免了纳税人因资料不全而多次排队的现象，窗口的办事效率大大提高。还设立了自助办税区，包括普通发票和专用发票的购买、代开发票打印、清卡、发票验旧等功能，实行“24小时服务”，纳税人在任何时候都可以办理业务。还根据纳税人实际咨询业务内容，配备导税人员负责辅导、协助纳税人，疏通办税交费“难点”和“堵点”，为纳税人提供优质涉税咨询服务。让纳税人交纳放心税、便捷税、明白税、诚信税、满意税，使纳税人真正看到变化，为及时、妥善处理征纳争议，化解征纳矛盾，构建和谐征纳关系提供了保障。

纳税人由被“逼”上税，到主动来税务机关纳税，实现这一看似简单的过程，是一代又一代税务人不懈的努力，无悔的付出。而现代化“双语”（其实是几十种语言）办税的神奇，两百项办税事项“最多跑一次”清单的实施和手机程序办税的方便快捷，让更多的纳税人感受到“家”的温暖……

又一次走进盘锦税务，又一次感受“为国聚财，为民收税”的内涵，作为一名普通公民也是光荣的纳税人，我感到无比欣慰，而作为一名作家也是新时代先进文化的传播者，我又感到那份神圣职责与税务人的蓝色情怀一样庄重。时代在变，税务人的初心不变。从“税收与发展”到“税收与未来”，从“税收、发展、民生”到“减税费优服务，助复产促发展”，再到“税收惠民办实事，深化改革开新局”，税务宣传每一年的主题都留下了时代烙印，越来越接地气，让我们感受到了征纳关系的不断升温，税收事业的蓬勃发展，见证了一代又一代税务人的不变情怀，也见证了盘锦经济社会翻天覆地的变化。

笔耕“税”月里的坚守

◎赵晓林

我有一件藏品，时间才过了二十七年，可是它早已经褪色，有些地方还泛了白，边边角角也破损很多。我一直保存着这件宝贝，每每与它相对，我的思想感情就如潮水般奔涌而出，手指不停敲击键盘，那些带着灵感的文字就会快乐地来到电脑屏幕上集合排队，和我一起书写对生活的感悟。

那是我参加工作后佩戴的第一副税务肩章。

那年秋末，我第一次穿着蓝色税务制服，走在家乡的土地上。“咱芦苇村头一回出个税官，还在城里上班，真了不起！”村民的话让我兴奋不已，十五年的读书生涯没有白熬，自己跳出农门，还在城里找到一份稳定的工作，彻彻底底改变了家族的历史呀！我要给手术后的父亲一个惊喜。父亲佝偻着腰，正站在他开垦的稻田边。他看到我，愣了好一会儿，才慢慢走过来，仔仔细细打量我。父亲指指我的肩头，我蹲下身，他也蹲下身，腿微微屈着，用锉一样的手抚摸那副肩章。他的动作很轻，很慢，好像要把肩章的每一处都抚摸到，后来终于停下来，重重拍拍我的肩。父亲是个地地道道的农民，在他的思想里，土地是命，一时一刻也离不开。当然，在他的思想里，还有些许微弱的期望——让儿子走出得胜镇芦苇村。当父亲的期望成为现实，他浑浊的眼睛已经湿润，那里面分明有个我，一个身穿税装精神帅气的小伙子。那年冬天，父亲还是离开了我们。以后我每次回家，都要到父亲开垦的稻田看看。父亲的叮嘱又在我的耳边响起：“孩子，在城里扎根了，咱得扛起工作呀！”我感到父亲抚摸那副肩章的温度还在。

其实父亲不知道，作为一名税官，我没有走街串巷挨个业户收税款，没有早出晚归到企业检查账目，没有坐在申报厅为纳税人办理涉税业务。我被分配到局办公室，大部分时间都在与文字打交道。这种大相径庭的反差，仿佛一堵厚厚的墙，隔断了我羡慕的税收岗位，为国聚财、为民收税的使命似乎离我很远很远。这种低沉的情绪困扰我，直到有一次因为采写一篇先进典型的通讯稿，我才找到了奔跑的方向。那篇通讯初稿被否定后，我决定按照主任的叮嘱，到现场来一次实打实的跟踪采访。当我与被采访人小李联系后，他毫不犹豫地拒绝了，寒冬腊月，咱这疙瘩天嘎嘎冷，更何况还得起大早，还是拉倒吧。小李性格直爽，他的好心却激起我的犟脾气。采访当然如期进行，我穿上厚厚的羽绒服，戴着一副羊毛棉手套，凌晨四点和小李来到钻井蔬菜批发市场。我惊奇地发现，他戴的是那种露手指的线手套。小李和业户亲切地打招呼，撕税票，收税款，动作迅速而娴熟。他有时两只手互相搓一会儿，有时两只手在自己脸上焐一会儿。小李告诉我，戴这种手套就是冻得慌，可撕税票方便哪。我问他，这么辛苦，还没干够？他淡淡地笑笑说，当然辛苦了，可总得有人干哪。借着市场远处的灯光，我看到比我矮半头的小李，他税服棉大衣上的肩章，在寒冷的冬季闪烁着耀眼的光。跟在他身后的我，内心猛地颤动一下。小李收完税，我把自己那双早已焐热的羊毛棉手套递给他。

如今，国家实施减税降费政策，税务干部到市场收税已经成为历史，而这个采访中发现的细节，直到现在还牢牢印在我的脑海里。当时的小李年龄也就比我大四五岁，却是基层税务所的一名老兵，每天起五更爬半夜，到市场收税从来都是风雨无阻。小李感动了我，我在那篇通讯里深情地为他写下这样一段话：“即使是一片小小的绿叶，也能装下美丽的春天；即使是一滴小小的浪花，也能容纳浩渺湛蓝的海洋；即使是一缕淡淡的阳光，也能让温暖流遍生命的田园。”修改后的稿子很快就在报纸上发表了，从主任到局领导都夸我是单位的“小才子”。小李特意打电话告诉我，那段话他打印出来放在办公桌的玻璃板下，要时常读一读。后来，我还因为那篇通讯被报社评为优秀通讯员。

真没想到，我只是用自己的笔，通过思考和梳理，做了一次奇妙的文字重新排列组合，为小李的人生境界拔了个高。一次偶然的妙笔生花，竟然获得这么多的褒奖，怎么能不让我兴奋呢？税收是国家的血脉，它虽然在现实生活中是抽象和无形的，但它的的确确融入了我们的生活，时时刻刻都在为国家的经济社会发展发挥着重要的支柱作用。为税收鼓与呼，这是税收工作多么重要的组成部分哪！我有什么理由不拿起手中的笔，为蓬勃的税收事业写下真诚的文字呢?

我在出版的短篇小说集《亲爱的炉长》后记中写过这样的话：“人这一辈子，只要能够踏踏实实做好一件事，就算成功了。”这也算是我对自己从事二十多年文字工作的有感而发吧。其实生活已经赐予你热爱她的一种方式，那你就应该用百分之百的努力表达对生活的敬意。当我与文字“日久生情”时，当我的人生收获与角色也在悄悄变化时，面对电脑上密密麻麻的文字，我总觉得它们又在开启我工作上的新思路、新点子。我发现那些与税务有关的文字是一座内涵丰富的宝藏，闪耀着五彩斑斓的光芒。那是税务文字凝聚起来的税务文化，那是税务文化彰显出来的税务之美。

2020年年末，辽宁省税务局拍摄的税务题材微电影《坚守》在新华网首播，系统内的很多干部在朋友圈里为我点赞。最初，我接到编剧这个任务时，没有一点思路，脑海里一片空白。于是，我就像以前一样，从办公桌的抽屉里拿出参加工作后佩戴的第一副肩章，默默与它相对。它已经旧了，单位佩发新肩章时，我就把它珍藏起来。税务肩章是深蓝的底色，镶嵌两条红边线。上面缀着一枚灯笼形状的徽标，那是一双合拢的金色的手，围绕在金色的“税”字周围。细细看去，那是中国税务的简称“中税”二字。

这是我多年从事文字工作的习惯。每当我看到那副税务肩章时，就会想起父亲的叮嘱，小李那双露手指的线手套，还有那些与文字相伴的日子，我的思路顿时活跃起来，开阔起来，就会在很短时间寻找到文字的灵感。那个双休日，我把自己关在办公室里，按照以往加班写稿的方式，在脚下放一盆温水和一个暖水瓶，水凉了再加一点热水，这样脚舒服，腿也舒服，写起剧本来也不会感觉太累。坐久了，写久了，我就把办公室想象成公园，穿着拖鞋慢悠悠遛上几圈。有时也会趴在窗前，看一会儿车水马龙的街道和灯火通明的楼区。当万家灯火已经熄灭，家家户户都进入梦乡时，我的思维却在寂静的深夜活跃着，那些在脑子里思索的东西一个字一个字呈现在电脑屏幕上。《坚守》终于完稿了，这部微电影以查处茂丰公司偷税案件为线索，讲述新老税务干部、企业高层与财务会计等在面临人生、事业抉择中，不断坚守初心，坚持做人准则的故事。我还专门在剧本里设计了一组特写：退休税官老丁茶几上放着税务肩章，他默默凝视好长一段时间，才拿起肩章，轻轻擦拭着。

其实，老丁擦拭的税务肩章，就是我参加工作后佩戴的第一副税务肩章。

创作《坚守》最后一节的那个午后，当我在电脑屏幕上写完税官老丁擦拭肩章的画外音时，心情久久不能平静。面对触发灵感的那副税务肩章，面对父亲曾经抚摸的那副税务肩章，我开始回想起自己的税务生涯，我发现自己很多时间都在思考和实践一个命题——用文字写出税务光彩，从前在写，现在在写，以后还会继续写。我热爱这份与税务有关的文字工作，因为我用自己的笔记录着火热的生活，我用自己的笔书写着多彩的事业，我用自己的笔讴歌税官的执着。这种坚守让我的内心里忽然生长出一种无限的自豪。不是吗？因为税收，宽阔的道路如血脉伸向四方，鳞次栉比的高楼拔地而起，美丽的公园为人们提供休闲场所，明亮的教室飘荡着孩子们琅琅的读书声，疫情的阴霾正在被国家坚实的血脉驱散……当我走在盘锦这座城市，就会感受到生活的另一种力量。那种力量汇集四面八方，它是火热的、执着的、充满激情的。我看到这种力量正化作一种精神默默延伸着，这种精神真实地记录着我们和我们的祖国壮丽辉煌的事业，记录着创造这事业的人们，他们平凡而崇高，普通而伟大。

安静的午后，退休税官老丁的画外音在我的耳边响起——

人这一生都要坚守一些东西，这些东西到什么时候都不能丢。因为它要留给我们现在的生活，还要留给以后的生活。

别问黄昏（外一篇）

◎郭　颖

碎　屑

冬夜。空气凛冽，沐一身银辉，月亮很老了，却不染沧桑，更无半点风尘气。

月，或缺或圆，总能撩人心事，而心事使人苍老。其实未必是发生了什么。星空之美是大美，那样清澈、深邃、静谧的世界只能仰望。

这几日，小煦同学一直咳，换了好多种药，没见起色。咳声惊动时光，咽喉里，胸腔里，面目狰狞，丝丝隐痛延及全身的每一处，原来疼痛也可以理所当然地嵌入公式化的衣食住行，让人慢慢接受并且适应。在阵咳中所有的时光都乱作一团，总有一天它也会厌倦吧，于某一夜与之作别互道晚安。咳破了天，也许会漏一场雪。

冬至日。白日里，带孩子们填九九消寒图。素梅一枝，为瓣八十有一，日染一瓣，瓣瓣消寒。带着美好的愿，有这样的期待，似乎寒气也减淡了许多。

冬至的夜晚，炭火映红了思念。绿蚁新醅酒，红泥小火炉，早已备好了，只差雪，和赴约而来的人。我不善饮，也定能尽兴。冬天还很漫长，雪一定会来吧，那人呢？假期临近，忽然这样期盼！

习惯在台历上记下重要的日子，某一天早晨，翻开新的一页，赫然写着某某日。可这一天，被某人略过……生命里有些繁盛而后荒芜的花园，再也没有理由和途径可以前往，只有记忆安于天涯。有些事件，注定无可追寻，出现，然后消失。

近几日，车连续被刮碰，躺着中枪，得小心！今晚，下了班，赶着给孩子送饭，从昏暗的校园小路穿过，被一块石头绊了个趔趄，它试图伤及无辜……我原谅了它，如果石头能流出眼泪，大概就不会那样坚硬。

上周开始，室内供暖降了温，阻断所有想象。离的不能离，归的不能归。风在心里，雪在路上……

烟火人间，一身尘色，诸多琐碎，小欢喜、小忧伤，日子如常。夜晚隐藏起零下十几度的表情，默数灯火，一窗又一窗。岁末，安好。

别问黄昏

6月，馥郁的季节。

一只鸟，从容地飞过黄昏。天空布满阳光，不知道鸟的心里有没有寂寞。颜色浅淡的槐花，曾香了整个5月。终究告别，6月，怀念那幽幽的香。没有诗意，然，一切安好。

前两天的一场虚惊，寝食难安，满嘴起泡。我们所有的人都有足够的力量去接受别人的不幸，面对自己的困难与挫折时却是意想不到的脆弱。

有许多事情必须做，但你不一定喜欢做。如果每一天都有一时或是一刻让人满心欢喜，该有多好呢。更多时候，孤独地投身在人群里，人群以更深的孤独掷向你。最羡孩童。他们的心灵是广袤的草原，坦承风雨，悲喜自然。长大后，有了灿烂的花事，也有了无法根治的宿疾。渐渐地惯于封闭，喜于设防，垒起数道围墙，只留一扇小小的门自己出入，更多时候缩在里面独享安宁。

今日闲逛，路遇一片花海。是寻常的花，不寻常的美。花儿约好了一起热热闹闹地绽放，然后再一起热热闹闹地凋谢。一朵花是一个世界，可是世界成不了一朵花，花的清新纯粹，它学不会。没有一朵花因恐凋零而不肯开放，却有太多人畏惧世故而止步不前。感情很细腻，生活很粗糙。车水马龙，浮世如烟，每寸肤表都打上了时光的印记，却没有什么能让人想起地老天荒。

有了键盘。还是喜欢用铅笔在纸上写字的感觉。笔尖在纸上轻轻摩擦，发出寂寞的声响。淡淡的痕嵌进洁白的背景，潦草，散淡，那些或深或浅的过往，那些沉重繁杂的思绪，终于有了去处。只记心情。

夜色渐浓。没有鸟的天空是寂寞的。小窗内暗香浮动，谁在繁花深处等候？有一日繁花落尽，心中是否仍有花落的声音？一骑红尘去，回首已千年，千年后何种模样，何处相逢？别问黄昏，黄昏昏黄……

老挂钟

◎黄文祥

县城的最高建筑上有面挂钟，每当钟声响起时，我就会油然想起老家的那面挂钟。那面挂钟在老家的墙上挂了半个多世纪了！按钟龄，它早就该“退休”了，可我还是舍不得扔掉它，它就端端正正地挂在那个永远属于它的位置上，端端正正地却无声地讲述着时光的故事。

邻居们私下劝我，墙上有电子钟，腕上戴手表，手机上还有时间，你还挂它干啥呀？而且现在它也不走字了，干脆扔掉算了！我只是微微一笑说，留着吧，做个纪念。人都有老的时候，钟也一样，走不动就让它休息吧！——还有一句话，我没有说出来：这面挂钟，凝结了我许许多多的往事情结，它像一位谆谆老者，无声地记录着世事的更迭，时光的变迁……

六十岁以上的人都知道，在农村，五十多年前要想买一面挂钟是件多么不容易的事呀！由于当时国家物资供应短缺，大部分商品包括日用品均实行供给制，凭票购买，限量供应。所以，挂钟，算是“稀罕物”。谁家若是能够买到一面挂钟，那不仅仅是一种家业兴旺的象征，还是一件颇有脸面的事情。而挂钟又是人们日常生活中必备的计时用品，所以，当时社会上就有了“四大件”（自行车、缝纫机、手表、挂钟）的说法。这不仅仅是一个家庭富裕的水准，更是一种生活追求甚至是婚姻成败的筹码。

在人们心目中，挂钟的分量可想而知！

那时候我正在读中学，老家离学校有七八公里，每天都靠步行。为了上学不迟到，我每天都要起大早。家里没有钟表，所以奶奶每天凌晨只能靠听鸡叫声或凭经验来估摸时间，然后喊我起床。若赶上天气好还行，如果碰上阴雨天，那就估计不准了，全村十多个同学，没有一家有钟表的，所以，大家不是去学校太早了，就是去太晚了，没有钟点害苦了我们这帮学子！我曾对妈妈说：“咱家啥时候能买面钟啊？”妈叹了一声说：“傻孩子，那是咱敢想的事吗？买钟一得有关系，二得有票，咱两眼摸黑，认得谁呀，就是有钱了也轮不到咱哪！……”

妈的话，字字敲在我心上。也就是从那时起，我就暗下决心：一定要买到一面钟！所以，每次听说供销社里进货来挂钟了，我就赶紧跑过去，看看究竟是哪些人买挂钟，怎样才能买到挂钟……但每次，我都是只能是“望钟兴叹”，怏怏而返。

1967年夏天的一个上午，听说供销社又调进来挂钟了，我再也坐不住了，向老师请了个假，来到了供销社柜台。当看到柜台里十多面挂钟被顾客买走后，我的心像猫抓一样，既然难受又着急。都说急中生智，就是在那一瞬间，我突然产生了一个大胆的想法：何不亲自找供销社主任试一把呢？万一他同意卖给我呢？于是，当时还不满十六岁的我，揣着一颗七上八下的心，迈着沉重的脚步，忐忑地走进了供销社办公室。鼓足勇气后，敲响了供销社主任的房门，还没等主任问我，我就自我介绍说：“我是西佛中学的一名学生，家住小红旗村，家离学校太远，没有钟点上学太不方便了，我想找你买面钟……”主任诧异地盯着我：“你有票吗？”我说：“我没有票，也没有熟人，更不认识你。”主任说：“没票怎么能买呀？”我也不知从哪儿来的勇气：“我若是有票，还找你干啥呀！”接着我又说：“我们全村十多个同学，没有一家有钟点的，早起上学的时间总是找不准，不是去早了，就是去晚了，耽误了我们的学习……”

可能是这句话感动了主任，他马上换了一副语气，让我坐下等一会儿。三分钟后，他领来了一个可能是主管业务的组长，并对他说：“你把咱那钟票给他解决一个。”组长说：“票都发完了，没有指标了。”主任当时有些不悦，并带有命令的口气说：“那你就给他串一个吧！”来到了组长的办公室，组长很不情愿地打开抽屉，拿出一张票来对我说：“就这一张了，是给公社领导留的，你先拿去用吧！”我接过钟票，连说感谢。刚走两步，组长问我：“你和我们主任是啥关系呀？”我顺嘴说了句：“他是我二舅。”组长一愣：“这关系呀，那你咋不早说呀！”

那天放学后，我兴奋得几乎是一路跑回家的！妈知道我弄到一张钟票，真是既高兴又发愁——高兴的是，儿子虽小，却办成了这么一件大事；愁的是，这买钟的钱去哪里张罗呀！家里所有的积蓄再加上从左邻右舍借的，总共才二十多元，而买面挂钟则需要四十元。

眼看着买钟的希望就要泡汤了，我是心急火燎！

最后，还是奶奶说了句话：“把去年我老闺女从兰州给我邮来的那十元钱拿去吧。”

买钟的钱总算是凑够了！

那一夜我几乎没睡。第二天清晨，我又是一路小跑来到供销社，供销社开门营业了，我是第一个冲进去的。当那面挂钟属于我的时候，我高兴得简直要跳了起来！

这是一面古铜色的老式挂钟，木质外壳，玻璃罩下金黄色的钟盘闪闪发光！下面的钟摆扁圆而精致，摆动时像时光在优美流淌。

自从家里有了那面挂钟，我就放松多了：我和奶奶再也不用起大早，再也不用顶着北风跑到外面看天上的北斗星的位置，再也不用估算时间……每天晚上我可以定时学习，定时休息。每天早上，都是那清脆的钟声把我唤醒。起床后，我再挨家通知我的同学。

时光如流，不舍昼夜。一晃五十年过去了，老家的房子翻建过三次，屋里的一切都变了，唯独老挂钟的位置没有变！尽管上面积满了岁月的斑驳，颜色也黯淡了许多，但是，那钟面、钟盘、钟摆，却是光洁如新。我和母亲经常小心翼翼地擦拭，在家人的心中，老挂钟，早已成为我们家庭中的一员，而且是重要的一员！它为我们全家的生活带来了亮色和憧憬，更带来了欢乐和富足。

每天早上，我们听着挂钟的“指令”，科学有序、有条不紊地安排一天的学习和工作；

每天晚上，我们听着挂钟的“指令”，雷打不动地去听刘兰芳的《岳飞传》、单田芳的《隋唐演义》……听到紧张处，心为之揪紧；听到兴奋处，高兴得手舞足蹈……

星期天的上午，我和同学一起听着挂钟的“指令”，在饭桌上写作业，“会诊”难题……

那一年的冬天，爸爸听着挂钟的“指令”，早早起床和村中几位大伯，为村里的蔬菜大棚区拉电、修路……

老挂钟端端正正地挂在东墙上，它目睹了我家翻天覆地的变化，也见证了全村神话般的“变脸”，继而从家庭、全村，看到了整个社会的巨大变迁。

我们全家人，村里的乡亲们，聆听着那面挂钟，在党的领导下，从贫穷走向富庶，从辉煌走向更大的辉煌。

普普通通的一面钟，承载着一个家庭的酸甜苦辣；

普普通通的一面钟，记录着一个村庄的昨天今天。

这样一面钟，我能不爱如珍宝，我能卖给“古董贩子”吗？

“但见时光流似箭，岂知天道曲如弓。”如今，老挂钟还稳稳地挂在老家的东墙上，我会永远珍藏它，因为，我们昨天以它为贵，我们明天依然会以它为宝——

聆听着清脆的钟声，我们从富庶的今天，迈向灿烂的明天！与祖国同步，与时代同频！

生命有一种绝对

◎王楚涵

（一）只要心还透明，就能折射希望

“我慢慢相信，每一个活过的人，都能给后人的路途添些光亮，也许是一颗巨星，也许是一把火炬，也许只是一束含泪的烛光。”

史铁生觉得，人类有三种根本的困境：孤独、痛苦、恐惧。孤独，是因为人生来注定只能是自己，无法与他人彻底沟通；痛苦，是因为人生来有无穷的欲望，而实现欲望的能力永远赶不上欲望本身；恐惧，是因为人生来就不想死，可是人生来就是在走向死亡。既然这些困境是永恒的，那么，个人的生死也就显得渺小了，甚至可以忽略不计。

小小的变电站，给了一线职工一个“僻静”的“地坛”，静静地思索自己的命运，思考人生的价值，让他们在每一次攻坚克难的任务前看到时间，并看见自己的身影。正因如此，才慢慢开始发现生命，观察生命，赞叹生命。施工现场中每一个拧紧螺丝的动作，都是他们那片枯萎干涸的心田重新滋润和复苏的过程，也正是这片专属“地坛”给了他们重生的力量。

（二）人世间的那些愁，是世界给我的幽默

“此岸永远是残缺的，否则彼岸就要坍塌。”

此岸是现实，是生活，而彼岸是梦，是愿望和眺望。残缺使人们乐此不疲地眺望充满可能性的彼岸，此岸的残缺才会有不甘，才能有所行动，残缺不止，行动不止，欲望无穷无尽，彼岸生生不息。如果人可以达到完美，那么人的欲望将无处安放，无欲无求的人犹如一摊死水毫无生气，迟早消亡。

人到底应该怎样来看待自己的苦难？有人说，送变电人的工作很苦，很脏，很累，然而伴随丝丝银线传递的万家灯火已经由自己的命运上升到生命永恒的流变，把自己的沉思照耀到生命全体的融会之中。欲望不息，“光明”不息，残酷和伤痛都是一种阔大的境界。投入永无终结的“光明”之舞中，超越自我的苦难也就变成了一种必然。

（三）有没有那么一滴眼泪，能洗掉后悔

“一心以为自己是史上最不幸的一个，不知道儿子的不幸在母亲那儿总是要加倍的。”

在地坛的树林中，母亲艰难地寻找着他，他突然意识到自己有多自私。曾经多少次，他只觉得自己无助，却从没意识到自己变成这样母亲该有多痛苦。我们都知道最爱自己的是自己的父母，却总是把最糟糕的表情和最苛刻的话语留给他们。他们已经默默承担了太多，不要总是等到失去后才懂得珍惜，不要总是在伤害过后才懊恼地埋怨自己。

人生不过数十载，送变电人仿佛没有犹豫，便离开那都市繁华，背负坚实的行囊，以一颗电力建设者忠诚的心，叩响千年封闭的山野的偏僻之门。你可以说他们是巨星，你也可以说他们是烛光。

（四）阳光碎裂在熟悉场景，好安静

“这园中不单是处处都有过我的车辙，有过我的车辙的地方也都有过母亲的脚印。”

史铁生与地坛的关系如此密切，密切到处处都有他的车辙。那些印在地坛大地上无处不在的轮椅车辙轨迹，都见证着作者艰苦而富有成效的哲学思考过程中的每一步努力。

而让人更加动容的却是，处处车辙伴着处处母亲的脚印。地坛给了他感悟生命的力量，坚韧的母亲让他明白了生存的意义。只要地坛还在，阳光还在，我觉得在史铁生的心里，母亲便一直都在。一步一步，压着车辙，在他坚强的生命中，慢慢行走。

生命给予我们生活的资本、奋斗的勇气，我感叹生命绝对下的万物有形、各自有规，我钦佩鲜活生命下的人物故事、历史流转，当尘埃落定的生命反思，我期望有那么一滴眼泪，能洗掉后悔，滋泽生命回家漫漫路；有那么一张书签，记录心智成熟的每一步；有那么一个明天，从头过一遍，让我再次感受青春不逝的昨天；有那么一个世界，生生万物不凋落，月亮不忙圆缺，春天不走远，树梢紧紧拥抱着树叶。

桑葚情结

◎王　雁

下班，车行到菜市场的时候，人渐渐多了起来。一位头戴草帽，背有些驼，胳膊上挎着一个篮子的老人慢慢从我的车前走过，好熟悉的身影，我忙高高地抬起头看了那篮子里一眼，果然如我所料，那是满满一篮子紫色的桑葚。我立刻寻车位、靠边、停车。

等我做完这一系列动作下车再去寻他的时候，却不见了他的身影，只看见一些顺流、逆流行色匆匆的路人。我叹了口气，不甘心地四处张望着，依旧没有。我转过身来想走，却发现车背后马路牙子上坐着一个人，脚下放着一个篮子，一群孩子围着他团团蹲着，眼睛却都已陷在那一篮子又红又紫的桑葚里面，我走上前仔细打量一番，果然是他。

我是吃着他卖的桑葚长大的。小的时候，每到夏季最盼望的就是他卖桑葚的声音："约桑粒喽！" 也许他不知道桑粒的另一个名字还叫桑葚，每次他来就是这样喊着。那时他还年轻，四十不到的年纪，头戴一顶草帽，背有些驼，骑着一辆破旧的自行车，后面座上驮着一个柳条编的背筐，外层铺着一个洗净的编织袋，里面全是又大又甜的桑葚；前面的车把上挂着一个黑色的写着"上海"字样的手提兜，里面放着一杆秤和一张张拆开的旧教科书。

那时的我不过六七岁，每次听到他的吆喝声，便去向妈妈要钱，不多要，五分钱就足够，然后像小燕子一样高高地举着这五分钱跑向他，看着他把拆开的教科书卷成纸筒，把《桂林山水》卷在里面，《从百草园到三味书屋》卷在外面，然后装上满满一筒饱满的桑葚递给我，那些黑中透红的桑葚看上去真让人馋涎欲滴。第一次，我忍不住捏了一颗又大又红的桑葚就着那些启蒙的文字丢进嘴里，酸透了。他在一旁笑着对我说，桑葚是越紫越黑越甜。我又捏了一颗紫黑色的尝了尝，果真，那味道和我当时灿烂的笑容一样甜甜的，好吃极了！

逐年的，他那一筒桑葚涨到两角钱，我依旧照吃不误。“情怀已酿深深紫，未品酸甜尽可知。”那些浑圆熟透的果实一颗颗泛出大红、黑紫的颜色，一颗一颗宝贝似的捏进我的嘴里，吃得我甜嘴蜜舌，吃得我满手、满嘴都是紫色、甜蜜的紫色，连衣服上都印染了紫色的花，犹如民俗的扎染。再后来，他的桑葚每斤涨到五角钱，盛桑葚的工具也由教科书换成了方便袋，每年夏天，他的叫喊声仍旧是我最期待的声音，他的柳条背筐对一个十几岁的孩子充满了紫色水灵灵的诱惑。

蹲下身子，仔细地打量着他，他老了，脸庞消瘦了许多，皱纹纵横，草帽下露出的鬓角已经全部花白，还戴着一副老花镜，背驼得更厉害了，可篮子里的桑葚依旧散发着沁人心脾的甜香。我不禁细细地看着它们：一种颜色是红得发紫，饱满圆润，浑身上下透出一种成熟之美，宛如一个个充满韵味的少妇，水灵灵的颜色；一种则是紫中透黑、黑中有亮，密密匝匝，晶莹剔透，朴实无华却是颗颗流蜜，犹如实实在在的老者。终于忍不住，放进嘴里尝了一个，依旧是那个我熟悉的味道。

问上价格，五元钱一斤，称了二斤，付钱的时候他认出了我，坚持要少收两元钱，并骄傲地对着周围的孩子们说，她比你们还小的时候就开始吃我家的桑粒了，已经是我二十多年的老主顾了！

回到家里把桑葚清洗，宝石般的紫粒，一缕清甜的香气，忽然唤醒了电脑前正在玩游戏的儿子。看着儿子用勺子一口一口地吃桑葚，忽然觉得有些遗憾，殷实的生活给了孩子实实在在的品尝，但总是觉得少了一份儿时的渴求与期望。现在的我，依旧怀念儿时那期盼桑葚朴素而美好的情致，和那五分钱一筒桑葚的奢侈。

妈妈的小菜园

◎朱序安

童年的我家住在一个叫火红大院的地方。那时候中国正经历着大事件，那些大事件给我幼小的心灵留下很多难以磨灭的印迹。但在那个大院里，最令我时常感到幸福、难于忘怀的，还是妈妈的小菜园。

那时，在大院的居民都靠着南侧的工厂大墙，用红砖垒起来一间间偏厦子，就是小储物间，放一些生活杂物，不仅堆放着劈柴、蜂窝煤，也有宝贝呢，就是印着俄文的一大捆一大捆食品包装蜡纸，没有中国字，都是点炉子引火用的。从偏厦子到大院主道有四五米远的过道，于是大人们就用竹片或木条围起来，形成一个小园子，小菜园里好玩的东西更多了。沿着小园子的过道，长着藤蔓植物，像小篱笆上长着的眉豆、癞瓜、串珠子，尤其是肆意生长、最后压坏了房顶的大牛腿瓜，还有各种各样的虫子，潮湿虫、蟑螂、草鞋底子、蚂蚱、蛐蛐儿、蜈蚣，它们可是公鸡母鸡的点心！

那小院子的篱笆就是爸爸做的。爸爸是个很认真的人，虽然工作很忙，很早就出门了，直到吃晚饭的时间才能下班，但是依然抽出时间来，用细铁丝把短木条、竹批子一点点绑扎起来，形成两排小篱笆，还有小门呢！当时我们家小院子的篱笆是最整齐漂亮的！

爸爸也是一个很有品位的人，每逢周六休息，他都会把室内收拾得很干净，然后燃起一炷香，他则盘腿坐在炕上，放一个小红桌子，铺一份报纸，沏一大茶缸茉莉花茶，静静地看报纸，至今令我难忘的是茉莉花茶淡雅的香气，还有香燃起的香味，交织在一起。我和妹妹也静静拿出一张纸，画呀画的，有时从早晨起床一直到中午，一道金黄的阳光，从窗子照射进来，在那道光柱里，有许多小小的尘埃，它们在空中盘旋，飞舞，仿佛时间都静止了，一点声音都没有。感谢爸爸给我心底一条清凉宁静的小溪。

有时候，爸爸也会买一饭盒波螺，就是一种海边长的螺旋的壳体生物，就像小海螺，在清水里加点盐，煮熟了，用钳子夹断波螺的尖锐尾部，用嘴巴一吸，一团细肉便滑到了舌头上，吐出一层细皮，轻轻嚼着，非常鲜美，有时候吸波螺都能吸到嘴、舌头发麻！直到现在，都过去了几十年，我依然记得那鲜美的味道。

爸爸做事非常讲究仪式感。那时候，大米白面非常稀罕，有时候，好不容易爸爸在家做一次大米饭，他都会先用木柴、蜂窝煤烧热炉子，用瓢细细地淘米，直到淘米水清澈见底，才郑重地倒进铁锅里，切一段大葱放在水米的上面，再舀一勺子白色的猪大油，放在米水上，盖上木头锅盖。我和妹妹就围在炉子边上，就这么等着，慢慢地，水汽冒出来了，夹杂着大米、大葱和猪油的香气，听着锅里咕嘟咕嘟的响声。我就迫不及待要掀开锅盖，爸爸赶紧制止我，在木头锅盖有漏气的地方围上湿布，然后就是慢慢等待。整个的做饭过程很神圣，甚至那白白的淘米水也是珍稀宝贝，都浇给小院子里的瓜豆了。

小院子里的鸡窝也是垒在了小园子一角，鸡窝里有四只大母鸡、一只大公鸡，它们都是妈妈抓来的小鸡雏逐渐喂大的。我一开始在姥姥家生活，后来才跟父母一起，刚开始，它们不认识我，我也啥都不懂，打开鸡笼门前面的挂钩，就把手探进去。那个大公鸡肯定不乐意了，哪儿来的臭小子，瞎摸啥呀？照着我的小手就是一口！哎哟，吓了我一跳。别说还挺疼的，以后我就挺怕它的。每当它们放风的时候，这家伙只要见着我，就红了脸，连着大红鸡冠子，黑色红色黄色相间的羽毛，尤其是脖子上的羽毛都奓开了，两只翅膀扇呼着，就像下凡的昴日星官，冲着我二话不说就是一顿啄！意思好像是说，就你个小破孩，可找到你了！看我不啄死你！吓得我转身就跑，幸亏妈妈喝了它一声，反了你了！拿棍子使劲在空中举了举，再厉害，揍死你！那大公鸡就怕妈妈，赶快躲到一边吃虫子了。说实在的，妈妈可不舍得打它，它可是院子里的大明星啊，且不说漂亮鲜艳的羽毛，雄壮自信的样子就让人喜欢不已了，再加上它站在鸡笼上，守护它啄食的妻妾们，不许他人靠近，黎明时分，几声响亮有力的鸡鸣，喔喔喔喔，这一切都告诉大家，它是国王一样的存在。

后来爸妈上班了，我就负责剁鸡食，喂鸡。把白菜帮子剁碎，掺上苞米面，搅拌一下，倒进鸡食槽子里，那些公鸡母鸡探出头，争着抢着吃上了。那些公鸡母鸡经常看见我，好像认识了我，对我也不那么凶了。我也找到了规律，一般母鸡都是下午下蛋，下蛋前，它还咯咯地叫着，正好喂它们，趁着它们吃食的档口，我打开笼子门，从母鸡身下摸出温热的鸡蛋，一个，两个，我把还有鸡屎味的鸡蛋轻轻地握着，那个感觉好像是握着一把金子，至今难忘，好像天上掉下来馅饼砸中了我。直到现在，每当我有点小收获或者成就，都有一种当年捡蛋的感觉。妈妈有时候也炒鸡蛋给我和妹妹吃，那种香鲜味道是现在的人无法体会到的，连家里的那只狸猫都馋得喵喵叫，用身子蹭着我和妹妹。

到了端午节，妈妈就会煮许多鸡蛋。我就找了看起来很硬的、没有裂纹的鸡蛋，用蜡笔在上面涂了色，好像金刚不坏之身，兜里揣上几个，先和妹妹顶。妹妹也学我的样子，然后找院里的小孩顶鸡蛋，看谁厉害。如果赢了，那个鸡蛋就一直放着，那可是宝贝，不能吃，有的鸡蛋一直放到六一儿童节，有的放好几个月不吃。如果输了，当时就觉得不高兴，但是剥了皮，把鸡蛋吃到嘴里，那个香味把不高兴一扫而光了！

妈妈那时正是三十出头，精力旺盛，在自行车厂干十二，休十二，周日休息。下了班，回到家，她不知疲倦地忙着，有时直到深夜，她还在洗衣服，那时没有洗衣机，我们全家的衣服、被套，全靠她用洗衣板和肥皂搓洗，从没见她喊过累。她最喜欢的就是姥爷给她的一块厚重的塑料洗衣板，一整块硬塑料刨成的，她的勤奋让我家始终都干净整洁，钻进被窝里，总能闻到太阳的味道。她的休息天，简直就是个乐活汇，首先那个红灯牌收音机音量要开到最大，相声、歌曲、广播层出不穷，一天到晚地响着，她也边干活，边哼唱，充满了生机活力。

讲起来，妈妈是一个很神奇的人，她做事就是随手一做，结果却有惊人的效果。那些在小菜园生长的瓜，都是她买菜做饭掏出来的瓜子，或者跟邻居要的种子，在春天的时候，随手撒在小菜园里，也不用浇水施肥，一场春雨过后，那些瓜子便涨开了口，钻出两片嫩绿，带着绒毛的肥厚的叶子，白色带点绿色的细茎，一天一个样，天天向上攀爬。这时妈妈便在小苗苗旁边插一根竹竿，那瓜藤就从茎上吐出带着绒毛的细丝，盘住竹竿，叶子也越长越大，像鸭掌，翠绿色，一层层螺旋向上长高。我那时真的担心，它们会长到天上云彩里去，结了瓜，拿不到，那可怎么办哪？到了初夏，偏厦子墙上、房顶上都开满了黄色的鲜花，像黄色绸缎用线穿成的褶皱，还有绿色瓜藤，绿色的大叶子，在房顶上就像一个荷花池，盛着满满当当的喜悦。

秋天的一天，妈妈说，偏厦子漏雨了，要上去看看。我就先踩着梯子爬上了房顶，可不是嘛，靠墙边的房顶已经塌下来了，咦？那是什么？一个好大好大的，一半黄色，一半绿色的，圆圆的，长长的，妈，你快来看！我赶快招呼妈妈，妈妈顺着那胳膊粗的瓜藤搜寻着，最后也高兴地说，咱丰收了，那是大牛腿瓜！

房顶由于倾斜，结的瓜都长到了那个斜坑里，被一层层的叶子、藤蔓遮住，人根本看不见。最后我们数了数，一共二十多个瓜呢！

于是，妈妈拿着剪刀在房顶上，我站在梯子上，爸爸站在下面，把结的瓜一个一个从藤上剪断，搬下来。好家伙！最大的那个牛腿瓜，我差点抱不动，有个小孩重了，还有红澄澄的大南瓜，黑绿敦实的大倭瓜，这些蔬菜，在那个食品紧缺的年代是多么让人欣喜若狂啊！

那些大瓜我们家吃不完，就割开了分给邻居们。在那段时间里，整个大院里好久都充满着欢声笑语。

喜看樱桃满山红

◎左元龙

进入6月，辽南家乡的龙口村比过节还要热闹：时常拥堵的街道，南腔北调的客商，肤黑手糙的村民，每个人的脸上都绽放出红通通的笑容——樱桃熟了。

大地上茂盛的欢声笑语，像映日的红樱桃，成串成串挂满枝头，晶莹玉润，散落于乡野的沟沟坎坎，听起来有着酸酸甜甜的果味口感。

每年的这一个多月，都是三舅一家最为忙碌的时节。他们常常要从凌晨三四点钟一直忙到晚上七八点，有时连吃饭也顾不上。即便是这样，望着一手经营起来的大樱桃园，三舅犹如杨柳风拂过的小草，全身勃发着春天才有的气息，每一道皱纹都溢出满满的笑意。

但在20世纪90年代中期，当三舅正准备一心一意当好一个果农的时候，苹果的价格却和他的踌躇满志背道而驰，看着逐年减少的苹果销售收入，三舅陷入了前所未有的彷徨。那时，村中有人开始嫁接富士苹果。然而像三舅一样，更多的人却在举棋不定中，随波逐流地砍伐曾作为唯一收入来源的果树。

人到中年，侍弄了一辈子的果树，如今要亲手砍掉，我想，三舅心中的痛苦和挣扎一定将他逼到了崩溃的边缘——出门打工，尚无一技之长，况且上有老下有小；在家劳作，又要面临近乎日暮途穷的窘境。

一筹莫展之际，在城里工作的大舅给三舅出了一个主意：种植樱桃。种植樱桃！对于习惯了风平浪静生活的三舅来说，无异于一场豪赌——事关全家老小身家性命，绝没有言语那样来得轻松和简便。所以，任凭大舅成破利害分析得如何精彩和生动，三舅始终固守己见，不为所动。

村中第一块荒地招租时，大舅专程返回村中硬拉着三舅来竞标，在大舅的一再鼓励下，三舅最终竞价成功。为了减轻经济负担，大舅还偷偷资助三舅几千块钱作为“创业”的启动资金。一下子成了全村瞩目的焦点，三舅顿时有些骑虎难下。接下来的日子里，三舅和三舅妈将樱桃园视为全家生活的希望，把精力的重点由苹果园转到这里。施肥、灌溉、剪枝、打药……三舅拿起书本当起了小学生，尽管没有经验可借鉴，他还是从一点一滴开始摸索着干起，为将来努力着。

当收获在忐忑之中到来时，所有人都惊呆了：区区几百斤的樱桃居然卖到了数千元，单价竟达到二十多元！三舅不敢相信，从开花到成熟，短短两三个月时间的樱桃收入，超过了由春至秋劳作大半年的苹果所得。于是，三舅经营樱桃园的热情油箱蹿火般顷刻爆燃，并烤热了村中更多的人。

像是推倒了多米诺的第一张骨牌，更多惊喜纷至沓来：三千元，八千元，一万五千元……三舅的樱桃收入，每年都翻着个儿增长。栽种樱桃的过程中，现实巨大的回报持续催化着三舅一度空白的理想：近二十年的光景，他将几棵樱桃树扩展到拥有数百植株的大樱桃园；樱桃的品种和档次也得到进一步丰富和优化，沙蜜豆、高沙、美国红等中高档果品成了樱桃园的主力品类。

由于果品质量好、品种全，三舅位于大山深处的樱桃园早已名声在外，年年都有络绎不绝的客商前来订货，三舅几乎足不出园就可以将万余斤的樱桃销售一空。不仅如此，三舅还学会了“延时销售”——将部分樱桃装箱存入气调库，待物稀价涨之时再逢高出售。虽说租金不菲，三舅早已不会再为这些“小钱”斤斤计较了。

世居乡村的三舅，十多年前就为儿子在县城买了房子和车子，而且没用一分钱的贷款。村里的房子也装饰一新，安上了网络、空调和热水器。表弟一家候鸟一样，农忙时回村，农闲时进城，过起了半城半乡的迁徙生活。

新的潮流慢慢兴起，年轻的表弟有样学样，尝试以发朋友圈和网络直播的形式销售樱桃。看着惊喜的单价和逐渐增长的销量，三舅一时难以理解“看不见的客人”到底在哪里。然而，自然禀赋加持的樱桃品质，以及二三十个快递点，能让三舅一家足不出村就轻松收获成千上万看得见的钞票。

看到村中越来越多的反季樱桃收益不菲，三舅也在2018年投资近四十万元建起一栋一百二十平方米的温室大棚，加减乘除各项用度之后，当年纯收入高达十二万元。十二万元！这在从前，是做梦都不敢想的天文数字！而且是在短短的数月间实现的。

仿佛是幸福来敲门。一辈子没贷过款的三舅，维护棚体时遭遇资金周转之难，银行的惠农贷款便办到了自家地头，不到一周解了燃眉之急；后来更让他意外的是，该笔贷款竟然还领到了市财政发放的贷款利息补贴！生性木讷的三舅不住感叹：送上门的贷款还给补利息，上哪儿找这样的美事呀，真得感谢共产党！

底实气壮的三舅，2021年又建起一栋百余平方米的大棚。古稀之年的三舅霜华尽染，却踩上了风火轮似的，从晚秋开始，忙碌贯穿冬天、春天和夏天三个季节，刚刚走出温室，来不及好好休息，又转场露地果园。

现如今，小村的家家户户都有了属于自己的樱桃园和温室大棚，来自樱桃的收入少则数万元，多则几十万元，甚至上百万元都不足为奇了。家乡的小镇，一度驰名全国的苹果之乡——辽宁省瓦房店市得利寺镇，靠四万亩栽种面积和七亿元产值的樱桃产业迎来新的荣光，又以三千栋温室大棚嬗变为“中国大樱桃设施栽培第一镇”。

如今的得利寺镇，改变天天都在发生。在重峦叠嶂的山麓间，在鳞次栉比的大棚中，更在两万多父老乡亲奔向共同富裕的小康路上，他们继续在世世代代生活的土地上挥洒汗水，播种希望……

在这里，许多人和我的三舅一样，早已走出曾经的阵痛和迷茫，从樱桃园重新找到了生活的曙光。他们在1月份无土栽培、二三月份暖棚、四五月份冷棚，再到6月份露地的时光轮回中，以螺旋上升的态势，持续开启各自的创富历程。

信　儿

◎张　丽

早些年，外婆对我们说得最多的一句话就是：到家后来信儿。即使现在有了手机，她还像从前一样习惯似的嘱咐一句：别忘了给我发信儿!（信息）自从疫情以来，她更是时常攥着手机，关注着儿孙们所在的城市的消息。

听母亲说，我原本有两个舅舅的。有一天，吃中午饭时，年幼的大舅毫无征兆地从饭桌上滑下来，口里吐着白沫。外祖父即使用最快的速度请了郎中来，也没有留住他。外婆手忙脚乱，哭天抢地，痛不欲生。

就在那时，外婆决心要把自己的三个女儿嫁到山外。她怕再看到孩子无助地挣扎，这让她十分痛苦。

从此，每隔月把的，外婆就要叨咕着：这几个孩子呀，谁都没个信儿。她踱到族长那儿托他给女儿们写封信，她也不知道自己有没有必要这样担心。其实，母亲和姨妈们一样，每天锄地、喂猪，还要照管孩子上学，平时是抽不出时间的。她们多半托去山里拉脚的男人给外婆带点吃食布料什么的，再捎个信儿报平安。母亲和姨妈也只有在寒暑假带孩子回山里。

通向山里的路曲曲折折，时不时要蹚过一条河。河里的小鱼是通体透明的。母亲说，这种小鱼可以捧起来直接喝下去，凉凉滑滑的，像面条一样直接滑到喉咙里。我怀疑这是那个特殊年代里孩子们别样的零食，也疑心它们是从母亲手里逃脱的鱼儿的后代。我于是不停地掬起它们，却一直没勇气喝下去。

外婆看到孩子们就像过年一样有仪式感，拿出各种吃食，那大半是以前母亲带给外婆的礼物，有黄桃罐头、夹心饼干、各种彩纸包着的小糖果……外婆一直留到孩子们来。吃饭的时候外婆用她特制的腌蛋招待孩子们，豁开蛋清，就着里面涌出的黄油就能吃完一碗饭。这些外婆是舍不得吃的，她要等我们吃得饱饱的才上桌，用揪来的黄瓜纽蘸酱吃。

外婆养鸡是最用心的，因为她要靠鸡蛋来招待偶尔造访的客人，那时候，鸡蛋和猪肉一样金贵。外婆说，家里有孩子病了，煮两个鸡蛋，趁热在孩子身上滚几滚，再喝一碗白面汤就好了。这样特殊的门道，外婆能说出很多。一到傍晚，外婆开始召唤鸡鸭归巢，群鸡吃够了小虫，蹒跚着从山上跑下来，外婆把它们一个一个填到鸡架里去，大黄，芦花，小白，红袍……偶尔不小心弄乱了，外婆会再一个一个把它们掏出来，重新排序，大黄，芦花，小白，红袍……直到确认一个不少，外婆才满意地离去。

过不了几天，母亲和姨妈们就要带着我们离开了。当然我们是大呼小叫，抗议的，因为我们还没来得及知道山的那边是什么。我们冲着大山喊："山那边还是山吗?"大山颤抖着回答："山那边还是山吗?"外婆倒是想了一个办法，她说，你们回去的时候把风筝放得高高的，在风筝上放上竹哨，这样你们就会看见对方了。很久之后，我才明白，外婆说的方法只是古代传递情报的一种方式，她只是无奈地安慰我们罢了。

也是在那之后，我们明白为什么母亲执意带我们离开，那是因为外婆家的口粮是有数的。每到三四月份青黄不接的时候，外婆穿过那条唯一通往山外的毛道，去东张家村借粮。年成好的时候，外婆会满载而归；年成不好，村主任就要告诉外婆回家等信儿，他会帮外婆想办法。

父母当然是知道外婆家的状况的，所以每到春天，父亲就会赶着牛车，装上玉米、高粱去山里。清早，父亲喂好牛，带点干粮，顶着寒风上路了。他们去山里从来不提前跟外婆打招呼，因为没有电话，也无从打招呼，彼此的生活都程式化了，就像下在锅里面的米，翻花，熬煮，成熟，周而复始。父亲赶车到县城，休息一下，吃点干粮，牛也要补充点草料，这样才有力气翻过关山，在天黑前赶到外婆家。

外婆看到父亲，既感慨，又过意不去，甚至有点愧疚：把孩子嫁到那么远的地方，还要让孩子挂念，平时就是给孩子捎个信儿都困难哪！

其实，有急事要传达的时候，我们是可以找老荆叔帮忙的，比如，婚丧嫁娶。老荆叔独身半辈子，一边来山里拉脚，一边采点山货，他也可以算半个山里人了。每当有人让他捎东西，他就像信客一样，大包小裹，东西送上门从来不留下喝一口水。所以没有大事的时候，大家不好意思过多劳动他。外婆只在春天的时候，托他给母亲带几捆野芹菜和山蕨菜，因为母亲最喜欢的就是野芹菜馅饺子。至于榛子和蘑菇撒在房顶上晾晒，给孩子们留着打打牙祭。

外婆不再为吃穿发愁是一个春天，她可以随心所欲在自己的土地上种下喜欢的种子。那年，她收获了吃不完的麦子，打饼、包饺子、下面条、蒸馒头……第一次，她觉得细粮并不是稀罕玩意儿。更让她惊喜的是，年末小舅居然从城里抱回一台大电视。外婆兴奋地说：“这回坐在炕头上就可以天天看电影了！”说真的，这么多年以来，这个只有十余户的山村里，从来没有放过电影，每个夏天，只在距村庄几里路的张家崴子放两场电影。每到放电影的前一天，年轻的后生们挨家捎信儿，生怕有人错过。整个夏天，只有在放电影那天小村才沸腾起来，比过年还要热闹，尽管天黑路洼，但是没有人抱怨。散场后，他们就像盛宴之后余兴未了，议论纷纷地往家赶。

如今的外婆逢人就说："现在的光景，过去做梦都不敢想啊！"的确，这个世界的变化之快超出了她的接受能力。看到山那头循环转动的发电扇，她弄不明白为什么有这物件山里就不会停电了；她更不明白为什么坐在家里就可以天南海北地买东西，有一次她问舅舅："手机支付是什么意思，我怎么看不到手机里有钱？"

大家听了哈哈大笑起来，安慰外婆说："您都累了大半辈子了，需要什么就跟我们说，我们知道钱在什么地方……"外婆不再追问，露出一副疑惑又满足的神情。

不知从什么时候起，采风人的到来打破了山村的宁静。他们对山里的一草一木都感兴趣，甚至还有作家来拜访百岁老人，要写一部小村庄的革命史。年轻的后生第一次听说，山上那片蓊蓊郁郁的松树，已经有一百四十多年的历史。传说，这松树下的大院落里曾住着肖五奶奶，她为人聪慧，处事周全，用糖衣炮弹迷惑日军，为八路军获得准确情报，俨然一位巾帼英雄。

这时候，外婆疑惑地说："进山的路，我都不太清楚，他们是如何过来的，有人给他们捎信儿吗？"外婆不知道的是，联产承包以来，山里已经修了好几条通往山外的路，而且，山外的人不需要谁沟通引领，因为导航会把他们带到任何他们想去的地方。

我们突然觉得外婆老了，有点"过时"，于是我们劝说外婆搬到山外去住，顺便也见识见识。不料外婆脑袋摆得跟拨浪鼓似的，喃喃地说："我老了，走不得，我的根在这儿呢，再说，这儿啥也不缺啦！你们看，我拿着手机就知道你们的信儿！"

我们知道，外婆实际上舍不得的就是村上这些"老人儿"，比如凤林叔。凤林叔年轻的时候是羊倌，给生产队放羊。一年冬天，凤林叔放羊时遇到狼群，他害怕极了，顺着唯一的小路，连滚带爬逃回生产队。他来不及给村上捎信儿，因为草木茂盛的山里一个人都没有。等村民赶去的时候，羊大部分被吃光了，地上散布着一堆堆血淋淋的羊皮。人们把这些羊皮拎回队部，凤林叔就跪在那堆羊皮前，号啕大哭起来，其他的村民也跟着淌眼泪。那些羊，是全村人过年的年货呀。

凤林叔因为自己做了逃兵，也因为自己没能及时捎信儿给村民，愧疚不已，居然一病不起。乡邻们也跟着着急，纷纷拿着礼物来宽慰他。外婆把自己采的山货以及姨妈们给她捎的吃食，都拿给凤林叔。她说，羊可以再养，命就一条哇。外婆永远不能忘，自己难产的时候，抬担架的就有卖力的凤林叔。于是外婆开玩笑似的对凤林叔说："你要倒下，以后有事谁抬我？"一句话就把凤林叔逗笑了。

如今凤林叔不再放羊，承包了一片果园。他在山上待了大半辈子，哪里有果树，哪里有鸟群，他了如指掌。特别是这里成立自然保护区以来，他更是自愿担负起看山护林的义务。老荆叔也不再拉脚，据说他回乡搞起养殖。外婆再也不用惦记给女儿们送菜了，因为她发一个语音，女儿们就会立马开车到她跟前。她感慨地说："以前采山菜是为了吃饭，今儿人们采山菜是为了养生！"

一天，我和外婆开玩笑说："您不愿意离开山里，现在看，山里最安全了呢！"外婆发语音说："你们那个城市不也社会清零了吗？"我一愣，外婆似乎猜到我的心思，抢先说："我在手机上天天看你们的信儿呢！"我忍不住大笑起来。

看来，这"信儿"不仅沟通了山里山外，更让我们过上了意想不到的生活。

父亲的上海表

◎冯建军

母亲去世后，父亲身边没有了唠嗑的人，日子便显得漫长且无聊，每次看到我们，他总有说不完的话，唠不完的嗑。那天，我开车带他出去散心，无意中我说车上的钟快了几分钟，父亲看了看那钟，无所谓地说："快也好，慢也好，现在对我关系也不大了。"稍微停了几秒钟，父亲接着说，"要说准，还得是我那块上海表，别看是国产机械表，准极了，一分都不差！"就这样，父亲打开了话匣子，讲起了那块上海表的故事，一段我听过无数次的往事。

1978年秋的某一天，父亲工段的李段长从车间开会回来后，立刻召集大家开会。工人们陆续来到工段会议室，边走边猜测又出什么急事了。看人来得差不多了，李段长清了清嗓子，大声说："大家不用猜了，是好事。厂领导给职工搞了一个福利，弄到一些手表票，是上海牌手表。"可遗憾的是僧多粥少，不能满足每一个人的愿望，每个班组就分到一张票，为了公平起见，车间领导建议用抓阄的方法分配，谁抓到了，就是谁的。

那年月，上海表无疑是奢侈品，牌子响，价格高，而且要凭票购买，因此想戴上上海表，是难上加难的。一石激起千层浪，段长宣布完后，厂房里立刻热闹起来，有的人夸上海表的各种好处，有的人摩拳擦掌跃跃欲试，也有的人默默无语，好像这事和他无关似的。说话间，段长当着大家的面，按人数裁好二十几张纸条，一张纸条里画一个圈，其他的画的是叉，然后把它们揉成纸团。谁抓到画圈的纸团，手表票就归谁。段长把这些纸团放到他布满油渍的工作帽里，让大家排了一队，准备抓阄。

父亲说："我当时就想啊，二十几个人就一个名额，得多大的雨点才能砸到我的脑袋上啊，让他们去抓吧，即使我真的抓到了，就咱家的情况，也是买不起的。"因为有了这个想法，父亲就没有往前凑。

"哎，你们几个怎么回事，快都过来排队！"段长指着原地不动的几个人，当然包括父亲在内。我想，那几个站着不动的人的想法应该和父亲是一样的。抓阄开始了，厂房里顿时安静下来，紧张的气氛充斥在厂房里。

站在队伍前面的，是跃跃欲试的那几个人，他们早就站在段长前，就等着抓了。段长托着帽子走了过来，每到一个人的面前，都要停顿一下，那些迫不及待的人，这时反倒不敢抓了，手停在帽子上，仿佛帽子里不是纸团，而是一锅滚烫的开水，伸进去就会被烫到似的。"别磨磨叽叽的，像个老爷们的样！"段长大声催促道。随着一个个纸团被抓出、打开，厂房里不再安静，一声声埋怨，甚至是谩骂传了出来：唉，没抓到；我的手真臭；我的也不是……这骂声，有骂自己的，也有骂领导的。骂自己，是恨自己的手不争气，骂领导；是埋怨领导弄来的名额太少了。

当段长走到父亲面前时，只剩下三个人了，唯一的一个名额就在这三个纸团里，抓中的概率大大地增加了，父亲原本平静的心开始变得紧张起来。父亲心里想，这可如何是好呢？如果抓到了，又买不起，让人家笑话了，早知道是这样，还不如先抓了。父亲在心里祷告着，千万别抓到，千万别抓到。父亲同样犹豫着抓起一个纸团，当那张皱巴巴的纸条被打开时，大家看见中间画着一个大大的圆圈。

就在父亲愣神的时候，段长开口了，他大声说："小冯，还是你手气好，不争不抢的，运气就跑你这儿来了。恭喜你呀!"段长笑着对父亲说的同时，从怀中小心地摸出一张手表票，然后塞到早已愣在那里的父亲手里，最后还在父亲的肩上拍了两下。

"哎，小冯，把手表票让给我吧，我估计你也买不起。"说话的是年龄比父亲大很多的老王，七级工，工资比父亲高多了。

"还是让给我吧，哪怕给你点钱也行啊!"年轻一点的小李子用傲慢的语气嚷道。小李子的爹妈都是干部，他是家里唯一的男孩。

父亲说："人家也没有小看我，咱家当时真的拿不出一百二十五元钱来。要知道，我和你妈的工资加一块，一个月也就七十多元钱。这些钱，既要养活我们一家五口人，还要攒出点，寄回老家赡养老人，日子过得紧巴巴的，有时还要借钱度日。"据母亲说，当时家里仅有五十元过河钱，是不到万不得已不敢花的救命钱。

父亲一时没有了主意，心想："就随他们说去吧，手表票我先拿着，走一步算一步吧。"

直至吃过晚饭，父亲也没有说出抓到手表票的事，倒是母亲沉不住气了。"我下班的路上，遇到你们单位的老张了，他告诉我，你抓到手表票了，你怎么这么沉得住气呢，到现在还不说。"

"说了又能怎样，还不是买不起。"父亲低声回答母亲，然后从衣兜里拿出那张令很多人眼红的手表票，"给你看看吧。"

母亲接过来，默默地注视了很久，好像是在想着心事。沉默良久后，母亲语气凝重地说："这表，咱们买。你先别急，听我慢慢地把理由讲给你：假如我们不买这表，把票转让给别人，这事用不了几天，就会传遍全厂，到时候，谁都知道我们家的情况，穷得到手的好事都不敢接，这顶穷帽子要是被戴上，想摘可就不容易了。几年后，谁家的姑娘还愿意嫁给咱们的儿子。我们就是借钱、拉饥荒（欠钱），也要把这表买了，让你们单位的那些人知道，我们没有他们想象的那样穷。”

听了母亲的话，父亲没有马上说话，而是摸出烟口袋，卷了一根旱烟，嘴上吸着烟，眼睛在看着口中吐出的烟雾，好像那烟雾能告诉他什么似的。沉思了一会儿，父亲说：“你说得在理，我怎么就没有想到那么远呢。后院老韩家大小子一直娶不到媳妇，不就是因为女方嫌他家穷吗，谈一个黄一个，我们千万不能给自己戴上穷帽子呀！”

父亲被母亲说服了，并不住地夸母亲想问题想得长远而周到。就这样，母亲借钱把上海牌手表买回来了。父亲戴着新手表上班那天，单位的同事都过来看，一个个都带着羡慕的目光，那几个挖苦父亲的人也哑口无言了。

越是来之不易的东西，人们越是格外珍惜，父亲也是一样。这块上海表，就像宝贝一样，父亲从来不让我碰，每天晚上睡觉前，父亲都准时给它上弦，然后放在耳边，听听那表发出的均匀有力的咔咔声，好像那声音不是机械传动发出的，而是令人陶醉的乐曲。

随着十一届三中全会的召开，国家就把工作重点转到经济建设上去，工厂的效益也越来越好，父母涨了工资，又有了奖金，母亲借的钱，不到一年就还清了。

当母亲宣布借的钱还完的那天，父亲一向紧锁的眉头突然舒展开了，高兴地说：“今晚弄点好菜，我要喝两口！这欠债的日子总算是过完了，你不知道，这一年，我每天觉都睡不踏实呀！”

“我怎能不知道呢，这一年来，我是精打细算地过日子，想着早点把债还了。不过，我可从来没有后悔借钱买这表。”母亲微笑着对父亲说，“我要是知道工资能涨这么快，当时就把实情告诉你了。”

“实情，难道这里还有别的什么原因吗？”父亲刚刚舒展开的眉头又紧皱起来。

“当年买这表，我只说了一个理由，还有一个理由是，我也真心想让你再戴上手表。”

原来，父亲在结婚前，曾有过一块手表，那是爷爷送给父亲的。有一年姥姥得了场大病，为了给姥姥凑医药费，父亲狠狠心，偷着把自己的手表卖了。为了这件事，母亲非常感谢父亲，并深深地感到愧疚，当父亲抓到手表票的时候，母亲就想，不能错过这次千载难逢的机会，就是借钱，也要给父亲把这表买来。母亲也知道，如果以这个理由借钱，父亲是不会同意的，就用另一个理由劝父亲，当然了，那个理由也是很充分的。

树叶绿了又黄，落了又长。几年后，我们渐渐地长大了，哥哥们也上班了。这块上海表，先后传到大哥二哥的手里，最后传给了我。那时候，我上初三，班里面有手表的人还没有几个，虽然早已不像父亲刚刚戴它的时候那样令人羡慕了，但我还是有几分自豪感。

“你们的妈妈说过，这表她是不会丢弃的，它是块‘争气表’，它不但见证了你们的成长经历，也向外人宣布，我们一家人是有志气的。记住了，人只要有了志气，就没有什么克服不了的困难!”

上海表的故事讲完了，父亲不再说话，也许他还沉浸在过去的岁月中吧。我对默不作声的父亲说：“主要是我们都遇到了好时代，赶上了党的好政策，你看，我们搬进了楼房，买起了私家车，都是党的好政策带来的，您就好好活着吧，党的二十大召开后，还会有好政策的，幸福的日子会越来越红火的。”

北沟小记

◎祁敬君

抚顺雷锋体育场北走五站，就是葛布北沟。

六十多年前，这里叫小围子。村子不大，也就百十户人家，都是靠种田过日子的菜农。斗转星移几度秋，这里渐渐地增加到近千户人家了，不仅有农民，还有城里人，城里人能占一多半。移民多了，村子大了，不知道何时起，大家都管这地方叫北沟了。

现在几乎很少有人知道原来的村名，只有七十岁以上的坐地老户，才依稀记得小围子。我姐夫就是小围子土生土长的人，每当回忆童年，他还能清楚记得，这里离市区远，小时候没啥好玩的地方，晚上大都是玩“藏猫猫”游戏，白天憋得五脊六兽的，几个男孩扛着带车子轱辘，爬到山顶，往下放，轱辘一蹦多高地从山顶飞滚到山脚下，看着过瘾。那时地旷人稀，撞不到人。

第一次走进北沟，是1979年。我在外地读书，放暑假直接从学校来看大姐。大姐几年前嫁到这里，我一直没来过她家。在大官屯火车站前乘坐2路公交车，前葛下车，大姐在这里接我呢。她难为情地说，再往前走，没有公交车，咱们只能步行。

一条狭窄土路，也就能走辆马车，曲曲弯弯，好几处从沟岔里淌出的山水横流而过。两旁的蒿草、树木枝叶落满尘埃。约莫走了半个小时，拐过一个大弯时，大姐用手向前一指，喏——北沟到啦。我举目一望，但见，三面环山，中间是盆谷，一条小河沟汩汩从村西流过，河堤长满蒿子野草，民舍杂乱无序地密密匝匝分布在山脚，浓浓的炊烟从低矮的土墙黑瓦上袅袅升起。家家户户院落用石头垒成半米多高的墙，上面稀疏地用荆棘围成栅栏。给我的首因效应：杂乱，灰暗，压抑。

大姐家是在一个小沟岔里，这里只有三户人家。她家房顶是用油毡纸铺的，房子很矮，个高的人一伸手就可触及房檐。没有自来水，三户人家吃水共用一眼井。小井不深，用瓢就可以往水桶里舀水。干旱时，就得到村里那口大井挑水吃。

北沟家家户户冬天都烧煤。春夏秋就烧松树落叶，这里的人称之为松树挠。满山的松树，落下厚厚的松针。时常看到村民，背着像山似的一大包松针，艰难行走在下山路上，条件好些的家庭，可以用带车子拉回家。大姐家的小院里，常年有一大垛松针，那都是她一包一包背回来的。每当清晨和黄昏，暗黑色的浓烟笼罩在北沟上空，飘荡盘桓在半山坡。

夜幕降临时，街上没有路灯，漆黑一片。

毕业后，我在沈阳工作，单位每每福利分大米，我便送给大姐家。一路辗转倒车不算辛苦，最愁的是，从前葛到北沟这段土路，扛着五十斤重的大米袋子步行，累得挥汗如雨。一路需要停下小憩几次，浑身散架子了方能抵达大姐家。

大约20世纪80年代中期，父母家也从老家迁徙到北沟来了。这样，每月我都要回来一趟，看望父母，从而更熟悉了北沟。

北沟修柏油马路了，有了几盏路灯，开始通17路公交车了。但没有排水系统，仅有单排道的柏油路，下雨后就返浆，到处是大鼓包或深坑，公交车为了躲避大鼓包或深坑，犹如画龙般行驶，即使驾驶技术再精湛，车轮也难免时而骑到包上，或掉进坑里，一路上屁股能给你颠碎，手要牢牢把住扶手，否则会被猛然甩倒。行人倘若躲闪不及，就极容易被溅一身泥水。

有一次，单位分一箱鸡蛋，我坐17路公交车送给父母。提溜箱子下车，一边走，箱子一边拉拉汤，到家开箱一看，嚯，鸡蛋颠碎一半哪。这给母亲心疼的，直咂嘴。

2000年以后，这里发生了天翻地覆的变化。

沈吉高速公路抚顺出入口，设在北沟。北沟通往市区的路拓宽为双向四车道了，彻底改变了返浆的老路，高端大气上档次。两旁绿树成荫，开阔清新。一盏盏明亮的路灯，矗立在宽阔的街道两旁，格外柔丽轻和。光亮投射在过往行人身上，映照着每位过客所走过的足迹。

瞧那一盏盏路灯，欲与白昼的阳光比光辉，欲与四季比韵美。

对了，还建有占地一万三千平方米的可停靠两百辆公交车的大型停车场，集办公、停发车、维修、养护为一体。解决了葛布北沟地区公交停车问题，为当地人出行提供了保障，还减少了噪声污染、垃圾污染，起到了美化环境的作用。

令人欢欣雀跃的是，昔日破旧的北沟动迁了。一个集坡景、石景于一体的绿色养心金地富山小区全景呈现。松林草语，秋月拾花，谱写着山景的生活韵律。晨曦也好，晚霞也好，抑或满天灯火，总能在微风里涤荡蒙尘的心，于山水间沉淀生命的灵感。不仅北沟人上楼了，城里人也纷纷跑到这儿定居。

我有个作家朋友，退休前是大学教师，他说，他走在市区的繁华街路，穿行在高楼大厦之间，就会感觉心烦、焦虑。一回到北沟，走进群山环抱的绿色小区，心情顷刻就格外放松，一种悠然自得的心态升起。

是呀，那青山，那浓得要流下来的松林，那蓝天白云，与这高高矗立的法式建筑，相映成趣，构成一幅多彩的画卷。

城建部门将村前的葛布西河修建了。在金地富山小区与葛布通道路交叉位置，新建污水截流干管，用于截流、收集、输送域内污水，最后通过葛布泵站进入污水处理厂，从而实现了葛布西河布置的铁路南北两端的污水干管的贯通。河岸栽满各种颜色的树木，不见昔日杂乱的蓬蒿。

夕阳西下，夜幕降临，小区西北侧的广场那一片璀璨的灯火把北沟装扮得格外迷人。美得如梦如幻，美得眼花缭乱，美得让人浮想联翩。人们在这里，或跳广场舞，或引吭高歌，或散步。孩子们从家里出来玩了，有的在玩滑板，有的在打羽毛球……

如今的北沟，交通便利，公交车直达北站和市中心商业区，有青山绿水，亭台楼榭，还有迷人的夜晚。

“永久”的记忆

◎李　红

小时候的我，特别崇拜会骑自行车的人，更羡慕骑着自行车的父亲。等我上了小学后，我更渴望的是，拥有一辆自己的自行车！

父亲的自行车是国产大牌，二八大杠上清晰地刻着“上海永久”。每日傍晚，我都早早出去迎接父亲下班回来，父亲瞧着我那对自行车渴盼的眼神，只好说：“只要你上学考了100分，我就教你练习自行车！”为了父亲的承诺，我上学学习非常认真，生怕考不到100分，没有车子骑。

其实，后来的我，还没等父亲来教我怎样才能骑好自行车，我就偷偷地自己学会了“掏裆”，还被奶奶派去三里地之外的乡里供销社买了包食盐。再大一点时，我就可以骑在了大杠上，再后来就可以骑在了车座上，用我那两条稚嫩的小短腿，踩着脚蹬板，一圈一圈……晃晃悠悠地骑着骑着，念完了小学。

听奶奶说，当初给父亲买这辆国产大牌自行车，还费了好大周折呢。当时是给母亲的彩礼，1972年他们结婚时，最时髦的彩礼就是要齐全的“三转一响”。

“三转”指的是手表，缝纫机，自行车。为什么把这三大件搁在一起叫三转？我猜想可能都是有轮吧。

“一响”指的当然就是既能说书又能唱戏的收音机啦。那时候，只要听到“小喇叭开始广播了，小朋友们请坐好”，那再难哄的孩子都能被哄好，不哭不闹，安安静静地坐在炕上听广播。那时候老人也管它叫戏匣子，国家大事都是从这里了解到的。

爷爷说，“三转一响”说得容易，那得用好多钱哪。当年，爷爷家成分是贫农，穷人家说媳妇那可老费劲啦。为了脸面上过得去，准备出像样的彩礼，老人家那是东挪西借，四处拉饥荒啊。奶奶却说，钱是人挣的，慢慢还呗。

父亲是家里的老疙瘩，初中领完毕业证就被村里派去参加了电工培训班，顺利拿到电工证，和县里下派的一众电工师傅投身于农村电力建设。他们说电业的宗旨就是：人民电业为人民！他们当时的口号是：屯屯架上线，村村通上电，点亮万家灯火！

每天清晨，父亲都是在启明星的照耀下离开家，精神百倍地骑着他那大二八永久牌自行车去拉线地段；每天傍晚，父亲都是迎着月光晚霞，筋疲力尽地蹬着他那大二八永久牌自行车回到家中。日复一日，月复一月。多少次骑车途中，链子掉了，徒手接上；轴承没油了，自己填上；轮胎漏气了，自己补上。好好的一辆新车，父亲如此这般折腾了两年三载后，“垂老”得除了铃铛不响，哪儿哪儿都响，终于成了破车……

小学六年级暑期，作为跳高运动员，我被选入乡里小学组代表队，去参加县全民运动会。

早上，我骑着父亲那辆“老爷车”去报到，半路上车子又是撒气儿，又是掉链子的，愣是晚了半个钟头。负责训练我们的体育老师很不满意，说我实在不行就住教室里得了，或者找个亲戚家住几天。这十八里土路骑自行车，坑坑洼洼的，对于一个十二三岁的小姑娘来说，确实有些残忍了。我妈不让我住外面，我也不想去叨扰亲戚，更何况没有女孩子搭伴，再苦再累也要每天一个来回跑吧。我每天晚上回到家，两条腿都不是自己的了，突突地抽抽，眼泪汪汪的，母亲叫我吃饭也不吃了。

父亲看不下去了，说必须给我买一辆新自行车，还是要买上海永久牌自行车，这次买“女式坤车”。据说是斜梁，便于上下车和停车。我听到这个消息，开心得忘了疼痛。可母亲说，再不等等吧。这前两年才刚托沈阳堂哥买了电视机，还哪里有那么多钱又添新的自行车呀？要不咱缓缓，攒攒钱，过一年再买？父亲却说，别了，我出去冲师傅们串点，等开支就还给人家啦。你忍心看着孩子现在受累？反正上初中也是要买新车的，早买晚买，这个钱是一定要花的。早买，这个假期她自己精心着点，三年初中还是能骑下来的。

说起买电视，那是1984年。我读小学四年级，那时候的菊花牌电视机，在我们屯特别流行，有一家添了之后，屯里有头有脸的人家，就争先恐后地托沈阳亲戚朋友，购买了一批同款菊花牌电视机。每天晚上六点开播《跟我学》英语节目，我很快就记住了开头那句：Follow me！

次日，父亲就去县供销联社给我买新车了。据说是乡里供销社没存货，所以父亲搭他们的进货车去的县城。晚上，都点灯了，父亲才回到家。为了买辆自行车，父亲折腾了一天。但当新自行车摆在我们面前时，我们都惊呆了，好漂亮啊！

弯弯的斜杠，车把前一个精致的小筐，车把上一个圆圆的铃铛，看着淡淡的蓝色的车身，春天的气息扑面而来。和父亲的那辆车大横杠一样，我的车斜杠上也清晰地印着“上海永久”！

父亲说，县里供销社那个装车师傅介绍让买这个的，他现给组装的。那个装车师傅说，这个车最适合小姑娘骑了，颜色艳丽，车体轻便，小姑娘骑着就好像春天里的小鸟，快乐飞翔。父亲开心地和师傅说着话，又特意去烟摊那边买包“大前门”给师傅点上，笑道：“辛苦您了！我闺女一定会喜欢的。”

我当然喜欢了，喜欢得手舞足蹈。母亲给我找来一块软布，我把车子从上到下，从前到后，从把到梁，从车圈到车条，从车座到脚蹬板，一遍一遍地擦拭着，一遍一遍地按响铃铛，丁零零，丁零零，悦耳极了，那圆圆的脑袋也太可爱了吧。笑得我合不拢嘴，一遍一遍地重复着，我有车了，我终于有自己的车了，谢谢爸！谢谢妈！

从此，再不用十几里路奔跑去找同学玩了，可以骑自行车去！从此再不用十几里路奔跑去辽河摸蛤蜊了，骑车去！从此再不用十几里路奔跑去挖野菜背回来了，骑车去！从此再不用十几里路奔跑去打蒿子扛回家了，骑车去！……

第二天，我骑着崭新的“上海永久”自行车，打着响铃，欢快地奔向我的新里程……

一晃初中风里来雨里去，我骑车跑了三年。这辆轻便的永久牌自行车陪了我三年旅途，虽然这三年风吹日晒的，车子有点旧了，但是也没大修过，只是轮胎换了两个，车闸线换了一根。上高中以后我需要住校了，母亲说，你住校了就用不上自行车啦，正好我下地干活去骑吧。

这之前，母亲数年如一日地都是步行去下地干活的。自从包产到户后，爷爷奶奶年纪大了，走不了那么远的路，腿疼。于是母亲就让他们在家里侍弄菜园子，喂养鸡鸭鹅啥的。家里活看上去都是零活，虽然不太累人，但特别忙乎人。母亲骑车下地，骑车回家，节省下的时间，足够晚上给大家做顿好吃的饭菜啦。

1995年我大专毕业，回乡工作。当时，爸爸骑的车子是大幸福摩托，我有点驾驭不了。听说新出了小一点的踏板摩托车，重庆力帆挺好。我和新分配的同事每人买了一辆，上下班骑着很拉风。从此以后，陪伴了我多年、曾经最喜爱的自行车就束之高阁了，连同我那不可回去的青春年少，一起珍藏了起来。

后来的后来，2010年添了第一辆私家车，上下班再也不用风里来雨里去地担心着凉感冒了。2020年又换了新车，车子越来越舒适，这见证着我家的日子越来越好过。曾经的我总是听爷爷奶奶唠叨："楼上楼下，电灯电话。出门坐小car，手拿大哥大。"对于那个时候的他们，这就是生活的神话，只有神仙才能过上这样的日子。我父母奋斗的20世纪80年代，实现了电灯电话。当1996年我结婚的时候，彻底实现了爷爷奶奶嘴里的神仙日子。相信他们在天堂，看到如今我们过着美满幸福的日子，也会脸上笑开了花吧。

春节假期时的茶余饭后，和儿子谈起他小学时，也曾拥有过一辆自行车，牌子也是"上海永久"。不过车杠上标的不再是中文，而是英文Forever啦。看来我们的国产永久自行车市场不错，已经远销海外啦！

人生还很漫长，国产大牌一直还在。从爸爸的"永久"、我的"永久"到儿子的"永久"，中国人的生活发生了翻天覆地的变化。从无到有，从拮据到宽裕，从宽裕到小康。让我们爱国就从支持国货开始吧，这便是我"永久"的记忆！

山 药

◎郑 直

第一次听到“山药”这俩字，是在文学史的课堂上，“山药蛋派”赫赫有名。还有人告诉我，山药就是土豆，山药的形状应该是“蛋”。我生活的康平县是辽北的一个小地方，民风淳朴，却也闭塞，那些年也没个网络啥的，看不到图片。

近几年，山药出现在康平的各大超市、农贸市场了，山药和山药蛋不一样，也不是土豆。以前没吃过，第一次买的时候，看着这东西布满泥土，也必须当个金贵玩意，特意买了排骨，炖在一起。老妈吃了说，和土豆没啥区别，就是比土豆贵。我就想起我姥说过的：“香蕉和地瓜一个味。”我第一次吃香蕉就是在我姥家，姥爷外地出差带回来的，给孩子们分了。虽然我姥说香蕉和地瓜一个味，她还是给我吃香蕉，她吃地瓜。每次吃香蕉，我都想起我姥，要是她能活到现在，我一定让她把香蕉吃个够，还可以吃以前没看过、没听过的：荔枝、榴梿、杧果……唉，我姥八十多岁的时候没的，算高寿了，就是没赶上现在这个好时候。

去年，杨凯大哥给我打电话，让我去他家取山药。是他姐夫种的，挺多。我有些舍不得吃杨凯大哥的山药，说：“你还是拿早市去卖钱吧。”杨凯大哥笑了：“卖啥钱？你不得吃嘛。”我也笑了，大哥现在给得起了，恭敬不如从命，就乐呵呵地抱了一捆山药回家了。

早年间，杨凯大哥一家可以用“颠沛流离”来形容。马马虎虎记得他说好像搬过十九次家，从张强镇，到黑龙江，到内蒙古……回康平后，他和大嫂在早市出摊，卖点小杂粮、应季蔬菜啥的，挣不了几个钱，不容易。现在日子好了，孩子们都大了，小儿子也成家立业了。他的破房子动迁，得到一笔动迁款，老两口买了楼房，虽说是二手房，但他们足够满意了，孩子们回来，也不算挤。还有一个面积说得过去的露台。杨大嫂在露台用泡沫箱子栽了一些大葱，我又吃了好些大嫂栽的葱，香！下饭！

日子宽绰点，杨凯就能挤出时间创作了。近日他的长篇小说《荒年》初稿已经完成，正在我的公众号“慢文字”中连载。卧龙湖作家群里，我自己给作家们分了派：蛋糕派、蘑菇派……杨凯是“苞米派”，乡土气息浓厚。康平原来不产山药，而且“山药蛋派”有人叫了，咱不能再叫了。康平人种大苞米的多，我就把杨凯定了个“苞米派”。这部小说好看着呢，杨凯是康平的赵树理。

昨天看看厨房的蔬菜筐里没有山药了，就琢磨着去超市再买一根回来。山药已经不是稀罕物了，真和土豆一样，天天都有卖的，所以也不多囤，每次买一根。从超市出来的时候，我对我们家李先生说：“我这个是金箍棒。”李先生说：“嗯，行。那孙悟空的就叫金箍棍。”我一路挥舞着自己的金箍棒，和李先生讨论棍和棒的区别，路上竟也没人看我、笑话我。这个社会越来越包容了。

要做晚饭的时候，老妈要吃醋溜土豆丝，说航天员回来了，到家第一餐的菜谱里有醋熘土豆丝，咱也吃，庆祝一下。老妈既然说了，必须安排。晚餐四个菜：醋熘土豆丝，酱焖刀鱼，凉拌黄瓜，山药胡萝卜汤。山药已经是家常菜，不一定非配排骨了，做素汤也好吃。饭桌上，老妈说：“现在想吃啥来啥。”我说：“以后外星人吃的，咱地球人也能吃上。”

报告文学

铸就大国工匠之梦

◎张　男　晓　笛

神秘之所，约见一个陌生人

这里红墙环绕、警备森严，这里历史悠久、价值连城，这里对于普通人来说，可能是一辈子都难以踏入半步的地方，这里却又与人们生活息息相关。五年前的3月3日，笔者经过严格的安检，有幸走进了这个神秘之地，应邀来见一个从未会过面的青年人——王崴。他很忙，我们匆匆见面，草草寒暄，大部分时间里，笔者都在与熟悉他的人聊天。

柔和而温暖的阳光，照在一座具有百年历史的老房子上。在结束了将近一天的采访后，笔者带着满满的期待，走进沈阳造币博物馆，走进一段不寻常的历史。

沈阳造币博物馆藏品有数万件，用实物和图片集中展示了沈阳造币厂，也就是今天的沈阳造币有限公司一百二十年发展史，记录了百年间我国钱币的变迁史。

清光绪二十二年（1896年）8月23日，刚刚卸下甲午战争战袍的将军依克唐阿在沈阳东关外、大东边门内，也就是沈阳故宫东侧，开工兴建了“奉天机器局”，经批准铸造银圆。这便是如今的沈阳造币有限公司的前身。它是东北第一家机器工厂，开创了近代沈阳机械工业之先河。清光绪二十四年（1898年）铸成“一圆银币”，清光绪二十五年（1899年）铸造第一枚制钱“光绪通宝”，清光绪二十九年（1903年）铸造第一枚“奉天中花十文铜圆”，1945年9月首次印制了面额十元的东北银行券，1955年1月27日，铸造了新中国的第一枚一分硬币……在一百二十年的历史中，沈阳造币有限公司创造了无数个第一。

除了流通硬币，沈阳造币有限公司1982年生产的狗年纪念银币，在美国华盛顿获得世界纪念币评选会最佳银币奖。这是我国纪念币在国际上首次获奖。狗年纪念币获1984年世界最佳银币奖；2001年生产的十千克大金币被誉为世界第一金币；2005年，中国石窟艺术（麦积山）五盎司金币，获得了2006年世界硬币大奖最佳金币奖。这个奖项堪称钱币界的奥斯卡奖。沈阳造币有限公司以其百年造币经验，融民族优秀传统造币技艺与当代高新科技成果于一体，研制出众多设计工艺精美、防伪性能高、民族特色鲜明的钱币珍品，为我国在钱币界赢得了国际声誉。

是的，这个颇具神秘色彩的工厂就是沈阳造币有限公司。而笔者约访的王崴，就是这个企业一名普通而又特殊的员工。说普通，是因为王崴只是沈阳造币有限公司造币一部生产保障班班长、一名维修电工；说他特殊，是因为他身兼共青团中央委员之衔，头顶“全国青年岗位能手标兵”等诸多荣誉的光环。

王崴和造币有限公司的员工堪称“见钱”最多的人。“钱流如川，心如止水”，是他们日常的工作状态，也是必须遵守的准则。作为为国造币的特殊企业，外人出入厂门需要一整套的安检手续，员工们每天上下班，都会穿着公司特制的衣服、鞋子和皮带。王崴说，人民币在他们眼中不是财富，只是产品。他们肩上担负着制造国家“名片”的神圣责任和光荣义务。

从学霸到技术大王

王崴1978年3月24日出生于锦州。1994年，初中毕业的王崴以优异成绩考入沈阳电力高等专科学校（现沈阳工程学院）。王崴脑子灵活，博闻强记，加上刻苦钻研，学习成绩一直名列前茅，在班级是学习成绩最好的学生之一，是一等奖学金的“专业户”，用现在的词形容他就叫“学霸”。王崴与陈晶朦朦胧胧碰撞出爱情的火花，在学习中互相帮助，在生活中互相关心，在志趣上情投意合，开始了幸福美好而又浪漫的初恋。

1998年7月，二十岁的王崴和陈晶双双进入沈阳造币有限公司工作。“那时还是个毛头小子，对未来也谈不上什么规划和志向，就是觉得自己能在省城找到一份工作，挺不容易的，得好好干。”带着这样简单而朴素的想法，王崴走上维修电工的生涯，开始与造币结缘。

从此，他几乎每天都花大量时间围着设备转，不仅积累了许多实际经验，也慢慢培养出了和“电”的感情。王崴对此有个比方——就像谈恋爱，越感兴趣，越想了解。然而，他毕竟是中专毕业，所学知识并不能完全满足他对事业的渴求。于是，他买来《PLC控制系统》《自动控制》《感应加热技术应用》《西门子s7系列PLC应用与开发》《金属轧制》等相关书籍，不管是上班还是下班，不管在工地还是宿舍，只要有时间，就抱起来“啃一啃”，常因为“啃”得专注而错过了食堂的饭点，又舍不得下馆子，就用方便面或是凉馒头就开水对付。在王崴看来，他从知识中获取的“精神食粮”已经胜过了“物质食粮”的甘甜。凭着一股轴劲，王崴硬是搬走了学习时间零散和英文单词看不懂这两座“大山”，不仅通读了许多电气专业的大部头，还完成了全国自考大专、本科的全部课程。

参加工作之初，恰逢沈阳造币有限公司铜合金硬币基地生产线建设改造，王崴当时在设备处工作，有机会跟着师傅们参与了很多先进设备的安装和调试，这让王崴迅速积累起大量知识和维护经验，为自己的维修工作做了充足的知识储备和经验积累。

2003年，王崴调入铜带车间。在他之前的熔铸设备电修工作，由两名电气专业的工程师负责，因为熔铸设备控制更为复杂，且是具有世界先进水平的设备，要求维护人员具备相当高的技术水平，才能保证设备完好运行。近几年的生产实践证明，他完全有能力担负起复杂熔铸设备的电修任务，当然，这背后包含着很多不为人知的付出和辛酸。在王崴家书柜的底层，比各种荣誉证书还高的，是一摞已经有些发黄的笔记本。本子里用彩笔记录着各种电路图、数据、符号，甚至还有许多标着中文发音的英文单词。王崴说，这些看似不值钱的“古董”却是他的“宝贝”。

水平连铸1-4线除尘电气控制系统的升级改造，是王崴独立完成的第一个项目。除尘设备是水平连铸机的重要辅助设备，主要功能是将熔炼过程中产生的氧化锌等粉尘排出并收集到布袋中，达到净化空气的作用，属环保设备。多年来恶劣的工作环境使其元件动作频繁老化，运行过程中存在诸多隐患，一旦控制部分失灵，极易产生爆炸，引起不可想象的后果。由于设备的原生产厂家倒闭，升级改造一时陷入僵局。对此，王崴看在眼里，急在心上，决心要攻克难关。他找来图纸，仔细阅读程序，认真分析设备工作原理，不放弃任何一个细节。为弄清设备运行时先后动作顺序，他多次钻进除尘室，顶着除尘布袋和粉尘，细心查看，及时记录，为程序及整个控制系统全面改造拿到第一手资料。在系统的随后设计、安装和调试过程中，他做到了精益求精。性能好的元件会增加系统的可靠性，在选件过程中，他几次到电子市场调研，优中选优，既考虑前沿技术又兼顾匹配性能。到了试验阶段，他更是夜以继日地忙在第一线，亲自操作，反复调整，有时为优化一个系统“反吹”参数一连试验数十次，耗时近一周，废寝忘食几乎成了每天的常事。功夫不负有心人，改造最终取得成功，设备再次运行的时候，熔铸现场的作业环境得到了明显改善，他也在大家的目光里读出了感谢和钦佩，欣慰和自豪油然而生。

王崴钻研技术，苦练技能，逐步练就了过硬的专业本领，成了问不倒、难不倒的技术通，连续三年被评为企业级“青年岗位能手”以及公司“维修电工之星”。2007年，王崴荣获沈阳市“蓝领之星”荣誉称号，他的名字开始为本行业的同行所知。

2008年，在沈阳市职工职业技能竞赛上，王崴从数百名选手中脱颖而出，夺得理论和实际操作两个第一名，以总分第一获得冠军，并荣获“沈阳市技术大王”和“沈阳市金牌工人”荣誉称号。

质量之魂，存于匠心。大力弘扬工匠精神，厚植工匠文化，恪尽职业操守，崇尚精益求精，培育众多“中国工匠”，是“中国制造”的需要，更是“中国创造”的必然。

2009年9月的一天，酷暑未消。如同这个季节的天气一样，辽宁省职工职业技能竞赛决赛正在沈阳技师学院如火如荼地进行。大赛包括焊工、模具钳工、速录师、维修电工和数控等七个工种的技能竞赛。王崴和其他二十多名选手参加的是维修电工竞赛。王崴不负众望，一举夺得辽宁省职工职业技能竞赛维修电工冠军，被省人力资源和社会保障厅授予“辽宁省维修电工状元”“辽宁省技术能手”称号，还被共青团辽宁省委授予“辽宁省青年岗位能手”称号。

这一年，王崴获得了“辽宁省五一劳动奖章”。

雪花啤与慕尼黑啤的交流

每天与先进设备打交道，王崴也与设备建立了感情，他说他与设备之间是有信息沟通的，通过与它们交流，能够判断设备的健康状况，乐于为它保养疗伤，甚至做些手术。多年来，他排除设备疑难故障，组织开展设备升级，修改过原厂图纸，调整过原装程序，甚至跟外国专家面红耳赤地“叫板”。

2011年6月，喧嚣的生产工地，四百多度的镜片后，王崴正聚精会神地研究一张电路图，仿佛是一尊静止的雕塑，骨子里每一根神经都在与时间赛跑。这是新引进德国舒勒冲床，在安装调试过程中，频繁出现信号传输干扰问题，造成设备反复报警停机，调试不能正常进行。信号线本身抗干扰能力符合要求，干扰源过大，却又无从查找，德国专家通过反复检查确认，认为设备本身没有问题，怀疑车间环境有问题，存在不明干扰源。

是车间环境中有不明干扰源，还是设备本身出现的问题？各种图纸、设备、公式从四面八方涌来，连成一片云，笼罩在王崴心头，整日挥散不去。这种感觉如此熟悉。学徒时围着设备团团转、技能大赛前日夜备战、新线建线设备安装调试，每当这些时候，王崴的世界里仿佛就只剩下设备和自己。不停地对话，反复地询问，直到问题迎刃而解。而这次，已有多年维修经验的“技术大王”王崴，目光中更透着自信与坚定。

中外双方技术人员僵持不下，却又无法找到对方纰漏。作为技师的王崴坚信干扰来自设备本身，并对新冲床升级版电气系统提出了质疑，认为干扰来自信号内部。舒勒公司是世界上生产冲床能力最强的专业公司，技术成熟，实力雄厚，德国专家对王崴的质疑嗤之以鼻，不予理睬，对王崴提出的问题方向，对方坚信没有问题，对王崴要检查的部位不予配合，并声称这次设备上应有的是升级版电气系统，里面涉及公司专利技术，中方无权打开，如果中方自行打开，德方保留追究责任的权利。双方面红耳赤，关键时刻王崴艺高人胆大，没有被外方专家吓住，也上来了轴劲，他坚信是升级系统中，由于设计原因造成串模干扰和共模干扰，他大胆打开了德国专家所谓的“禁地”，通过对照图纸和实物反复研究，找出了里面的设计瑕疵，排除了干扰源，问题顺利解决，德国专家大为惊讶，一个劲地向王崴道歉，最后双方握手言和。

德国人工作认真，态度严谨，即使是保密以外的技术，也不轻易多说。为了弄懂设备，学到技术，王崴和德国专家交朋友。他知道德国人爱喝啤酒，据说每个德国人平均每年能喝掉一百三十八公升的啤酒，可能世界上再也找不到比德国人更热爱啤酒的民族了。于是王崴请德国专家去喝啤酒。德国专家开始不想去，王崴说，沈阳雪花啤酒口味非常地道，不比多特蒙德啤酒或者慕尼黑啤酒差，不信你去尝尝。德国专家跟着王崴到街边的驴肉馆喝啤酒，品特色小吃。德国专家和王崴成了朋友，不但很愉快地把一些非保密的技术传授给王崴，还送给了王崴小礼物。

王崴对设备的了解，胜过对自己身体的了解。

2012年的一天，王崴正在外地出差，公司的物流线送料穿梭车突然停机。

对于联动线而言，一个环节的问题常牵一发而动全身。维修人员到现场看了一圈，并没发现问题——如果不及时排除故障，十分钟后，包装线将全部停止；二十分钟后，印花工序将全部停产。

情况紧急，看图纸已经来不及了。维修人员拨通了王崴的电话。

“别慌。试试手动和自动。”王崴在电话里指导。

“上去看看，应该是光通讯器的问题。”

王崴有条不紊地指挥着。两分钟后，故障排除，生产继续进行。

心形鲜花与时光慢递

工厂以外，王崴也擅于用自己的技术专长增添生活情趣，让枯燥单调的日子充满色彩。为了向妻子表达爱意，他把自家的门铃安装了声控装置，录制了自己的声音：“老婆，你回来了，辛苦了！”他把洗衣机、电饭锅都安装了自制芯片，用来哄妻子开心，借此向妻子表达自己忙于工作而照顾不了小家的歉意。

至今，王崴仍然清楚记得，2008年，也就是他获得“技术大王”称号那一年，他的儿子出生了。同时，王崴的工作也越来越忙，别说家务活帮不上手，就连儿子生病也是妻子陈晶一个人家里家外地跑。手里握着几百个小时换休票的王崴，却从没因家里的事请过一次假。其实妻子陈晶也很忙，她是公司模具设计制作中心的管库员，工作性质决定了她一刻也离不开岗位。而且模具设计制作中心被授予“全国工人先锋号”，作为其中的一员，陈晶既感到骄傲，也感到自己的责任。

王崴不是个不顾家的人。他也曾给儿子制作玩具，也曾把儿子搂在怀里，温柔地讲故事陪他入睡。而今，这样的时间愈加少了。“这几年行业发展速度快，企业新设备调试、新生产线建设的任务也特别多。忙的时候，晚上回家儿子都睡了，连续几天只能在电话里跟他说几句话。有时和孩子正玩得高兴，一个电话就得赶到生产现场，孩子再舍不得也得放下。谁让咱干的就是生产保障呢，就得随叫随到。”

2017年3月4日，笔者走进王崴的家。王崴有个幸福的三口之家，儿子麦兜也已九岁。麦兜是陈晶给儿子取的小名。她希望儿子单纯、憨厚、乐观、善良、与世无争。

这天是周六，儿子麦兜到姥姥家学习去了。为了照顾外孙子，王崴的岳父母把家从赤峰搬到了沈阳。

提到儿子，王崴会露出幸福的微笑，两颗虎牙更增添了喜感。这个在公司首屈一指的技术大王，在家里的地位却位居第三，他总幽默地说：“在家里，老婆是大王，儿子是小王，我就是一‘会儿’。”

王崴的家在沈阳市大东区一个有着近二十年房龄的老式小区里，屋子不大，装修也不豪华，却很温馨：妻子的古琴和儿子的架子鼓摆放在门厅两侧，因为妻子喜欢跳舞，王崴在家里特意辟出一平方米的练舞房；王崴的健身器安装在卧室门上方；南向的阳台既是儿子下棋的地方，又是夫妻的茶室和读书角……这些精巧而用心的设计都出自王崴之手。对待工作，他始终有着近乎严苛的细致；

对待生活，他又总展示出充沛的活力和热爱。王崴本人，与他家的风格倒有几分相似——温暖而不耀眼，朴实而有内涵。

夫妻俩的感情更是有些“黏”。刚结婚那阵，陈晶去外地参加团干部培训，因为想王崴还当着闺密的面哭鼻子；等她从外地回来，走进家门那一刻，更是让她流下幸福而喜悦的泪：门厅地板上用鲜花摆放着一个大大的心的图案——那是丈夫王崴给她的惊喜。结婚多年后，陈晶仍然给王崴写情书；情人节，王崴会在家里给陈晶挂满一屋子五彩气球……

2014年7月，公司放高温假，王崴和妻子陈晶为了纪念两人相识二十周年，携手前往成都旅游。在饱览了天府之国的山水风光和人文景观后，陈晶在宾馆偷偷给王崴写了一封情书，并通过“时光慢递”从成都邮寄到沈阳。这封充满浓情爱意的浪漫情书，要穿越三年的时光，跨越千山万水，直到2017年的7月末，才能抵达爱的目的地——王崴的手里。目前还剩三个多月时间了，陈晶很是期待。

王崴说：“每次捧起奖杯，总想感谢很多人——感谢家人，感谢同事，感谢企业，但我觉得最应该感谢的是这个时代。”

跨界管理的班长

2010年对于王崴来说是非常不平凡的一年。在这一年里他从原来熟悉的铜合金生产线调到了公司的主业生产车间——造币一部，担任生产保障班班长。

作为一班之长，王崴感受到了更重的责任。他的目标已经从“一个人进步”变成了“影响、带领班组成员共同进步”，最大化地发挥劳模的辐射效应，鼓励更多人回报企业，为印制事业的发展贡献力量。

保障班有二十一个人（年长的是“50后”，年轻的是“90后”）、五个工种、三道工序，用原车间主任郭毅的话说，叫“跨界管理”。

为了更好地保证这条国内首条全联动生产线的顺畅运行，在继续钻研技术的同时，王崴深入研究班组管理。紧紧围绕“保障”这一核心目标，他制定了一套完整详细的“点、检、预、修”维修保障措施，改变了过去设备出问题再去抢修的做法，大大降低了故障处理时间。他带领班组制定生产工具、生产库房产品的全新分类定置管理模式，进一步降低了库存管理风险。为了带好班组，增强班组凝聚力，他创建了班组生日，利用业余时间组织郊游，参观爱国主义教育基地，每年妇女节都给女员工买小礼物。每到节假日，王崴首先想到的是班组里家住外地不能回家的工友，他把全班组的人请到家里吃饭，亲自上灶，做他的“招牌菜”大白菜炖干豆腐和拍黄瓜，妻子则去超市买来好多样熟食。大家喝酒、聊天，不亦乐乎。

王崴在保障班首创了“机电一体化”模式，鼓励大家“一专多能”，每个人都考取了两个岗位资格认定证书，以适应企业发展。他们还利用班组园地、技师小讲堂不定期开展师徒共建、技术交流、绝技绝活传承等活动。比如王崴在班组组织技能竞赛，让四名青年技工分别将设备上千个零件拆开，再在规定的时间内将设备组装完成。王崴和青年技工说，在沈阳造币有限公司，我们也是“战士”，我们就要像战士熟悉自己的武器一样去熟悉造币设备。这些活动既促进了班组新老员工的融合、互补，更加速了班组青年员工劳动技能和劳动素养的提升。用副班长的话说：“他把心操得稀碎。”

2010年5月，王崴荣获“沈阳市劳动模范”荣誉称号，6月荣获“印钞造币总公司技术能手”荣誉称号，11月荣获“全国技术能手”荣誉称号。

2011年，王崴荣获全国印制行业“金牌工人”称号。

2012年3月7日，由共青团中央、人力资源和社会保障部共同组织的全国青年岗位能手（标兵）评选结果揭晓。王崴等三十名同志被授予“全国青年岗位能手标兵”称号，问鼎了青年员工的最高荣誉。团中央、人力资源社会保障部向全国广大青年员工发出了向他们学习的号召。

2013年4月，王崴再一次来到北京，捧起金光闪闪的“全国五一劳动奖章”。

“70后”师傅，“90后”徒弟

2011年入职的姚天翔是王崴的大徒弟。刚进公司就能和“名人”沾上边儿，大家都觉得他很幸运。姚天翔却说“开始好长一段时间，过得并不好受”。

造币一部刚成立不久，为了便于日后设备的维修和保养，王崴决定给每台印花机“编号”。新徒弟姚天翔主动请缨贴号码牌。不大一会儿，小姚就回到了班组。“这么快就贴完了？”王崴有些不相信。小姚心里正为高效完成任务而高兴的时候，王崴出去转了一圈又折了回来，对小姚说：“速度够快，就是贴得不够整齐。”王崴从抽屉里取出钢尺和记号笔，带着小姚把号码牌又逐个重贴了一遍。每一个牌在机器的什么位置，王崴都用尺量好。原来号码牌贴得七扭八歪，王崴贴完之后三十个号码牌变成了一条直线，精确、整齐、美观。说起这件事，小姚脸上还有种愧疚的神情：“虽然当时王崴师傅没批评我一句，但我脸都红了。用心，是师傅用行动给我上的第一课。”转眼几年过去了，姚天翔已经成为班组的骨干。他说，从师傅那里学到的不仅是技术，更重要的是对每一份工作的高度责任感。“他改变了我的工作态度，甚至是人生态度。”

王崴最年轻的徒弟丁佳伟出生于1992年。丁佳伟在学校学习成绩和钳工比赛成绩都很拔尖，刚到王崴班组不久，在参加一次沈阳市技术比武中却名落孙山。王崴安慰他，提醒他学技术一定要扎扎实实，来不得半点浮躁。

经过一次一次艰苦磨炼，丁佳伟学到一手精湛的钳工技艺。

2016年5月，王崴得到第十二届“振兴杯”全国青年职业技能大赛即将比赛的消息，第一时间让丁佳伟报名，并要求他做好充分准备。

7月27日8点，丁佳伟坐上开往封闭训练场的大巴车。参加封闭集训期间，按要求手机是关闭的。等到丁佳伟打开手机，显示的一大串号码和微信，几乎都是王崴打给他的。王崴一遍遍地叮嘱，让他放平心态，比出自己的技术水平就行。

在封闭训练期间，辽宁省前七名选手将根据每星期的训练成绩排名逐个淘汰，最终只有三个人能参加全国大赛。虽然做足了心理准备，训练的严格和紧张程度还是超出了丁佳伟的想象。

丁佳伟比赛前感觉腰疼，给王崴打电话，问怎么办。王崴安慰他："可能是由于紧张产生的心理作用。你心里肯定想法太多，还有些不自信。这个时候你一定要放下包袱，轻装上阵。比得好坏，我们都不怨你，你永远是我们公司最棒的！"一番话说得丁佳伟几乎要落下泪来。

四十天的魔鬼式封闭训练结束了。丁佳伟终于"拼"上了全国大赛的舞台。在"振兴杯"的决赛赛场上，他与来自全国各地的八十余位顶尖钳工选手同场竞技，最终取得了优异成绩——第十二届"振兴杯"全国青年职业技能大赛工具钳工第二名。那一天，王崴比获得全国比赛亚军的丁佳伟还高兴。

丁佳伟现在已经工作在新的岗位。他说："我从王崴身上学到好多东西，人想干一件事，就得一念执着，一生坚守。"

古语云："玉不琢，不成器。"敬业、责任和技术，这三者的组合，就是完美的工匠精神。

"116"到"0"与水站跑水

在沈阳造币有限公司，王崴早已成为刻苦钻研、技术过硬的职业化"明星"典范。作为企业培养的高水平技术人才，为了最大化地发挥王崴技能传带的正向效应，帮助企业解决更多关键性的技术难题，2014年，“王崴劳模创新工作室”正式成立。这支平均年龄只有三十三岁的年轻团队在组长王崴的带领下，以五小、QC、科技项目为载体，开展了一系列技术攻关、技术创新活动。

在2014年，造币一部印花物流线有十台印花机，花饼检查后的成品均需通过一条传输皮带运入包装工序。同时，为进一步防止白饼混串，在“包装”前，还有一台白饼剔除设备为经过的全部产品“最后把关”。然而，传输皮带两侧的检测盲区常有一些“漏饼”出现——这不仅与示范线建设要求不符，更造成了产品质量的隐患。

漏饼现象是如何产生的？能不能减少甚至彻底消灭漏饼？当王崴抛出这些问题后，工作室里，大家热烈讨论起来。利用工作间隙，王崴带着大家蹲守在皮带旁，对三条线的漏饼情况进行逐一观测和记录。结果很快统计出来了——半个小时就出现了一百一十六枚漏饼，几乎每分钟都有。

王崴与大家共同分析并排查问题的原因，最终确认了三个导致漏饼的“要因”。经过多次试验，通过改进放料口坡度、改变毛刷组合连接方式及制作全自动放料控制系统等方式，他们成功实现了漏饼量为零的目标。

2015年的一天，王崴的手机突然接到这样一条短信：“地下水站跑水了！”见此，王崴非但没着急，脸上还挂着笑，跟周围的人说：“好使，测试成功！”

这个“技术大王”又在玩什么新把戏？

原来，这是“王崴劳模创新工作室”新研发项目“水位无线远程测控报警”系统在做例行测试。

沈阳造币有限公司造币一部地下水站原来采取无人值守的全自动控制系统。这一系统虽然先进，但也存在着安全隐患——一旦发生元件动作失效或管路损坏出现水箱溢水或漏水等情况，将对生产设备造成严重损害。如何能在第一时间发现跑水问题，确保设备安全？问题一经提出，王崴和他的团队随即开始了“头脑风暴”——“在醒目的地方安个报警灯，地下水位达到某一高度就自动报警。”“安在值班室更好，而且应该是声光报警一体的。”“接到报警的人要逐级汇报也耽误一定的时间，最好能想办法让相关负责人都能最快得到消息。”

最终，经过探讨，大家选择利用现代通信技术中“手机短信”这一最常见的方式解决问题。说干就干。在不到一个月的时间里，王崴和大家一起挑选、安装了传感器、检测线，并为水站设计安装了两个控制终端——一个用于发送手机报警短信，一个用于在值班室产生声光报警，以此做到预警机制的万无一失。

项目安装后，经过定期测试，均达到预期效果。

作为项目的参与者之一、王崴的徒弟小姚说：“项目说起来轻松，干起来却不容易。一有空就跟着师傅举着手电钻进地下水站，很辛苦，却也很有收获。师傅工作的思路步骤和对细节的注重让我印象深刻。”

“王崴劳模创新工作室”小改小革成绩卓越，据统计，班组近两年完成“五小”成果一百余项，其中独立完成的“五小”成果二十余项，获一等奖六项、二等奖六项、三等奖七项，为企业节约了资金百余万元。仅2014年，班组成员独立提出并实施的技改项目就多达六十余项，累计创造经济效益二百余万元。“王崴劳模创新工作室”晋升为“总公司王崴劳模创新工作室”“沈阳市王崴劳模创新工作室”“辽宁省王崴劳模创新工作室”。

翩翩飞的小蝴蝶与美丽花环

还记得2015年初沈阳造币有限公司吉祥文化金银纪念币上那两只翩翩飞舞的小蝴蝶吗？

精美的图案却曾给生产带来“瓶颈”——由于蝴蝶全息贴片太

小，小到印花时需要用一根尖细的牙签在坯饼上进行对位，这严重制约了生产效率。为解决这个问题，大家纷纷拿出了自己的方案——给印花机长配一个眼镜式放大镜？不行！放大镜会随人头的晃动而发生图像的位移，对位还是会出现偏差。那就先把蝴蝶粘贴在模具上，再用模具定位？不行！这样一来又会产生如何把蝴蝶准确贴上模具的二次定位问题。就在大家冥思苦想之时，王崴说出了他们的想法：在印花机上安装一个摄像头推送装置，对位时将摄像头伸插进模具中间，再将拍摄后的成像显示在印花机外的电脑显示屏上。这样，既可以省去印花机长钻进设备中操作的不便，又数百倍地放大了操作细节。

方案一经试验即被采纳。

正式投产前，由于对摄像头的尺寸、性能要求较高，王崴和工作室的高师傅利用休息时间到市场上选购合适的摄像头。两个老爷儿们逛街本就少见，再加上对每一种摄像头都要仔细比较、询问，他们还被当作居心不良的“坏人”引起了商贩们的警觉。“问得少了不行，问得多了商贩们就不爱搭理我们了。”高师傅说，“没办法，为了挑到合适的摄像头，我们多费了好多口舌。”当天回来后，也没顾上休息，王崴把大家召集到一起又对多款摄像头进行了二次改装。

很快，改装后的摄像头被应用到八台印花设备上，大大提高了生产效率，降低了废品率。这一“纪念币视觉成像装置”项目也获得了2015年公司级“五小”项目特别奖殊荣。

2016年的一天夜里，造币一部冲床机长徐晓东发现退火炉下料突然增多——正常情况下，退火炉的进出料是匀速的，如果进料超过炉胆的承重力，将会造成炉胆变形、损坏。

“王崴，快来看看吧，不知道什么毛病。”徐晓东给王崴打电话。

接到电话，王崴一个鲤鱼打挺从床上起来，吓妻子陈晶一跳。陈晶最怕半夜来电话，一听电话就心惊肉跳。她不是怕耽误睡觉，而是双方父母年龄都大了，深更半夜来电话，怕父母生病。

王崴没有办法，他知道，一个炉胆价值三十万，而且，退火炉一旦停工，将严重阻碍生产进度。他必须立即赶到现场处置。

但是，炉体是封闭、不透明的，下料增多的现象又是偶然出现的——怎么能找到问题的原因呢？

王崴带着班组骨干，轮流值守，在室温近四十摄氏度的退火炉旁连续监测了四十个小时，凭借对设备的掌握和经验，他最终将目光锁定退火炉程序——

"参数变了！下料情况怎么样？"

"下料又多了！对上了！一定是程序的问题。"

王崴随即排除了程序原有故障，还修复了程序本身的漏洞，杜绝了类似问题的再次发生。

"近百台造币设备，在我心里就是一张张图纸、一个个线路，"王崴说，"快二十年的相处，我熟悉它们，珍惜它们，为它们把脉治病，我很快乐。"

王崴二十年如一日地追求着职业技能的极致化，靠着钻研和磨砺，凭着专注和坚守，缔造了一个又一个"国币制造"。他不是名牌大学毕业，没有耀眼文凭，而是默默研习，孜孜以求，在平凡岗位上，铸就大国工匠之梦。

2017年1月9日，在共青团十七届六中全会上，王崴递补为共青团十七届中央委员。这是对王崴的最高赞誉，这是对王崴的最高信任。

在二十多年的职业生涯中，王崴获得市级以上荣誉称号接近五十项。戴着这些美丽的花环，他依然只是一个精益求精的维修电工，一个造币企业的小小班长，一个见不着儿子会惦记、听儿子哭会心痛的爸爸，一个深爱着妻子的丈夫。从二十岁到四十岁，在王崴的青春纪念册里，在他为国造币的美丽梦想中，不仅有掌声和鲜花，也有伤痛和迷茫，但正是这一切让王崴一步步成长、成熟起来。

八盘沟那面红旗

◎郝殿华

引　子

八盘沟，辽西大山深处的一个偏僻小山村，却有一个显赫的名字。1964年秋，被国务院授予“山区建设的一面红旗”荣誉称号。

弹指一挥间，五十多年过去了。如今的八盘沟美丽、富饶，已成为“树绕青山翠，清泉壑中流，梯田环山绕，梨果满枝头，粮食年年获丰收”的社会主义新农村，并于2014年入选第三批中国传统村落保护名录。这里除了连片的石砌民居，还保存着东北地区规模最大的八百亩石砌梯田，在为当地村民创造经济效益、生态效益的同时，也成为乡村中一道别有韵味的景观，以她古朴、丰硕、祥和的独特魅力，迎接着一批又一批来自四面八方的客人。

时光飞逝，当初的年轻人已到了垂垂暮年。每当人们提起八盘沟人治山治水、艰苦创业的豪迈气魄时，自然而然地就会想到他们当年的带头人——全国劳动模范、中国共产党第十次全国代表大会代表、辽宁省朝阳县北四家子乡八盘沟大队原党支部书记曲振生。

不久前，我在八盘沟见到了曲振生的儿子曲树山。曲树山个子不高，身体消瘦，笑容可掬的脸上洋溢着宽厚与善良。在他家稍坐片刻后，年已六十多岁的曲树山便在前面引路，把我们带到离村子不远的山根。我们开始向山上跋涉。山路曲折蜿蜒，我们盘旋而上，累得气喘吁吁。当登上观景台时，颇有一番“会当凌绝顶，一览众山小”的感觉。曲树山简要介绍了父亲曲振生带领乡亲们治山治水、穷则思变、改变家乡面貌的一些往事，让我心生感叹。

从八盘沟回来，我的心情难以平静。曲振生的事迹一直在我的脑海里打转，挥之不去。人们赞誉曲振生是一个传奇人物，不是曲树山用几句话就能表述完的，这背后肯定还有许多不为人知、感人肺腑的故事。对于一个写作者来说，能得到这样的素材，绝不亚于淘金者发现一座金矿。正是这种感动，一个想法在我头脑中蓦然而生——我要把曲振生的事迹和创造的经验写出来，通过追忆曲振生的成长轨迹、思想脉络，让更多的人了解和认知这位共产党员走过的心路历程和不朽的精神。之后我又两次前往八盘沟，八次在电话中采访曲振生的儿子曲树山、与曲振生共事过的徐永廷和李春青、受曲振生影响的胡毓秀等老人。他们在慢慢的回忆中，满怀深情地讲述起深刻在头脑中已经半个多世纪的，关于曲振生一心为改变家乡贫穷面貌、无私奉献的历史片段。

是个好“苗子”

1925年4月，曲振生出生在八盘沟村。

中华人民共和国成立前，这里只有十六户人家，是远近闻名的穷村子。村子在四面群山包围之中，有“八沟十三岔”之称。山高坡陡，沟深路窄，岩体裸露，怪石嶙峋，一片荒芜悲凉的景象。当时，户户做长工、打短工。他们中，靠讨饭的就有五户，三四十岁的光棍有七个，全家一床被褥都没有的就有九户，四十岁以上的几乎都没上过几天学，长期过着贫穷落后的生活。

曲振生小的时候，父亲曲海经常给他讲述爷爷曲友恩生前与穷山、与天灾、与河坝斗争不息的壮烈往事，这些在曲振生的心灵里留下很深的烙印。他跃跃欲试，总想尽早做成些事。由于家境贫寒，曲振生断断续续读了不到两年的书。当时弟弟小，为了减轻父母负担，他从十三四岁开始就去地主家扛活，打短工，挑起维持家中生活的大梁。可“屋漏偏逢连夜雨，船迟又遇打头风”，曲振生的父亲四十刚出头就过世了，家中的重担全都压在曲振生的肩上。

曲振生当时虽然岁数小，但很懂事。为了不让父母担惊受怕，在地主家干活从不偷懒耍滑。他认准一个理：虽然劳动繁重，但这是维持家中生活的唯一出路。那个社会状态，自己小小年纪是无法抗拒和改变的。也正是这种饱尝饥饿、吃苦挨累的经历和磨砺，铸就了曲振生的刚强性格和坚忍的耐力。

中华人民共和国成立后，曲振生和乡亲们摆脱了水深火热的生活，加入合作社后，真正感受到翻身做了主人的滋味。往日的压抑从内心深处得到了释放，活力在他体内得到焕发，身上总有一股使不完的劲。他眼里不仅有活，而且脏活、累活处处干在前头，勤快、主动，踏踏实实，从无怨言。乡亲们说，振生这孩子做什么事都不认输，干什么活总是要争第一，是个好“苗子”，将来一定有出息。而曲振生也有一句口头禅：“干啥，就要干好啥。”他用自己的行动，逐渐成为合作社的骨干，让一些青年人很羡慕。由于曲振生劳动态度好，工作出色，多次立功受到表彰。当时的奖品虽然只是小人书和画册，但在曲振生的眼里和心中溢出的是欣慰和感动。夜深人静，家人已经进入梦乡，曲振生无法入睡，在静静地思考：奖励是领导对自己工作的认可，是一种鞭策。在那一刻，曲振生对自己今后漫长的人生道路也充满了信心和由衷的向往。

有人说：世上先有伯乐，然后才有千里马。也有人说：千里马常有，而伯乐不常有。苦难的经历，让血气方刚、争强好胜的曲振生崭露头角。唐杖子大队党支部慧眼识珠，认为曲振生是可塑之才，有培养前途，任命他为唐杖子大队民兵连长。1955年，为实现农业合作化，走共同富裕的道路，上级领导决定把曲振生从合作社派回生产队，推选他担任八盘沟生产队队长。就这样，曲振生怀揣着改变山区面貌的赤子情结和造福八盘沟人民的强烈愿望，踏上了自己人生又一个新的征程。

向穷山恶水开战

自然环境的恶劣是可以通过人的力量和智慧而改变的，而可怕的是固守贫穷的心态、不思进取的懒散和得不到转变的旧观念，将长期影响和制约着农村贫穷面貌的改变和乡亲们生活水平的提高，这才是一场悲剧。

20世纪50年代初、中期的八盘沟，耕地瓢一块、碗一块地分散在八沟十三岔之中。山上是夏天不见青，到处灰溜溜。沟内是坝无一座，地不成垄。坡地上，仅有一些豁牙露齿的小坝沿，地不是“罗锅子”就是“钱搭子”，不蓄水，不保墒，十年九旱。乡亲们吃不饱，穿不暖。针对当时的自然环境和困窘，乡亲们形象地编出了顺口溜：

进入八盘沟，步步踩石头。
拔着腰板走，越走越弯钩。
山像和尚头，滴水往下流。
雨来山洪如猛兽，水过一片乱石头。

土地，是生存之本，发展之根，是人类的衣食之源。而在八盘沟那点贫瘠的土地上，即使在春天播种，到了秋天，也没有好收成，一山坡的庄稼一马车就拉下山了。粮食不够吃，只能用野菜和树叶充饥。乡亲们又用两个顺口溜描述了当时的情景：

出门就爬坡，石头比土多。

地无三尺平，种啥啥不行。

种一坡，拉一车，打扒打扒煮一锅。

一年糠菜半年粮，山上树叶撸净光。

生产队长在农村是最小的官，曲振生却觉得身上有了一种从未有过的责任感。这种责任感不是谁告诉的，而是从内心迸发出来的，他感到一种无形的压力。土生土长的曲振生清醒地认识到：八盘沟贫困，是穷在山上，灾在水上。要想改变贫穷面貌，走上富裕路，必须下决心治山治水，改变土地生产条件。

上任伊始，曲振生满脑子装的都是治理八盘沟的宏伟蓝图。为了这幅蓝图的绘制，他跑遍了八盘沟的山山岔岔，盘算着如何根据山头高低、山坡陡缓的特点修梯田，结合山沟流水方向、大小的实际筑土坝、修谷坊，不知苦苦思索多少次。这些费神累心、枯燥的脑力和体力劳动只有他自己知道。为了做到心中有数，全盘规划，他亲临实地丈量，每天在崎岖陡峭的山路上行走，有时得一步一步向前攀爬，稍有不慎，脚下打滑，危险随时都会发生。

1955年冬，曲振生带领乡亲们破除了传统的“猫冬”习惯，冒着寒风，拉开了治理穷山恶水的战线。但由于当时的历史条件所限，虽然成立了初级合作社，生产队仍然是底子薄、力量小，单靠乡亲们的满腔热情，还难以对付这数不清的荒山穷沟，只能因地制宜，搞些现得利的小型工程，断断续续地打些小股游击战。在实行合作化的两年中，这些零零碎碎、修修补补的小工程，使粮食产量有一定提高，乡亲们的生活也有所改善，但仍无法从根本上让乡亲们摆脱贫穷。1958年实现了人民公社化，从一定意义上开始了真正的治山治水，大队党支部提出向穷山恶水全面开战。一些人认为，山那么高，沟那么深，凭咱们这套人马刀枪能拱得动吗？有些好心人主张，搂搂石头，挡挡坝墙，多上点粪，对付着干。有些人情绪低沉，竟消极地说："瞎胡闹，一心想修乱河套，下雨一场空，全得白搭工。"使乡亲们的思想一度产生动摇。

为了支持和配合大队党支部的工作，统一乡亲们的意志，曲振生在社员中开展了回忆、对比等教育活动。曲振生说，1935年，沟外地主领着三十多个鬼子骑兵进入八盘沟，放把火烧了全沟的房屋，把人撵出沟来。刘品三的父亲刘起因为在八盘沟开山，经常受地主欺侮，加上自然灾害，一气之下撇儿弃女，跑到华严寺当了和尚。曲振生说："山是死的，人是活的，只要大家拧成一股绳，就没有治不了的山，踩不出的道。我们要学习愚公移山精神，与山斗，与水斗，决不向穷山恶水低头。"通过开展思想教育，讲述历史事件，诉苦激仇，转变了社员的思想认识，增添了治山治水的热情。

当时是数九隆冬，大雪漫山。经过通盘考虑，曲振生决定先从南天门沟口开始开山劈石，闸沟垒坝，垫土造地，积少成多，修建成一块块梯田，然后再由外向里拓延。之所以选择南天门沟为突破口，是因为南天门沟离村子近，也是全村整体治理的关键。那时候，生产队没有电，早、晚做饭都点着煤油灯。家家也没有有线广播的小喇叭，凌晨天还没有亮，外面黑漆漆的，社员们睡意正浓，曲振生就站在村口山岗上，高喊："开工了！开工了！"中午简单地吃口饭，带领社员接着干，晚上天黑时才下山。经过一年多的紧张劳动，首战南天门沟告捷。看到用自己的双手修建成的梯田，社员们的脸上露出了笑容，从而也坚定了治山治水的信心。

南天门沟口工程结束后，曲振生带领社员开始向南天门沟里延伸。从沟口到沟终端，大约有五公里长，面积范围大，工程量大，是当时治理难度最大的工程。根据地形地貌和生态环境，曲振生决定先垒大坝，然后造地。但运输是个大问题，村里只有两辆马车，根本不够用。他就带领社员扬镐挥锹、手推肩抬、驴驮马拉。有的石块小的就装入粪箕子里拎走，有的石头块能抬动，就用四根绳子系在一起，拴上自己制作的铁钩，用铁钩从四个角度钩住石头，两个人用扁担挑起往山下抬。石头块大的抬不动，就用木杠撬起让石头利用惯性往山下滚。当时的劳动强度特别大，有时坐在地上稍休息一会儿，就不愿再起来。有的社员累病了，有的累吐了血，当看到曲振生每天忙前跑后的，还处处干在头前，社员们没有人喊苦叫累，没有人退缩，并喊出了响亮的口号："雪下三尺不下山，地冻三尺不停镐。"正是靠这种艰苦劳动的精神，曲振生带领八盘沟人冬天一身汗，雨天一身泥，还时常搞夜间大会战。经过五六年的奋战，投工一万多，动用土石方两万多立方米，六沟、四洼、十三岔修建两千一百道大坝，造地八百多亩，修梯田近千亩。八盘沟实现了沟沟有谷坊，岔岔有石坝，环山皆田，无沟不堰，粮食和棉花单产大幅度提高，劳动日值增加，社员的生活水平明显改善，八盘沟的面貌初步得到改变！

由于坚持不断地治山治水，到1963年，唐杖子大队山水治理已经粗具规模，各沟庄稼长势喜人，社员们的心里充满了无比的愉悦。可是，谁也不愿想到和看到的灾难残酷来临。7月，一场瓢泼大雨接连下了三天三夜，造成空前的灾害，乡亲们六年来苦心建设的梯田被冲得扒皮露骨；河滩地及沟中台田，泥沙横贯，乱石翻滚。数年艰苦劳动的成果，毁于一旦，付诸东流。让人最为触目惊心的是冲得更为惨重的六沟、四洼、十三岔，工程大半被冲毁，号称粮仓的大棒槌沟也变成了乱河滩，不仅冲走了六十多亩地的庄稼，而且还泡倒三间畜棚，砸死八条耕牛。多年里吃够了苦头的八盘沟人，刚刚看到燃起的希望之火，却被一场无情的大雨浇灭了。

此时的八盘沟受灾严重、日子难熬，灾后社员情绪低落，思想动摇，有的人暗暗下定决心准备去黑龙江。在天灾逼人、民心不稳的情况下，大队党支部召开紧急会议，提出了"大水冲垮的，重新垒起来，天灾夺走的，靠人力要回来"的口号，支委包队、党员包组，党支部书记曲振铎赶到八盘沟，帮助发动群众和领导社员抗灾。在大灾和考验前，曲振生没有丝毫退却，在山头上他一边向支部书记汇报社员思想，一边把话题转到二十年前他爷爷说的那句铿锵有力的话："冲了再修，越冲越修。"先人的硬骨头气概，壮了后人胆，激起了后人的雄心斗志。曲振生向支部书记表示，一定要学习老一辈那种不服输、不泄气的硬劲。过去一家一户都能顶七灾八难，现在有集体，有大家的支持，倒了几道坝，死了几头牛，就能把共产党员吓住吗？不能，坚决不能！他们立即分头下山发动群众，做思想工作。开始社员都耷拉着脑袋，提不起精神。曲振生就现身说法，介绍了他们曲家祖孙三代和地主耿文阁斗争的治山史，在日寇来犯时，夜间进沟，饿着肚子，冒着生死危险治山开地的特殊经历。曲振生把手握成拳头举起来，动情地说："过去曲家三代没有向穷山恶水低过头，八盘沟人没有向日寇恶霸告过饶，现在凭着集体大家庭的力量，能向天灾服输服软吗？"社员们被曲振生昂扬的斗志所打动，被曲振生充满激情的话语所感染，思想疙瘩解开了，搬家出走的念头打消了，纷纷表示要有愚公移山的精神，不能只想着把冲垮的修上，还要修好，非让修上的工程抗住大雨的冲击才行。

看到社员们群情激昂，士气高涨，曲振生的心里不仅仅是感动，社员们的力量对他来说更是一种安慰和激励。曲振生性格直率、说干就干，从不拖泥带水，但他也是一个善于思考、好琢磨事的人。在带领社员边修边查找教训时，他发现队部房后的十三道大坝剩下三道没有被冲垮，分析原因是：地基深、石头大、水口大、坡度大。这一发现，让曲振生格外高兴。他心里想："我虽然是八盘沟生产队小队长，但不能只想到自己小队的利益，要做一个想整体、顾大局的人。"曲振生将自己发现的"秘密"告诉八盘沟村周围的各小队，使各小队新修的工程都加深了地基，变单墙为双墙，改"三小"为"三大"，工程质量从根本上得到提高。人生是阔大而丰盈的，是精美无悔的。一个有宽广的胸怀的人，就不会在自己的一亩三分地上打小算盘。曲振生的做法，赢得了周围各小队社员的赞誉，说他是一个无私的人。

1964年，大队党支部做出决定：在八盘沟进行修建高标准水平梯田试点。但由于修建工程有难度，个别社员小富即安，满足现状，从思想上一时还转不过弯，认为搞这玩意，有点像扎花描云似的，得哪辈子才能搞出来。信心是战胜困难的桥梁，信心是永远前行的精神支柱。一个人没有了信心就等于没有了呼吸。曲振生引导社员说，治山治水我们已经积累了经验，提高修建标准是长远大计，我们的思想不能动摇，要充满信心。不能搞花架子，要在行动上动真格的。曲振生耐心地做工作，讲解修建高标准水平梯田的重要性，统一了全队社员的思想。在大队青年突击队支援下，曲振生带领社员大干七天，一鼓作气就修建起八十二道坝墙子，至此，一个向高标准进军，建设稳产高产农田的高潮在八盘沟再次掀起。

一天之际在于晨，一年之计在于春，庄稼收成看秋后。过去一亩地只打粮食一百斤，修成高标准水平梯田后，这一年八盘沟玉米亩产达到五百二十七斤，社员们尝到了甜头，建设高标准水平梯田也变成了自觉行动，大队党支部及时总结了八盘沟的经验。

曲振生没有辜负党组织的信任和乡亲们的期望，以脚踏实地的作风和硬骨头的意志，带领乡亲们在改变家乡面貌的征程上迈出可喜的一步，让八盘沟充满了希望。曲振生改变家乡面貌的实干精神得到了上级的好评。1963年，他当选为朝阳市劳动模范，参加了朝阳市第一届农业代表先进单位劳动模范会议；1964年秋，国务院命名八盘沟村为“山区建设的一面红旗”。

要把八盘沟建设好

1964年冬季，在全国农村调整大、小队规模时，八盘沟从生产队变成大队，曲振生被任命为八盘沟大队党支部书记。担子重了，责任大了，曲振生深感肩膀上的压力，但他心里只有一个念头：权力是组织和乡亲们授予的，一定要把八盘沟建设好！

“一定要把八盘沟建设好”是曲振生一生的不懈追求，也是为自己前行道路上确立的方向，而这个方向短期看的是目标，长远看的是愿景。为了实现这个目标和愿景，早日让八盘沟人民走上脱贫致富的道路，曲振生不知动了多少脑筋，不知熬了多少个夜晚。有时，社员收工下山了，曲振生索性不回家，在山间地头久久地坐着，望着周围环绕的群峰，看着山坡上裸露的乱石，一个一个问号如一个一个旋涡打着圆圈在脑海中搅动着。他从山区自然条件表层分析，从根本上治理的效果思考，从长远的发展目标打算……

俗话说：天有不测风云。这年开春缺雨，在抗旱播种中，曲振生有些犯心思：人吃水还得驴驮，地用水怎么办呢？穷理以致其知，反躬以践其实。他找到种植经验丰富的老顾问姚国义商量，认为梯田坝基底部土层厚、墒情好，还是熟土，可以挖出来，运到土层薄、墒情差的地方，既可以肥田，又能保墒。办法一提出，得到社员们的支持，都说这个办法好！就这样，八盘沟二百多亩玉米地，在天旱不下雨缺水的情况下保证了出全苗。

八盘沟大队下设八盘沟、水库下面、雹神庙三个小队。曲振生作为带头人，不仅要下达和安排生产和工程任务，还要检查各小队工程质量和督战工程进度，忙得脚打后脑勺。当时第三小队雹神庙修梯田的进度缓慢，曲振生心里着急，安排好其他现场工程后，为了减少往返时间，他从家里带上行李和一袋粮食，防止打扰拉家带口的社员，他和光棍汉孙朝臣吃住在一起，晚上不回家，带领社员争时间、抢进度，一干就是半个月。在一年多时间里，就这样来来去去，往返雹神庙不知多少趟。吃了多少苦，挨了多少饿，忍受多少累，流了多少汗，只有他自己清楚。看到他的辛苦与劳累，社员们的心都酸酸的。他们没有能力劝说曲振生，只能是又心疼又很无奈，给他起个绰号“曲老凿”。这是社员对他的爱称，也是对他乘风破浪、直挂云帆济沧海的执着的贴切评价。

“率厉文武；身先士卒；所向摧破。”这是《宋书·檀道济传》中的一句话，用在曲振生身上恰如其分。曲振生不仅说，还带头做，有急、难、险时，总是以身作则，冲在群众前面。在突击五百米长的顺水坝和十二道丁字坝的工程时，天气突变，雪花纷飞，挖了三天挖不到坝基。地面将要封冻，势必影响整个工程进度，当时天气渐冷，河套半冰半水，寒气浸入筋骨使人浑身打冷战。在社员们犹豫不定的时候，曲振生第一个脱下鞋袜，跳入冰水之中。榜样的力量是无穷的。曲振生纵身一跳，感染了四十多名社员也跟着跳下去，经过苦战，保证了工程进度。

20世纪60年代后期，修建八盘沟水库时，曲振生与水利部门技术人员一起选址，设计方案。根据季节决定暑期测量，冬季挖沟。测量时，他帮助水利部门的同志扛杆、跑尺，忙碌不停。第一年挖坝基槽、填坝基坝身土，第二年用石头砌衬护坡，进行边底加固。当时运土、运石头不用筐挑，改用手推车。曲振生的推车里装的土和石头比谁的都多，走得比谁都快。用曲振生的话说：这叫多拉快跑，为的是抢时间、争速度，早日把水库建设好。整个水库工程建设靠的是八盘沟人自力更生，凭仅有的人力、物力的投入，克服了资金、按季节条件施工等诸多困难。当时，有些社员提出，我们经济实力差、底子薄，应该向上级申请些钱资助一下。曲振生耐心与社员说：我们这些困难算个啥呀，国家这么大，上级也有困难，上级更需要钱，有更大的事需要干，我们不能向上级伸手。经过两年时间的艰苦奋战，水库建成后，贮存山上下来的洪水十三万立方米，不仅解决了村里庄稼和社员家蔬菜的浇灌问题，还养了鱼，改善了全村的生活和生产条件，看到了日子一天比一天好起来的前景。后来社员才知道，当时上级要给一些资金，支援八盘沟水库建设，但曲振生没有接受。修建水库给八盘沟社员带来实实在在的变化，社员们从内心里理解了当初曲振生为了国家的整体利益而做出的正确选择。

一定要把八盘沟建设好！这铿锵有力的声音，不是一句简单的口号，这是曲振生发自内心的不懈追求。有人说，美的境界在事物过程本身，美在于不断追求，不在占有。也有人说，追求往往比占有更使人感到幸福，充满希望的追求比达到目的更有吸引力。曲振生和八盘沟的社员们也有着自己的表述方法：过去八盘沟是亩产二斗半，不够半年饭。现在八盘沟是沟壑梯田层层绿，坡上果树绿油油，山上裸岩披林草，田地粮食大丰收。从1955年起到1970年间，曲振生带领八盘沟人硬是靠自己的双手垒起了三千七百多道石坝，建起三千五百多座大、小谷坊，动用土石方十四万立方米，造出上千亩水平梯田。从1971年以后，又打了三眼大井，建起一座小型水库，挖好四座方塘，在山上栽松树三千多亩、刺槐五百多亩，种植山杏一千多亩，河滩栽杨柳二百多亩，荒坡建苹果园和梨园各一百八十多亩，使森林覆被率达百分之五十以上。艰难困苦，玉汝于成。经过多年的山区农田建设，八盘沟的荒山干河变成了青山绿水，瘠土变成了肥田，低产变成了高产，穷沟变成了富村，真正走上了以粮为主、多业并举的致富路。

一个人靠的是思想站立，一支队伍要把带头人具有的精神作为灵魂来支撑行动。苦熬没个尽头，苦干实干才有出路。八盘沟人在曲振生的带领下过上了幸福的好日子，新编的顺口溜着实让八盘沟人扬眉吐气，充满自豪：

走进八盘沟，美景不胜收。
昔日茅草屋，今日北京平。
山头松柏翠，山间截龙头。
梯田绕山转，渠水围山走。
粮食堆满仓，梨果挂枝头。
村民喜洋洋，幸福乐悠悠。

“治沟法”在实践中诞生

在曲振生的大脑里，始终有一座警钟时时刻刻提醒着他：治山治水工程不能务虚名、图虚荣、做虚功，要用心用力地抓实，抓出成效，真正用付出的劳累和辛苦彻底改变山区面貌。这种理念的确立和坚守，让曲振生带领社员们在失败时，敢于面对困难查找教训，在成功时不骄不躁、从容淡定地总结经验，终于用他的切身实践创造出“三先三后，三大一宽”的治沟方法。这些文字和数字，现在看似是生硬的，是枯燥的，但它在当时的历史年代体现的价值是无法估量的。它是一笔财富，也犹如一部教科书，指导了全公社、全县治山治水的理论与实践。

这么多年过去了，也许人们会问：“三先三后，三大一宽”的治沟方法具体的内容有哪些？曲振生带领社员是如何摸索出来的？它会发挥什么的作用？有什么样的效能？带着一连串的问号，我在采访曲树山的同时，也查阅了朝阳县山区建设委员会办公室和朝阳县人民委员会水利科在1965年12月合编的《山区建设经验汇编》有关八盘沟治山治水的文字记载。

先说“三先三后”，就是先治山上，后治山下；先治毛沟，后治主沟；先骨干，后一般，骨干与一般相结合。曲振生认为：治山与治沟是一个不可分割的整体，其中治山是最根本的，不治山就不能根本解决治沟的问题。于是，他带领社员们封山育草、植树造林、绿化荒山，采取了山上封、封造结合，坡地蓄、蓄排结合，沟里闸、闸用结合的办法，每逢降雨都是清水缓流，减弱了雨水的冲刷力和地表径流量。与此同时全面开展闸沟造的工程，在施工顺序上采用从上往下，做到节节拦截，道道落淤，不淤就垫塾，淤垫并举，这样做，实现当年治理当年就可以种植的目标。

先治毛沟，后治主沟，采取一个岔一个岔，一条沟一条沟的集中治理，对那些侵蚀严重的沟，要优先治理，较稳定的侵蚀沟后治理，不仅能够控制水土流失，而且避免洪水集中下流，这是曲振生在实际治理工作中做出的正确选择，并在修建毛沟谷坊实践中得到验证。1964年，水土流失严重的凤岭沟，遇到一次连续降雨达一百五十六毫米，毛沟修建的二十五座谷坊，拦截泥沙达六十立方米。雨后天晴，社员们高兴地说，如果不修凤岭沟上的毛沟谷坊，这些泥沙是无法控制的。

曲振生认为，治山治水不能盲干、蛮干，要讲科学。在具体治理每一条沟时，首先要考虑的是沟长、沟宽、比降、控制面积和泥沙量，然后确定布局和材料来源。在工程布局上，有骨干，有一般，骨干与一般相结合。骨干工程设在水流集中的地方，在险要地方连续设，沙石较多的沟顶也要设，每隔一定距离要修筑一定数量的一般工程。所谓一般工程就是比骨干工程少，也起拦截泥沙、减缓流速、流量的作用，是淤地造田必不可少的工程。要因材施教，沟壑比降大的多设，比降小的少设。一般的支沟谷坊距离是五到十米一道，主沟是二十到五十米一道。而且第一年修筑时不能过高，因为过高是不安全的，必须逐年淤起，逐年加高。实践证明，这种布置方法控制水土流失是最有效的。同时，要结合过去沟膛地经常受到由沟顶上部冲下来的许多沙石冲压的实际情况，在沟顶沙石较多的地方设置沟顶拦沙坝，沙石多的地方连续设几个，沙石少的设一个。比如在小棒槌沟沟顶设有拦沙坝六道，其中较大的三道，坝长二十米（即坝宽），坝高一点五米，顶宽一米，控制一千五百平方米的集雨面积。每逢夏季，降雨量大的时候，拦截泥沙的效果明显，顶上第一道坝全部被泥沙淤平，还有二道坝拦截，顶部淤起泥沙石沙根本进不了台田，真正起到了拦沙、固沟、保田的作用。

再说“四大一宽”，即石头大、双墙；基础大、宽、深；坝坡大；护底大；溢流口宽。八盘沟是石质山区，采石方便，一般骨干谷坊工程都是用大石头，抗冲力强，谷坊砌双墙可以增加墙的稳定性，结构结实。施工时，要把骨干工程的基础挖得深而宽；遇到岩石，把岩石的光面击掉或者开个小槽，再进行砌筑，这样做会增强坝基的稳定和抗滑性。砌石采取了三比一的坝坡，而且采用双墙，避免由于没有斜坡而被水冲倒，或者由于坝基不稳和坝后土石压力的影响，而出现“鼓包”，一遇降水即易坍塌。同时护底不能短而浅，否则容易被溢流水冲毁，导致淘刷坝基，使坝倒坍。再有就是溢流口要宽，这是拦蓄工程不可少的组成部分。曲振生认为，以前修的谷坊工程很少有溢流口，有过教训吃过亏。宽窄是关系到工程安全与否的大问题，如果溢流口小、来水量大，宣泄不了，从坝顶溢水直接威胁坝的安全；口大会减少防洪拦沙的作用。闸沟造地，保水保土，扩大农田面积是好事，但雨水变化是无法控制的，山上降水会往沟里流，因此谷坊上边必须留出适当的溢流口。曲振生提出：骨干工程溢流口宽五至十米，深零点五米至一米；一般工程溢流口宽三至五米，深零点三米至零点六米。在位置的布局上，一般都设在岩石的一面；两旁是土坡的沟壑，溢流口设在中间。实践证明，这样做既抗冲又防冲。

经过几年艰苦奋斗，曲振生带领八盘沟社员把总长十二公里的七条大沟，十三道大岔和数不清的毛沟毛岔，从山顶到沟口，从支沟到主沟，闸起一千四百座谷坊，淤起了一百六十八亩川台地。这些川台地，占总耕地面积的三分之一，每人平均增加六分七厘土地，成为八盘沟的产粮基地。1964年各沟土地平均亩产粮食六百五十四斤，其中最好的小棒槌沟亩产粮食达到八百零二斤。川平地的亩产等于一般坡地的四倍。社员们深情地说：“宁种山沟一坝窝，不种山地一大坡。”过去，每当雨季来临，社员们总是提心吊胆，因为往往一场大雨，工程被冲毁，夺去了快要到手的粮食，一年的劳动化为乌有。自从采用“三先三后，四大一宽”的方法进行治沟，并对原有的谷坊进行改修后，大大提高了工程质量，保证了农田的稳产高产。

北四家子公社是纯山区，有大小沟壑数千条，每年雨季，都有无数的良田被冲毁吞没。因此，治沟造地是改变北四家子公社贫困面貌的方向。八盘沟生产队治沟法得到北四家子公社党委的高度重视，1963年在全公社掀起了学习八盘沟生产队“三先三后，四大一宽”治沟法的推广运动。沟门子公社沟门子大队等单位也先后来八盘沟参观学习。1964年，北四家子公社用闸沟法闸了七条较大的冲沟。1965年，一场大雨来临，降雨量达一百二十毫米，改修过谷坊的良田安然无恙，经受了一次严峻的考验。1972年1月，朝阳县委扩大会议号召学习八盘沟，带动了全县的山区建设。

公而忘私只为民

过去有一句老话叫村看村，户看户，村民看党员，党员看干部。1955年至1970年间，是曲振生想事想得最多的时候，也是他没白天没黑夜最忙最苦最累的时候。那些年，曲振生一心扑在工作上。由于长期的劳累过度，造成神经衰弱，导致他经常失眠，晚上睡不着觉，只能靠吃安眠药才能入睡。有一次，他安眠药吃多了，儿子曲树山发现了不对劲，连推带搡地喊叫了两个多小时，曲振生才慢慢醒了过来，着实让全家人后怕呀！

曲振生以队为家，忘我地工作，他的内心深处到底是怎么想的？他的家人难道真的没有意见吗？在采访时，曲树山不止一次地讲：“队里的事和外面的事，我父亲都操心地去管，可家中的大小事啥也不管，真是个甩手掌柜，回到家里像个住店的。有一年，他一直忙到腊月二十九晚上，过年的东西啥也没准备。家里人埋怨他时，他理直气壮地说：‘我只有这样干，群众才信任咱，喊一嗓子才能有号召力。’”

今年已经七十三岁的徐永廷老人回忆说：“我小时候能记事时，

就经常听父母讲生产队长曲振生大叔带领他们苦干实干的事，让我羡慕又敬佩，在幼小的心灵中留下深刻的烙印。1961年冬季，我在八盘沟小学五年级读书时，老师布置一篇作文，题目是《心中最可爱的人》。当同学们都选择写自己爸爸、母亲和亲戚的时候，我毅然决定写《生产队长曲振生》。为了写好这篇作文，我跑到修大坝工地现场进行观察。当时曲振生大叔正带领社员在村西头山沟修大坝，劳动的场面热火朝天。我到工地时，看到社员们正在吃力地撬几块大石头，只见曲振生大叔脱下棉袄，往旁边一扔，走过去跟着撬石头。寒冷的冬天，可他身上却冒着热气，贴身的单衣服完全湿透了，汗水从胸口往下流。撬完几块大石头后，进行场地清理，然后社员们开始挑石渣子。曲振生大叔和社员的肩膀上都没有肩垫，两挑筐装满石渣子，曲振生担起就走……曲振生大叔他个子高，身材魁梧，力量也大。看到这一劳动情景，让我的内心非常感动。听说我要写作文，他说：'你别写我，写写大伙儿。'这篇作文有实景有实感，班主任老师把它作为范文在全班进行宣讲后，又推荐给学校，并刊登在学校宣传墙板上。"

徐永廷说："曲振生大叔真是个实干家，不管是垒大坝、建谷坊，还是修梯田，他总是说在前，干在前，当时劳动强度大，他处处做表率的行为无时不在感染着全体社员。只要他不说休息，社员们谁也不会把手中的活扔下歇着。当时我看他手上的茧子特别厚。1964年冬季，我在羊山中学读三年级。要放寒假的时候，班主任老师布置一篇作文，题目是《心中最尊敬的人》，并告诉同学们要抓住人物思想道德品质，找好角度，写出特点。学校放寒假我回到家中，心里一直想着如何写好这篇作文。此时曲振生大叔已经是八盘沟大队党支部书记。我在心里琢磨：曲振生大叔是治山治水的带头人，也是朝阳市一名响当当的劳动模范，他家里是什么样子？为了写好这篇作文，在腊月二十四那天上午，我去了曲振生书记家，一进院，眼前看到的一切，让我感到很震惊：院子里没有成捆的柴火。破旧的房子，门窗经过常年的风吹雨淋，都有缝隙。柜橱里仅有几个碗和几双筷子，连个碟子都没有。曲振生老伴由于患重感冒，正躺在炕上，不时发出呻吟……”

徐永廷对我说，他做梦也没想到，在外面生龙活虎般带领社员致力于山区建设的曲振生书记家这样简陋，生活得这样贫寒。曲振生书记心里只装着村里那些事。这种舍小家、顾大家，公而忘私的精神、简朴的生活品质让我深受感动。

七十七岁的李春青是北四家子和平大队人，说起曲振生，他连声说：“他可是个好人，还帮助我这小百姓办事。”

那是四十多年前的一天，李春青与邻居赶着马车去北四家子供销社购买化肥。当时供销社用大缸搅拌农药卖给社员，可能是搅拌时不小心，将搅拌的农药流洒在地面的谷草上。购买完化肥走出供销社时，马倒下了。李春青和邻居分析是吃了有农药的谷草。李春青家靠马耕地，靠马拉车运输，没有马，今后的日子可咋过？李春青说：“咱是庄稼人，但诚实讲道理，没有那些弯道道儿。马吃了带农药的谷草，是咱自己没有看管好牲口，也不能赖人家供销社呀。”

“马死了，很多人围到跟前看热闹。就在我皱着眉头，一脸哭丧的时候，从人群中挤进一个人，大个儿。我一看，这不是以前见过面的曲书记吗？我急忙说：‘曲书记这可咋整啊！’曲书记问清情况后说：‘老乡，你别急，马刚吃完谷草，农药没有外流，赶紧把马杀了，把肚子扔掉深埋，马肉可以吃。’说着帮助我来人杀马。他不仅自己带头购买马肉，而且还劝说围观社员买，减少我的损失。马肉共卖了近四百元钱。这四百元钱，对现在的家庭不算什么，可在四十年前，给我家解决了大难题。这件事，对我触动很大，我经常在想，我与曲振生书记无亲无故，过去他去过我们大队，他不认识我，可他把我的事当成自己的事办，现在的社会多么需要这样的干部哇！”这件事已经过去四十多年，虽然事不大，但在李春青老人的脑海里仍记忆犹新，始终没有忘掉。

谈到曲振生的特点，村民们这样评价他："曲振生是非分明、刚正不阿、无私无畏，是个硬汉子。"也有的村民说，曲振生虽然是个"大老粗"，但做事心中有数，有话直说，表达方式不圆滑，不会拐弯抹角，容易得罪领导。那时候上级经常派人下来检查工作，因为不了解、不掌握基层实际情况，形容造成所谓的"乱指挥"。对这样的事如何处理，曲振生方法简单，不善于沟通和商量，一条道跑到黑，从不考虑后果，坚决顶着不办。20世纪70年代初期，八盘沟村苹果年年丰收。有一次，县里一部门领导找到曲振生说，给县里拉一车苹果，让政府机关的干部尝尝鲜。曲振生却说："我不能损害群众的利益，也不会拿集体的利益送人情。"此言行让这位领导很尴尬，说曲振生这个人不食人间烟火，不近人情。

金杯银杯不如老百姓的口碑，一名领导干部如何对待小家，如何对待大家，人民心中都有一杆秤，并从一点一滴中无时不在观察和监督着每一名领导干部的言行举止。

从严律己传家久

"公生明，廉生威"是明清官吏用以修身自省的座右铭，讲的是只有处事公正才能明辨是非，只有廉洁自律才能树立威信。在采访中我了解到，曲振生很自律，在当生产队队长和大队党支部书记时，他给自己定了一条不成文的规矩：亲戚家的饭不吃，社员家的饭不吃。他说，做人要干干净净、明明白白。在修建双山子水库时，他多次告诫食堂管理员，我们的生活条件有限，伙食上每天每顿一饭一菜，我们干部和社员一个样，任何人不能搞特殊化。

作为一名党的干部，曲振生严格要求自己无可非议，但对于子女过于苛刻，甚至不讲情理不公正地对待，曾让儿子曲树山心里很不愉快。在采访时，曲树生几次讲到父亲曲振生缺少对他们子女的培养。

1976年，曲树山念完十年一贯制中学毕业后，就回村参加了农业劳动。次年，县里劳动部门，考虑到曲振生家中子女多、年纪都小，老伴身体不好、经常患病等实际的困难，决定安排他儿子曲树山到县里一个单位工作，可曲振生坚决不同意。他说："我家有困难能照顾，别人家也有困难你们也能照顾吗？"县里的同志看到他拒绝，很不理解，但也只好放弃。

曲树山说："我家兄弟姊妹五个，我是老大，下有两个弟弟、两个妹子，全在家乡务农。后来，县畜牧局向社会公开招聘人才，我自己偷偷地报了名，在一百多人参加的考试中，我算是脱颖而出，以优异的成绩被录取，却遭到父亲的反对。我反驳说，上次我不能去县里工作，我认了。而这次是畜牧局公开招聘，我有文化、有知识，是通过考试被录用，又不是凭你的关系走的后门，为什么别人可以我不可以？这对我公平吗？我以事论理，说得父亲哑口无言，父亲感到自己理亏，最后只好做出让步。后来，我虽然去县里上班，但还是把家安在了八盘沟，因为这里是生我养我的地方。"

人非草木，孰能无情。人心都是肉长的，难道曲振生不希望他自己的孩子走出这偏僻的山沟，有个体面的工作？但曲振生经常警告自己：我不能搞特殊化，那样做在群众中会造成不良的影响。再刚强、豁达的人有时也会跌入感情的深渊，曲振生只能把自己对子女的那份爱埋在心底。

其实，曲振生心里有自己的想法，对于子女的教育身教胜于言教，他深知潜移默化、润物细无声的道理。曲振生对子女的教养方法，多少年之后曲树山才知道其中的奥秘，这得益于曲振生与孙女曲晓飞的一次交谈。

曲树山的女儿曲晓飞，1986年生，2011年从渤海大学艺术与传媒学院研究生毕业，获硕士学位。孙女即将进入工作岗位走向社会，曲振生与孙女交谈时说："人的一生很不容易，道路漫长，能不能成才无非有三种人：第一种是不用管也能成人；第二种是管一管就能成人；第三种是管死也成不了人。”孙女说：“这么多年，大大小小的事你也没有管过我爸爸，我爸爸就是您说的第一种人呗。”曲振生欣慰地笑了。也许是这种引导子女悟性的教育方法，让曲振生的儿子和孙女在耳濡目染中养成了自觉和自律。

曲晓飞没有忘记爷爷的嘱咐，她现就职于朝阳县柳城高中，任书法老师，是辽宁省书法家协会会员、朝阳市书法家协会会员、朝阳县书法家协会副主席。书法作品先后参加2013年、2014年、2015年“大美朝阳”美术、书法作品展和2014年辽宁省书法基地展，入选2015年辽宁省妇女书法展和2015年辽宁省第二届青年书法篆刻作品展。2018年又获得纪念“赵尚志诞生110周年书法展”二等奖。

曲树山从小就爱学习，如今年逾古稀，除在家中帮助老伴侍弄承包地外，仍然关心国家大事，坚持读书学习并记写笔记和体会。有一次，他阅读朝阳市作家协会副主席兼秘书长郑文革的散文集《自在飞花轻似梦》时，看见“世人只知枫叶红，不知杏叶胜红枫”的诗句，立即抄写在笔记本上。女儿曲晓飞看到后感到不解，就问：“为什么只记这句呀？”曲树山很得意地说：“这句诗我有特殊的理解和感悟，因为咱们家后山上有一片片杏树，在秋天时，那通红的叶子不正是作家描写的真情实景吗？”

无悔的人生

家乡，是一个温暖的名字，是每个人出生的地方，是每个人成长过程中的一块基石，也是安放灵魂的地方，要永远守护。

1986年，曲振生离开县领导岗位又回到了八盘沟。早思归故里，华发等闲生。当他再次站在家乡的土地上时，他的内心是那么安然；当他呼吸家乡的空气时是那么酣畅……他的根已经深深扎入家乡的热土，因为他是地地道道的八盘沟人。

退休后的曲振生，本应在家过着清闲自在的晚年生活，但因为他对八盘沟感情笃厚，爱之弥深，每年在春、夏、秋这些关键时节，他都要坚持到村外山上走一走，转一转，心里放不下他带领社员亲手修建的那些梯田、石坝、谷坊。看一看有没有损毁渗漏，他还要看一看他亲手栽植的树长得怎么样，有没有被盗伐。退休后，他依旧关心着八盘沟村的资源和生态环境。他经常与村民说，要爱护土地，珍惜植被和树木，不能乱建庙、乱埋坟，鸡圈、羊圈要建在山上，保证村里有良好的空气质量。看到村民随处打水井，他就呼吁：不能乱打井，科学规划，要保护水资源，不能浪费。虽然已经是花甲之年，但不变的是他对家乡的情怀，他心里想的还是集体，想的还是大家的事。

20世纪80年代初期，八盘沟村与全国农村一样，实行第一轮土地承包，按包产到户的相关政策规定，曲振生老伴分到一亩半地。闲不住的曲振生看到自家的地旁边还有一些荒地在搁置，就下决心要把它开垦出来。家里人劝他说，现在条件好了，粮食也够吃了，你不用再挨那份累了。可曲振生心里有自己的盘算。老话说，一寸土地，万两黄金。作为农民，不能忘记过去苦熬看不到尽头的日子，土地是历代农民生存的根本，这是不变的理。退休了，但过去的那种精神不能丢。有了地，才能多打粮，自己吃不了，剩下的卖出去也是为国家减轻粮食负担，也是做贡献。现在人能动，总不能坐着吃空饷。正是这种信念，支撑着曲振生在自家承包地边的荒甸上开垦出三亩多地，种上了玉米和谷子。

回忆起久远的岁月和父亲当年开垦荒地的情景，曲树山深情地说，父亲开垦出这三亩多荒地，每年种玉米亩产可达八百斤，种谷子亩产可达六百斤。在当时，这不是什么壮举，但现在看，是老人家靠自己的劳动，给后人留下了宝贵的土地资源。

2012年11月起，耄耋之年的曲振生时常头晕，家里人劝他去朝阳市内大医院全面检查一下，他总是挺着说，没啥大毛病，到附近诊所打打针、吃点药就好了。到了2013年4月初，曲振生的病情越来越重。4月9日，在家人极力劝说下，曲振生才同意儿女们将他送到朝阳第二医院。医生检查后，对曲树山说："是脑梗，你们来得太晚了。"此时，曲振生的病情不断恶化，头脑看似清醒，却说不出话来，这让亲人们也很着急，但仍抱着一丝希望，又把他送到朝阳中心医院，得到的是同朝阳第二医院医生同样的回答："你们来治疗得太晚了。"

那一刻，钻心的痛楚压得曲树山喘不过气来，他和弟弟及妹夫无法接受这一事实，只想通过住院治疗来延长老人的生命。可当时正赶上患者住院接受治疗的高峰期，已经没有床位，只好在走廊搭上临时床位让老人躺下休息。医生虽然尽力地治疗抢救，但也无力回天。4月10日上午8时许，曲振生与世长辞。这位为了家乡那片热土奋斗了一生的刚强老人，在医院走廊里度过了漫长煎熬的一夜，静静地走完了人生的最后一程。

这场面，让人心酸，让人阵痛，让人感慨，让亲人悲恸欲绝。医生、护士、患者没人知道这位老人是赫赫有名的全国劳动模范，曾四次参加国庆观礼。家人没有向医院提出过分的治疗要求，因为他们知道，那样做不是对老人的孝敬，那样做会有损于父亲一生的形象。

2013年4月12日，家人低调、简朴、深情地将曲振生安葬在小棒槌沟门自家承包地上，让他躺在这里静静地守护着这片熟悉、为之奋斗一生的家乡热土。

感情，有时会使人难以接受现实。曲振生走了，他的家人没有通知曲振生在县委工作时的同事，没有告诉与曲振生共事过和接触过的县、市领导。在安葬曲振生时，没有人为他主持最后的仪式，也没有人宣读他的生平简介。只有他的家人、亲属和八盘沟村一百多名村民在他的坟前，向他做最后的告别。坟前摆放着家人、亲属、村民敬献的花圈，淡淡的色彩正如他令人怀念的一生。

为了这方热土，他倾注了一生的心血。此时，这些带着致富希望，跟随他治山治水，共同改变山村面貌的村民才感到，失去了这位无私无畏、可敬可亲的带头人，那深深的怀念和痛苦的哀思，在心中的撞击是那样强烈。曲振生平易近人的微笑、谆谆的教诲和对八盘沟未来的期望，在他们的脑海中印得太深，太深……

有村民说，曲振生有一身硬骨头，一生只知道干。有村民说，他不像领导，倒像个“好长工”。曲振生一生凿劲不改，乡亲们叫他“老凿”名副其实，恰如其分。曲振生悄悄走了，他的一生，业绩功耀千秋，付出的太多太多，给八盘沟村人留下的太多太多。而生前给自己只留下了《山区建设经验汇编（第一辑）》和《株洲县林业生产简介》两本书，没再留下可供追思的文字，甚至在安葬他时，坟前连块墓碑都没有立。

榜样的力量

曲振生是一名普通共产党员，在辽西这片广袤的大地上可谓沧海一粟，但他身上，既有中华民族的传统美德，又有共产党人的高尚境界，堪称共产党人的楷模。他的精神，集中到一点，就是无私奉献。也许有些人已经逐渐把他淡忘了，也许有人怀疑是否真有那样无私奉献的人。而我想说，曲振生反映的是整整一个时代，整整一代人。有了这样的人，才改变了我们国家的历史进程；有了这样的人，我们的国家才有今天的辉煌成就，他们是中国的脊梁。

一名党员就是一面旗帜，不仅能影响周围的人，而且也会影响后辈的人生追求。人们不但没有忘记曲振生，反而一直被他的精神激励着、鞭策着……

我与李春青老人交谈后，没过几天，我又遇到了辽宁省第三地质大队的退休干部胡毓秀，听说我在采写曲振生事迹，他对我说：“曲振生的名字，我们这代人都记得，在五六十年代他带领八盘沟社员治山治水，在我们朝阳县是个了不起的人物。我是1942年出生在朝阳县西五家乡，十七岁之前一直务农，小时候经常听家中有线小喇叭广播中介绍北四家子公社曲振生和六家子公社朱德才的事迹。我离开农村后先到电力系统工作，后来调入地质部门，是他们的劳模精神在激励着我。我就是在曲振生他们那代人那种精神的影响下成长起来的。”

我第三次去八盘沟时，徐永廷老人动情地说：“老书记是我心中的偶像，他的一言一行影响了我一生。”1965年，徐永廷中学毕业后，开始在家务农，因为年纪小，生产队先后让他放牛，担任水库工地食堂管理员，与曲振生有更多的接触，之后又被调到乡里办的石棉矿和锰矿采矿多年。不管干什么，徐永廷总是兢兢业业，吃苦耐劳。1986年，北四家子乡中心小学领导与八盘沟村干部商量决定，调徐永廷到八盘沟小学担任教师。他始终以曲振生为榜样，不仅要教书，更要育人，以自己的思想品质、知识水平，处处影响着学生。由于业绩突出，徐永廷光荣地加入了中国共产党，并于1990年担任八盘沟小学的校长。

曲振生带领八盘沟人在青石板上创高产，从原来吃返销粮到每年向国家卖余粮十五万公斤，他们向国家送公粮的场面，造就了中国著名的笛子演奏家魏显忠最得意之作——驰名于国内外乐坛的笛子独奏曲《扬鞭催马运粮忙》。

2014年第5期《辽西文学》刊登了国家一级编剧、作家刘家声撰写的《〈扬鞭催马运粮忙〉从朝阳飞出》一文，讲述了魏显忠在八盘沟的创作过程。那是20世纪60年代后期，辽宁歌舞团民族乐队队长魏显忠到八盘沟大队与社员们一起在这块土地上流血流汗奉献青春，体验着农村生活。当年的金色十月，八盘沟处处呈现出社员们收割庄稼、运送公粮的喜人景象，魏显忠的内心被火红的生活所打动。他看见，长长的马车队伍，装满玉米、高粱，在山路上奔跑；他听见，人欢笑，马嘶鸣，鞭声炸响，车轮滚滚声……这扬鞭催马的场面，喜气洋洋、气势磅礴，抒发了乡亲们春天播种、秋天收获的喜悦；这马蹄击节、车轮吟唱的声音，汇成了一曲时代交响乐。是八盘沟火热的生活，让魏显忠产生了灵感和冲动。晚上，在火苗弱弱的油灯下，他趴在土炕上开始了笛子独奏曲《扬鞭催马运粮忙》最初的创作……

1972年5月，柬埔寨西哈努克亲王访问东北，在沈阳听到魏显忠演奏的《扬鞭催马运粮忙》后，情不自禁地站了起来，长时间地鼓掌。后来，《扬鞭催马运粮忙》通过中央人民广播电台广播后，传遍国内外。

红旗仍在飘扬

新中国成立后，伴随大小队规模调整，八盘沟村曾在20世纪60年代由朝阳县北四家子公社唐杖子大队的生产小队改为八盘沟大队。80年代初，八盘沟又以生产小队、村民组的组织形式归属于朝阳县北四家子乡唐杖子村管理至今，经历了不同时期的村级治理模式和基本核算单位，八盘沟人从来没有停止过奋勇前行的脚步，且正以新时代的步伐走向未来。

不朽的是精神，传承才是永恒。

忆往昔，峥嵘岁月，励精图治。是老书记曲振生带领乡亲们发扬愚公移山的精神，以无所畏惧的信念和持之以恒、坚忍不拔的毅力，脚踏实地，埋头苦干，用满腔的热血和勤劳的双手，改变了八盘沟贫穷落后的面貌，让乡亲们走上了幸福路，也为子孙后代留下了宝贵的精神财富和土地、树木、旅游等资源，为建设社会主义新农村奠定了坚实的发展基础。

看今朝，富饶村庄，生机盎然。新书记李春军，在老书记曲振生和老一辈八盘沟人的精神感召下，带领新一代八盘沟人薪火相传，砥砺奋进，继往开来，开拓创新，用新的方式和理念、新的发展战略，新的经营管理模式，在种植业和果业生产的基础上，大力发展旅游业、养殖业和文化建设，带领乡亲们在加速建设社会主义新农村的征程上交出一份令人满意的答卷。

如今的八盘沟，一年四季皆美景，呈现在人们面前的是一幅幅美丽的画卷：3月，满山的杏花、桃花盛开，好似一幅清淡的水彩画。6月，在八盘沟入口处，一大片生长在梯田里的油菜花，摇曳着黄灿灿的花容，丰满娇艳。9月，梯田上向日葵有层次地逐着梯田，绕山而行。金秋十月，是庄稼成熟的季节，八盘沟呈现出一片金色的海洋。玉米棒子剥下层层薄纱，露出金灿灿的玉米粒；谷子颗粒饱满，沉甸甸地笑弯了腰；油葵迎着太阳妖娆绽放，以特有的姿色，仿佛炫耀，又让人陶醉其中。

如今的八盘沟，依旧保持着20世纪房屋、院墙多为石头砌成的风貌，与道道石砌梯田风格一致。村内的泉水从井底汩汩涌出，清澈透明，甘甜可口，四季不断，依然保留着古朴遗风；还有南天门、老子讲学石、大棒槌山、小棒槌山、盼君石等天然景观。八盘沟山上的红蘑、松蘑，俯拾皆是。

一方水土养一方人，一处土地孕一处果。在大田种植玉米、谷子的同时，李春军选择了获得世博会铜奖的水蜜桃，在七百多亩的流转土地上，又栽了三万五千棵水蜜桃树苗，使村子成为享誉省内外的水蜜桃产区。水蜜桃的生产也带动了苹果种植，生产柏山牌苹果的是方圆四十公里无污染企业，日照时间长，昼夜温差大，生长出的苹果色艳汁多，是无公害的最佳生产基地，也是朝阳市最优质果区之一。同时，村民在这些流转的土地上发展林下经济，种地瓜、黄豆、谷子。此外，村里大力发展养殖业，引进大连庄河大骨鸡，为村民生活富裕注入新的活力，实现了多方式、多产业增加收入。

文化是民族的血脉，也是人民的精神家园。在发展种植业、果业、养殖业的同时，李春军提出“文艺兴村、旅游富村”的发展理念，先后在八盘沟重点景区举办“八盘沟文化旅游节”“柏山群众文化艺术节”“采摘节”“桃花节”，打造旅游产业特色品牌，村民也以农家院、农家饭的形式，迎接来自四面八方的游客。

李春军在带领村民致富的同时，不忘乡村文化建设，带领村民连续多年就地取材、自编、自导、自演地举办农民春晚，并被授予“朝阳县法治文化创作演出基地”的称号。一台台春晚，在丰富村民业余文化生活的同时，也极大增强了村里的文化软实力；一个个节目，犹如一缕春风吹进村民的心田，提高了村民的精、气、神。李春军先后获得“感动朝阳”十大人物、“辽宁省十大杰出农民”“中国艺术节的群文之星”等荣誉称号，多次走进中央电视台《首席夜话》《向幸福出发》等节目接受访谈，扩大了家乡对外的知名度和影响力。

先辈创业垂千古，长征接力待后生。八盘沟人用自己的行动，让这面红旗更加鲜艳夺目，光彩照人，也告慰了老书记的在天之灵。如今，当你登上八盘沟的最高山顶时，能够领略八盘沟山村的新面貌，看到八盘沟发生翻天覆地的变化，真正体味到曲振生不朽精神的深邃和价值。

壮哉，曲振生！

壮哉，八盘沟人！

尾　声

从八盘沟采访回来，我一直在反问自己：几十年前的劳动模范，今天再写还有没有现实意义？曲振生的事迹在我心里酝酿一个多月时间才开始动笔写，有时是一边写一边眼睛湿润。退休五年多时间，我已经习惯了清静的晚年生活，享受着改革开放给予的丰衣足食的幸福生活。我之所以把曲振生的事迹写出来，就是想通过追忆他的奉献精神，重现他的光辉形象，让大家看看那一代的共产党人是什么样子……

一次采写是一次灵魂上的洗涤，一次聆听是一次心灵上的教育和鞭策。新中国成立以来，涌现出成千上万像曲振生那样的劳动模范，尽管所处时代不同、职业岗位各异，但他们用自己的劳动，在建设中国特色社会主义的进程中，在共和国的历史上写下了绚丽的篇章。

“幸福都是奋斗出来的。”在文稿完成的那一刻，我不禁想起一句话：不忘初心、牢记使命。中国共产党人的初心和使命，就是为中国人民谋幸福，为中华民族谋复兴……这是今天政治生活中一个重要的主题，也是中国共产党人永恒的主题。

让我欣慰的是，后人记下了曲振生的名字，记下曲振生带领八盘沟人孕育出的“自力更生、艰苦创业、团结协作、穷则思变、无私奉献”的不朽精神。半个世纪过去了，曲振生那面红旗仍然在八盘沟上空飘扬，正在激励着新一代八盘沟人在传承中不断与时俱进，持续创新发展……

咬定青山不放松

——记新宾满族自治县永陵镇陡岭村扶贫书记王瑞

◎李忆锋

“成功的花，人们只惊慕她现时的明艳！然而当初她的芽儿，浸透了奋斗的泪泉，洒遍了牺牲的血雨！”作家冰心的这首小诗告诉人们，成功源于永不言败的奋斗，源于奋斗者背后艰苦的付出。

辽宁省新宾满族自治县永陵镇陡岭村驻村扶贫第一书记王瑞，就是这样一位决战扶贫前线、砥砺前行的奋斗者。

王瑞，辽宁省财政厅驻新宾满族自治县永陵镇陡岭村扶贫工作队队长、新宾满族自治县委常委、副书记，陡岭村党支部第一书记。2014年，他接受组织安排赴陡岭村扶贫，时至2020年9月，已经六年有余。

那是一个平常却不平凡的上午。2014年7月24日上午，王瑞所在的单位——省财政厅，开会研究选派人员去抚顺新宾满族自治县陡岭村扶贫，要求吃住在村子里。请示相关领导后，王瑞于中午前报名参选。

通知下来了，王瑞被批准去陡岭村扶贫。从此，他踏上了漫漫而踏实的扶贫路。

脱贫之前的陡岭村是什么样子呢？脱贫之前，陡岭村也算是

"名声"在外了——是以"全省最小、最穷、最乱"而闻名。那时的陡岭村在地图上找不到，在省民政厅的村名办也找不到，这是因为村子比较特殊。特殊在哪里？陡岭村是2012年3月成立的，这可能是全国最晚成立的一个行政村，因为它的前身是国有林场，属于"场（林场）带队"，2012年陡岭村从林场分离出来。王瑞第一次来到陡岭村时，找不到村部，因为村里没有村部，只好借用原林场会议室开会。当时村子共有四十八户、一百一十七位村民，有三分之一是老人，有三分之一是学生，三分之一是劳动力，其中有二十七人常年在外打工。全村有贫困户二十三户、低保户六户、残疾人七人、五保户一人、单亲母亲家庭十户，重大疾病有二十九人。全村只有两名党员，无法成立村党支部。村委会班子也不健全。扶贫工作队刚进村时，村民们向王瑞他们提出了让人听了有些心酸的三大愿望：一是能种比大苞米更挣钱的农作物；二是看病能报销更多的医疗费；三是享受养老保险。

送王瑞赴任的财政厅领导代表厅党组讲了几点要求，主要是三个依靠：依靠当地群众，依靠基层干部，依靠财政厅党组和有关单位，做好经济扶持、社会管理、党务建设等各项工作，力争三年后将陡岭村建设成为一个人民富裕村、党建工作先进村、生活和谐村。

三年过去了，走过三年坎坷扶贫路，王瑞负责扶贫的陡岭村发生了怎样的变化呢?

一份资料这样描述脱贫之后的陡岭村："平整的柏油马路、清洁的河渠、修葺一新的文化广场……村内设施处处都展现着陡岭村蓬勃发展的朝气与活力。如今的陡岭村，田间地头，辽藁本、崴灵仙、五味子、黄精等药材郁郁葱葱，坡上林下，猴头菇、榆黄蘑、白木耳等特色菌类生机勃勃，蜜蜂飞舞，煎饼飘香……"这是对陡岭村脱贫后村容村貌的描写，而实实在在的经济变化还得用数字来说话：2017年，曾经的"三无"特困陡岭村，人均年纯收入已经达到八千余元，村里建档立卡户全部脱贫。三年来财政资金投入六十余万元，带回二百余万元收益。2019年，是陡岭村值得纪念的一年，这一年，陡岭村集体经济有了第一桶金，村集体经济获三万余元收入，从此陡岭村的村民有了幸福感，看病、上学、养老等都有盼头了，人们的脸上笑意盈盈……这时的陡岭村再一次名声在外，但不再是过去那积弱积贫的“坏名声”，而是从“三无”特困村变成了意气风发的致富明星村。

脱贫路上，陡岭村发生了翻天覆地的变化。王瑞带领的扶贫工作队做了哪些扶贫工作呢？讲几个生动感人的扶贫故事吧。

一枝一叶总关情

“衙斋卧听萧萧竹，疑是民间疾苦声；些小吾曹州县吏，一枝一叶总关情。”

这首郑板桥的诗，很多人都耳熟能详。习近平总书记曾不止一次引用这首诗来表达对人民的深厚感情，要党员干部坚持以人民为中心，时刻将人民冷暖记挂在心头，这是总书记情到深处、自然而然的一种思想流露。而扶贫书记王瑞就是这种家国情怀的践行者。

扶贫无小事。来到陡岭村，责任在心中。王瑞时刻把陡岭村的大事小事挂在心间。他一直有记日记的习惯，几年来的扶贫日记，把他的扶贫工作一点一滴地记录下来。在他的一篇日记中，记载了他在一段时间内要为陡岭村做的二十五件事：“一是自来水问题。已经做好预算，协商林场，做好规划图，并签字，只用两天时间，比较快，接下来是落实了。二是小河套治理，也与村民和林场职工打好招呼，挪柴火垛，还有王连福和田伟两家未动，要抓紧，不要影响工期。三是蘑菇棚拉电，已经找到镇里孙万鑫联系，向镇里报告，王艳国也带人来查看了，并形成书面报告，再报镇党委研究处理。暂时用电可以用临时的柴油机发电。镇里农经站贾波和王艳国都来过。村里要买一台柴油发电机，以备用，还有水泵也要购买一台，以备急用。四是李生忠家盖房子，已经公示，其他几家等明年再盖，村民都表示同意。五是南甸心子应该建一座小桥，不然秋天拉地太费劲，用美丽乡村或一事一议，或世林的水务局项目干。六是合作社问题，由于王连奎已经主动提出不继续做了，4月5日已经决定由何艳光、刘兆吉、冯德财等人组织新的合作社替代，将来也由新合作社办理相关手续，不再使用王连奎合作社，或由他自己继续经营，或交回村部，退还代交费用。七是蘑菇棚打井水不足问题，是刘二合作社自己的问题，抓紧挖深确保水源充足，然后再向乔主任提出工程款一事，要注意前后搭配不矛盾，不要自己弄出笑话来。八是王本财爱人低保问题，最近检查出病，可能是肿瘤，一家两个病人，收入不高，还有一个上高中的孩子，很困难。九是低保户问题，报了八家，现在还没有批下来，上次报四家，让王连奎咬下来两家，明确一点，今后谁也不要再去镇里咬，大家都很困难，一个一个地排，都会排上的，如果都去攀比，结果都下来了，谁也没有占到便宜，这是错误的做法，不能再继续下去了，一定要认清。十是林场配合较好，明天去看地，过去没有分开时，生产队没有低保户，没有得到福利待遇。十一是村民希望能像其他村的村民一样办理土地证。十二是李生忠家盖房子，上梁时大家在家的都要去帮忙，同意。十三是农机具购置，田丰爷爷叫田珠，原是生产队队长，因病去世。十四是王春霞母亲重病要待遇，已经给了，再要不合理。十五是改厕所问题，原来的工钱还没有付清，付清后交回村里办。十六是镇里党支部对口帮扶，永陵派出所兰伟民、曹克清帮扶四家，何艳宾、孟庆奎、史桂森和纪铁凡。十七是村支部在‘七一’前要活动一下，同意，并向镇党委汇报一次，争取填表，要求入学二到三名。十八是村部红旗旧了要更换一面。十九是村干部工资太低，要求提高一些，起码能跟一般的村一样高，四名干部一共才一万八。二十是旋耕地时王庆元司机吃饭六百元挂账在河南饭店。二十一是向镇里要垃圾筒，约八十个。二十二是希望自来水工程建设中，林场也能出点钱。二十三是孟宪奎家孙子孟子杰九岁，希望多给些照顾。二十四……二十五……”

一字一句地阅读这篇扶贫日记，通过每一个字去想象文字后面的一个个场景，我不禁一边感动着一边深深体会到，王瑞书记实实在在地做到了：家事国事天下事事事关心，大事小事百姓事事事牵挂。村民十分感慨地说：“王书记真正做到对陡岭村每个人的事情，全都挂在心上。”

有村民说：“要是没有王书记来，我们自己都不知道能干啥。”村里的刘兆吉是贫困户，也想脱贫，但是找不到挣钱的路子。王瑞听说他会做山野菜，就鼓励他开发山野菜。现在老刘的山野菜生意做得风生水起，早早就脱贫了。村民何彦光能养蜜蜂，王瑞就帮他把蜜蜂养殖搞起来。货真价实的蜂蜜卖到了市里，收入很可观。村民庞龙是个有想法的人，他想做林下经济，王瑞就把农科院的专家请来教授种植技能……这都是王瑞精准扶贫中的“精准”所在。在脱贫致富的道路上，脱贫骨干庞龙不仅仅收获了经济效益，也升华了精神境界，开阔了眼界，他还搞起了时髦的小木屋、农家院。节假日周末的时候，城里的人来陡岭村度假，在小木屋里住一宿，那种与众不同的吃住体验，真的让人很惊喜。庞龙非常敬重、信赖王瑞书记，他时常望着王书记深情地说：“哥呀，你得经常监督我，批评我呀。”现在陡岭村村民的副业生产都做得有规模有产量，有销售有收益，有发展有前景，村民越干越起劲。

经济上脱贫走向富裕，并不是驻村扶贫干部的唯一目标，加强党的领导、做好党务建设也是重中之重。经过王瑞书记的不懈努力，在他下乡的第三年，2016年2月2日上午，永陵镇党委批准成立陡岭村党支部。这是陡岭村发展史上具有里程碑意义的大事，是各级党委政府领导和同志们悉心关怀，特别是王瑞书记坚定信念、艰苦付出的重大成果，表明了驻村工作队有决心有信心有能力，把党支部建设成带领陡岭村父老乡亲脱贫致富的坚强堡垒。

大榆树下立誓言

2015年11月17日，在陡岭村西头一棵有五百年历史的大榆树下，人头攒动，喧嚣热闹——这是王瑞书记带领扶贫工作队和村民代表在宣誓。

王瑞带领大家在大榆树下表达扶贫的决心，用这样一种庄重且具有仪式感的方式，把自己逼上决不后退的扶贫之路。大树之下，村民面前，他们握拳宣誓："天地之间大奇缘，沧海桑田五百年。纵观世间人和物，相向而行日日新。今天陡岭来三人，心怀崇敬拜榆树，党心民心要团结，精准扶贫为大任。受命岂敢枉费之，百姓安康党宗旨。在任日日需鞠躬，祈福陡岭奔小康。三农情深志不移，五尺身躯不足惜。大榆树下立军状，陡岭不富誓不还。"

王瑞带领的扶贫队伍，是永不言弃的奋斗者，也是谨言慎行的敬畏者。他们敬畏心中的信仰，敬畏肩上的责任，敬畏脱贫攻坚的伟大事业，把群众的疾苦放在首位。所以在古树之前，立下脱贫攻坚的誓言，不给自己留退路。

下乡扶贫的第一年，他们主要做了三件事：一是入村调查摸底，二是落实扶贫项目，三是招商引资。经过不懈努力，一些项目初见成效，如美丽乡村、整治高标准农田、村部办公用房、造地补偿等，投资等相关资金近四百万元，激发了干部群众生产生活积极性。

扶贫工作队凭着高度的政治责任感、行动的紧迫感和极强的沟通、发动、组织、管理能力，稳定局面、打开局面。他们下功夫调查研究，完善扶贫规划。从农民意愿出发，依托科研院所、大学技术支持和优良农事企业经验，面向市场需求，因地制宜，调整生产结构，发展特色型高质农业，建立家庭农场、专业合作社、旅游公司，创建现代农庄。同时整合政策资源，引导社会资本参与扶贫项目开发，坚持谁受益谁管护原则，建立政府和社会资本合作机制。还有就是选好配强村“两委”班子。

习总书记在贵州视察时指出，做好扶贫工作就是和党中央保持一致。深入陡岭村扶贫一线，王瑞和扶贫工作队成员深刻认识到，扶贫工作是一项重大的系统民生工程。他们坚定信心，扎实工作，完成好精准扶贫任务目标。和农民一起干，在扶贫工作中改造提高自己，并且要在完成陡岭村扶贫任务同时，探索村民自治新机制。

2018年，陡岭村实现全面脱贫，王瑞他们在大榆树下许下的铮铮誓言，变成了鲜活生动又祥和静美的现实。

现如今，这棵枝繁叶茂的老榆树还伫立在通往陡岭村的村路上。每一位出入陡岭村的人，都会看见这棵见证沧海桑田的老榆树。当你知道了王瑞书记扶贫队和老榆树的故事后，你一定会对这棵老树投去更多、更深情的目光。

质本洁来还洁去

“脚下沾有多少泥土，心中就沉淀多少真情。”

第一书记王瑞对农民的深情厚谊，来自一名共产党员对党的扶贫大业的责任心，来自他对农村基层的深入了解，来自他对乡亲的真挚关爱，也和他自身的经历分不开。

王瑞来自农村，大学毕业后在城市工作生活，他每年节假日都回农村老家探亲访友，和老家有着千丝万缕的联系。对农村的现状、农民的需求、底层的矛盾，他非常关注，也很了解。

在决定去陡岭村扶贫时，他在日记里说：“老天也同意我回到农村再做真正的农民，真是太好了，我要好好做这一回农民。我不但要做好农民，还要研究农民，要从农村那里真正做到认识农民——实践农民——再认识农民——再实践农民，循环往复，不断提高，通过这个过程，将那里的农民生活水平提高到一个新阶段，完成好我这个农民的历史使命。”

王瑞把下乡扶贫当作完成一个农民的历史使命，所以和农民打成一片。农民的碗再脏，端起的是认同；村民的炕再硬，睡下的是亲情；群众的生活再穷，帮扶的是责任。王瑞书记从一个农村孩子的亲身经历和切身体会出发，把自己融入村民当中，全心全意，倾情奉献，取得了令人赞叹的脱贫成果。

要奋斗就会有牺牲。因为下乡扶贫，不能照顾家庭和家人，王瑞对亲人有很深的愧疚感。

2015年3月10日上午，王瑞的父亲因病去世，可是王瑞没能及时赶到医院与父亲告别。这天他组织新宾人员去宽甸能源公司考察，这次出行十分不容易，由县长带队，有四个部门两个重点镇二十余人参加，机会难得，他离不开，也不想、不能离开。做出不与父亲告别的决定后，王瑞默默伫立，父亲的身影浮现眼前，往事历历在目。王瑞忍不住思念和哀伤之情，在陡岭村的住处，用白毛巾把手机上老父亲的照片做成个遗像，然后含着热泪，对着老父亲三鞠躬，跪拜叩头，默默送上无限哀思，再一次请求老父亲迁就儿子的不孝，当然这也是最后一次请求，以后再也不用请求他的原谅了。处理完单位的工作之后，王瑞才由丹东直接回昌图老家，去参加父亲的追悼会……

问渠那得清如许，为有源头活水来。共产党员的使命感、责任感，让王瑞书记舍小家为大家，脚踏实地地走在扶贫道路上。

咬定青山不放松

“咬定青山不放松，立根原在破岩中。千磨万击还坚劲，任尔东西南北风。”这是郑板桥的一首诗，也是王瑞坚守扶贫一线的真实写照。

在驻村扶贫工作中，王瑞做到了：热爱农民，热爱农村，耐得住寂寞，守得住清贫，扛得起闲言碎语。他坚持扶贫工作持续性和实效性；精通三农政策，融会贯通，把上级的政策与本地的实际情况有机结合，务求事半功倍的效果。

2014—2019年间，王瑞写了两百万字的日记，其中扶贫内容近百万字。王瑞给它命名为“贫困者”。这个“贫困者”不是说别人，而是王瑞自己。他说：“陡岭村每个人都给我很多启发，在他们面前，不准确地说是在生活面前，其实我是贫困者，想做的、该做的、已经做的都没有做好，总是令我不满意，我就是贫困者。”

其实扶贫者并不是贫困者。他们有高度的政治觉悟，有深邃的思想内涵，有广博的知识，有深厚的感情和博爱，他们是富有者。但同时他们还必须是贫困者，在扶贫一线，绝对不能贪赃枉法、徇私舞弊，不可以也不可能成为腰缠万贯的富人。

王瑞经常把自己的工资捐给陡岭村的贫困户，宁可自己受苦，也不让村民难过。他的这种无私奉献，也招来身边人的不解和反对。有人说他傻，有人说是沽名钓誉……对这些闲言碎语、风言风语，王瑞从来不做解释，只是一笑了之。因为他的心底是坦荡的。他们是物质上的穷困者，却是精神上的富有者。王瑞与扶贫队坚守初心：“从群众中来，到群众中去，全心全意为人民服务，无捷径可走，只有吃苦耐劳，咬定青山，凝聚人心，发动群众，组织起来，干起来，才能不断取得进步和发展。”

2016年5月15日，也是一个值得记住的日子。就在这一天，王瑞书记又做出一个让人感动和吃惊的决定：第一期扶贫工作结束后，不返回原单位财政厅，而是在陡岭村再扶贫三年，直至2020年。这样算下来，王瑞在陡岭村扶贫度过七年时间。人生能有几个七年？王瑞把美好的七年时光奉献给了那个小小的却令他万般牵挂的陡岭村。

一个人做一件好事不难，难的是做一辈子好事。王瑞书记坚持扶贫七个年头，他的坚忍与奉献，让胸前那枚鲜红的党徽，再一次散发出耀眼的光辉。

成功不必在我，功成必定有我

扶贫是国家大事，在陡岭村扶贫一线，第一书记王瑞做了以下工作。

第一是抓党建，找“主心骨”。

农村基层党支部是党在农村全部工作和战斗力的基础，是贯彻党的扶贫开发工作部署的战斗堡垒。“帮钱帮物，不如帮助建个好支部。”2016年2月，陡岭村成立了第一个党支部，2014年以来，发展四名党员，其中一名大学生党员史明星，是从村里走出去的博士后，上学期间得到了王瑞等干部的资助，毕业工作后，她将党组织关系落到陡岭村党支部，积极参加村里的发展和建设。新上任的村委会主任田丰，爷爷是当年陡岭大队队长，每当田丰遇到困难、消极时，王瑞就鼓励田丰说，爷爷的在天之灵正在看着我们呢，带领村民致富过上好日子是几辈子陡岭村人的心愿，不能打退堂鼓。王瑞经常和田丰谈心，鼓足劲、打足气、争上游，讲家史、讲村史、讲党史。田丰思想觉悟提高很快，2017年11月光荣加入了中国共产党。吴春雷和致富带头人朱永权，于2018年12月光荣加入党组织……在村“两委”班子的带领下，建村部、村文体广场，改造旱厕、自来水，开展美丽乡村建设和村集体经济发展试点等，流转土地一百一十亩，村民和贫困户入股，种植药材，预计2020年秋天收益可达百万元。陡岭村的脱贫攻坚，真正有了一支懂扶贫、会帮扶、作风硬的扶贫干部队伍。

第二是把穷根，摆脱贫困。

王瑞驻村扶贫，遵守“精准施策”的工作守则，首先搞清楚什么是贫困户，研究清楚不同时期提什么样的标准，以及是否统一这些标准等问题的基础上，再因人精准施策。实现精准扶贫，依靠先进的农业科技，培养致富带头人，建立主导产业。陡岭林场下岗职工庞龙自学成才，在农业专家指导下，成功掌握在林下人工种植榆黄蘑、猴头菇技术，填补了国内空白，获得了自主知识产权证书。2015年6月，王瑞帮助庞龙修路、建桥，创造条件，成立新宾县青松岭林下种植专业合作社，建立栽培基地，开发多种产品，实施一二三产业融合发展，带动二十多户贫困户共同脱贫致富。曾经只会种“大苞米”的农民们第一次收获了种植经济作物的丰硕回报。

第三是去顽症，铸脱贫“精气神”。

“贫困地区发展要靠内生动力”，这份内生动力，既要靠扶贫干部的信心、耐心、诚心，又要靠贫困群众的积极性、主动性、创造性，得有一个旺盛“精气神”。贫困户刘兆吉在王瑞的耐心疏导下，利用自己种植山野菜、养蜜蜂、做豆腐的手艺开始发展生产，现已经成为山野菜合作社带头人。以捕蛇为生的贫困户李生忠家住危房，新的村“两委”班子一上任便帮助李生忠翻建，新房盖好了，李生忠欢欢喜喜住进新房的第二天，离家出走五年的女儿带着男朋友回来了，李生忠的儿子深受感动，主动配合村里土地流转……如今陡岭村的村民们精神面貌焕然一新，都把宝贵时间用在种药材、养蜜蜂、种蘑菇、侍弄山野菜上，不少人还主动参与村务民主管理，主动义务出工清理垃圾、整治河流，村民之间友好互助，每逢节日，家家户户热闹非凡，亲戚里道、朋友故交礼尚往来，不亦乐乎，村民对过上更加美好的生活充满信心。

王瑞驻村扶贫七年，是与陡岭村村民风雨同舟的七年。他把群众的意愿当成脱贫干部的奋斗目标，把落实党的政策变成基层干部群众的自觉行动，践行立党为公、执政为民的执政观，秉持讲道理、干实事、做好人的理念，将满怀赤诚投入扶贫事业，不懈思索，久久为功，成功地打造了一支永不撤退的驻村扶贫工作队。

王瑞连续多年获得“全省驻村扶贫先进个人”的荣誉称号，驻村工作队于2018年荣获抚顺市委第十二届“百姓雷锋团队”光荣称号。村民海心山评价工作队：“坚韧朴实！心系人民！难得！相信有你们这样的人，艰难险阻都会逾越！加油！”

2019年，王瑞再次做出重大决定，再次申请到最困难的贫困村去。他向上级请示：陡岭村的贫困户已经脱贫了，村“两委”班子建立起来并能够组织村民发展生产、完成好上级交办的各项任务了，传统生产结构得到有效调整，形成了药材、食用菌、蜂蜜、林果等主导产业，致富带头人、家庭农场、合作社、村集体经济等稳步发展。目前，距完成全面建成小康社会目标还有不到两年的时间，我看到有的地方还比较艰苦、比较落后，作为扶贫工作的一名老党员、一名老兵，有责任、有义务、自告奋勇到全省最艰苦、最需要我的地方去，尽我最大的努力，让全省所有的贫困户、所有的贫困人口都能如期脱贫致富奔小康，确保一个都不能落下，为党争光，不辜负党和人民的殷切期望。这是共产党员远大目标和博大胸怀的再一次体现。

“道阻且长，行则将至。”这也是王瑞书记扶贫攻坚经历的真实描述，令人感怀、崇敬。一位作家这样称赞王瑞书记：“扶贫路上那一抹抹斜风细雨春去秋来的细碎剪影，记载着有声有色的人生。或深或浅的记忆，在王瑞书记的双脚踏进陡岭村这块土地上时就注定了有故事发生。此刻，我停留在扶贫日记后面的空白页，期待着，陡岭村未来的日记可以永远记下去，那位执笔落墨的人……”

高原上的“白色雄鹰”

——记鞍山市中心医院高级医师张生海

◎鲁　宁

人间不是所有风景都通透的，因为琳琅满目，峥嵘起伏，一时焦点的热闹竟将一些尤为珍贵的风光掩盖，这无情是信息的狡黠。

翻开尘封的记忆，一位曾经援医高原的人险些擦肩而过。

他火热的血性有大山诠释，难道他的职业生涯注定与旷野大壑结缘？三十年的上下求索将自己奉献在高原，他——张生海，鞍山市中心医院教授级高级医师，白衣天使中一只奉献在高原的“雄鹰”。

迎来“闭门羹”

十年前，张生海带着医院交代的重任，单枪匹马半夜三更飞到青海。悬壶济世，是最受国人称道的人间大爱、大善、大美，但他刚撂下行囊尚未掸落风尘，那负责接待的人便开门见山：“援医物资带了吗？”这冷言冷语的问话让他一愣，我千里迢迢援医负责疗伤治病，物资派送由后勤部门负责，我无权过问。那人对治病救人根本没放在心上，盯着的就是实惠，灵魂都被金钱物欲俘获而变得冷漠无情了。张生海不禁一阵好笑，他想这必须猛药制疴、刮骨疗毒。

这冷若冰霜毫无人情味的接待令张生海始料不及，他一阵头晕目眩，本不希望前呼后拥盛情款待，但起码不该如此冷漠。处于海拔三千米的青海祁连，高山缺氧本来就使他头晕目眩、呼吸急促，那冷漠的接待更让他感到有如飞机的疾速迫降，心脏骤缩。

太阳已拔起一竿子高了，没吃早餐，连口热水也没喝，饥肠辘辘抓心挠肝，他遭受饥饿和缺氧的共同煎熬，心情也一落千丈，滑到了冰点。

仁义礼智信、温良恭俭让之礼仪之邦，历来对医生恭敬有礼。在医师老家千山和诸多名山大川都供奉着祖国圣医的雕塑。他是教授级专家，历来为患者和同行们所尊敬，而此时此地却被冷眼旁观。一个象牙塔经典理论武装，于千朵莲花山练就医疗本领的专家、教授级高级医师直觉偌大的青海湖、广袤的祁连山似乎没有他立脚和喘息之地，一种苍凉空旷的悲哀袭遍全身，加上高山缺氧、水米没沾牙，眼前一黑差点趴下。

好歹也得吃一口啊，医师对低血糖的高度敏感让他明白必须吃点啥才能恢复些体力，否则就不是援医而是添乱了。

“三十功名尘与土，八千里路云和月。”

咬着牙强打精神，他买了包方便面。炉火如同鬼火有气无力地晃着，随着微弱能量的注入总算开了锅，他端起碗准备狼吞虎咽，而他一筷子面条碰到嘴，那软绵绵的裹着夹生味的丝状物，如同一团老棉花塞进嘴里磨磨叽叽直打转，几次努力试图顺着嗓子以外力的压迫强行挤压下去，可无论如何挤眉弄眼都不能使之屈服，那丝状物竟在嘴里打磨周旋，即便成了糨糊也不肯往下走。战胜饥饿的念头激励着他硬着头皮往下压，不料恶心感为虎作伥助纣为虐，剧烈的呕吐连番上演。

高山缺氧，气压太低，开水只有八十摄氏度，要煮出正常熟食还欠二十摄氏度呢，欠火，欠火，太欠火了！一边合计自己的浅薄一边难受于那幸灾乐祸的白眼，内心翻江倒海，有生以来除了青少年，今天再一次洋相尽出。

他咽不下去，表面的光鲜掩盖不住内在的夹生，那食物对他不再亲切反而使他连番呕吐。接待者漠然地看着这可怜又蹩脚的东北汉子。他只好又买了包咸菜以吊起喝水的欲望，然而那温暾水同样使人反胃。

令人牵挂的卓尔山

可是，时间紧、任务重，病人在企望着，我却纠缠肚子的怨言，多么孩子气。夹生面没有改写饥肠辘辘，哀痛的呻吟却令人牵挂。

背起药箱就要迈出门槛，透支的体力和衰弱的呼吸让他气喘吁吁、大汗淋漓，种种迹象警示着体能透支的危险，治病救人必先保证医师身体不垮，否则就不是援医而是添乱，随即他已顾不得生熟，狼吞虎咽的本能大显神威，于是夹生面混合着连汤带水的榨菜一股脑挤压下去，再喝口温暾的水，踉踉跄跄奔了出去。

患者至上，刻不容缓。然而，若无请缨武汉抗疫的情节，这与医师融为一体的卓尔山上的故事将与我们失之交臂。

卓尔山在祁连县八宝镇，边上是一肩挑两山的八宝河，哈达般洁白的河流对面是牛心山，两侧的拉洞峡和白杨沟大峡谷，背面便是祁连山脉。卓尔山和牛心山是一对情深意长的情侣，共同守护着祁连山水。绮丽浪漫的景致丝毫没有激起医师欣赏的情趣，相反越是向上攀爬呼吸越是紧迫。卓尔山只有望山跑死马的感慨，嘶吼的西北风助纣为虐，他在冷漠的接待者的引领下，翻过一道道莽无边际的山峰，气喘吁吁，大汗淋漓，那药箱犹如祁连山般沉重，时不时地掉下来打在腿上，走在荆棘丛生的羊肠小道，使得喘息和脚步都不听使唤，整个身体只靠惯性被动着坚持着前进。

“不到长城非好汉。”

两个多小时的挣扎使他终于看到希望，那影影绰绰的小村子在山坳里沉重地蜷缩僵卧着。村庄就在眼前，可小路走起来却迷宫一样折磨人，几声鸡鸣犬吠，依稀的牦牛吼声是全部的生机。一路无语，只有上气不接下气的喘息，两脚磨出血淋淋的水泡，天哪，可算到了。

这是只有炕上那口老柜还算密闭的四处漏风的农户，古稀老人在老病折磨下两眼呆滞，有气无力，老伴颤抖的手心中是两粒镇痛片，老人习惯性地咽下去，他两眼直勾勾盯着这从天而降的医生，医师在老人的注视下，握上那青筋凸起麻秆样的手腕。三分钟后，医师问那老人对药物过敏吗？老伴说没试过，庄稼人皮实。医师露出一丝苦笑，试了敏，二十分钟后，一剂药顺着针头缓缓进入凸起的血管中。然后，一纸方剂密密麻麻地被医师写出来。老太太像看天书一样愣愣地盯着，这药方如小孙女的作业一般充满神秘感。

“大娘，赶紧抓药吧，不然很危险。大病都是误诊和耽误造成的。”

反复发作的肝吸性血虫症、肺气肿使老人到了不能下地的程度，加上风湿性心脏病、高血压，老人随时有生命危险。但医师不忍直言相告，风烛残年的老人受不得精神上的打击。这是医师的心里话。

看完了老人，村民又带他走了三户人家。村民们患的基本是肝脏血吸虫病，这与喜欢吃半生不熟的肉大有干系。一些村民还有心肺和腰腿疼病，这是不是与高山缺氧有直接关系呢？但医师恍然大悟：山高水险、封闭意识、缺医少药，才是大山的病根子啊！

这一年他挨家挨户探病治病、接骨疗伤，每月都要医治二百多人。他是这里不落户的村民，老乡们奔走相告医师的神能：“太厉害了！几十年的老病秧子他一摸一瞧，那铁圈往胸脯一贴就知道是啥病，药也下好了！哎呀妈呀，咱哪见过？真神啊！”“难怪人家戴着恁厚的眼镜，瓶底子似的，得念多少书啊？真有能耐！”老乡绘声绘色描述着那神医，消息很快传遍了祁连县。

然而，有一家子的异常喧闹让他心惊胆战。如果是从前，这两条人命就要在大山涧中坐以待毙，任由命运的摆布了。原来，一位三十四岁的农家妇女正在土炕上翻身打滚、哭天喊地。

医师听那声音，估摸是难产妇女，三步两步奔进低矮破旧的土房子里，果然那妹子正捶打双腿、拼死挣扎，哭号着诅咒阎王的歹毒残酷。

当挎药箱戴“瓶底”眼镜的医师进来时，难产妇女才像看到救星一样，压抑了哭号。医师撩开她的衣服，摩动那起伏的腹部，来回数圈，摸了脉，皱起眉。他曾跟随奶奶见识过各种各样的难产，积累的丰富而独到的经验使他能够独立解决问题，而眼前的情形他却从没见过。一般难产是因为婴儿形体过大、过胖，因此需要剖腹；还有是因为母体虚弱以及脐带异常……而此刻他注意到，这位产妇腹中胎儿颠倒，头部在子宫口后面，腿脚非正常伸直而屈于臀部。两种情况同时出现，问题空前严重。医师满头大汗，本应用仪器确诊胎位，可这里距离医院二百多里，山高路险，都是悬于山崖间的羊肠小道，产妇又分娩在即。

没办法，医师再次于腹部摸索着，进一步确认之前的判断准确无疑，便立即实施中医推拿按摩手法。

屋外的村民们都捏着一把汗，为医师判断的准确性和措施的有效性担心。

村民们都知道医师是东北来的，是中西结合的神医，却并不了解他的接生能力，疑虑并未因医师的镇静而消失。老母亲满头大汗哆哆嗦嗦，不知从哪寻来一炷香，颤抖着点上，双手合十，嘴里还念念有词，继而又在医师身旁手举香火连声揖拜，那混浊不清的语言，是在连连祈求菩萨保佑。医师窘迫难当，可产妇依旧痛不欲生，他只好继续背负着生命的重压实施紧急抢救。

汗水滴答滴答落在起伏的腹部，随着推拿动作的进行，那女子腹部竟渐渐平缓起来，医生脸上露出一丝淡淡的微笑，胎儿形态终于变好。于是他继续进行穴道按摩和经络调整，胎位逐渐被矫正，分娩现出一丝曙光。

不料，那女子又突然剧烈地抖动，胯下血流如注，脸色蜡黄，心跳骤然加剧。医师紧皱眉头，他最不愿看到的情况发生了：心绞痛与大出血携手而来，必须强化特殊治疗，紧急注射强心剂稳定心脏。然而大出血虽有缓解却依然继续，人们惊骇异常，而医师却发现了那微微的蠕动……随即心情略有放松。

沉默，沉默，惊骇着生死未卜的沉默，只有医师的观察和镇静的治疗在持续推进。

一天即将过去，深夜十一点四十分的一声啼哭，使医师终于舒展了眉头，人们扔掉恐惧，八斤的男婴终于降生了。

医师被激动的村民们簇拥着，有个男人非要和医师痛喝一顿不可。有人说，张医师也是这孩子的父亲啊！小屋里的村民们高兴得笑开了花。一身疲倦的医师只觉浑身散架，而他全面而精湛的医术随着那笑声响在卓尔山，响在八宝河，千山雄鹰是这里最贴心的人。

但一个意外，差点夺去千山雄鹰的生命。

辛勤的医师顶着星星赶路，为了明天的另一个村子。走着走着，如钩的月牙突兀地被西北的乌云吞没，庞然耸立的卓尔山被淹没于狂风怒吼中。医师在崎岖的羊肠小道上颠簸。天是一顶乌黑幔帐，地是茫茫锅底。他小心翼翼辨别着脚下的路，忽然大雨夹着冰雹倾盆而下，毫无遮挡之物，肆虐的狂风将放在头顶遮雨的药箱吹得摇摇晃晃，身体被刮得趔趔趄趄，大雨冰雹仿佛专门为他而来，顺着脖领和胸脯往下灌，他恍惚觉得狂风骤雨将他推到大河边缘，叫天不灵叫地不应。

但医师生长在千山，面对深沟险壑，他镇静地挽起裤脚就要扎进那狂涛骇浪之中。他想要涉河横渡，冲到对岸，可眼前竟是一条横断的山涧，深不见底！他开始怀疑自己的眼力，索性摘掉眼镜摸索着，这一条深不可测的狭长深谷，使他意识到自己迷了路，这“大河”正是拉洞峡最惊险的白杨沟大峡谷。

这是一段死亡之谷！这峡谷所在地叫漠勒镇，重叠着奇异的地理构造，处于海拔四千一百米的山峰之间。放在大城市周边将是得天独厚的旅游探险景观。而十年前，在青海省祁连县却是极端的险要，人称死人谷。四千多米的峡谷都是悬崖绝壁、怪石嶙峋，中间夹着百米宽的深壑，纵深遥远、深不可测。在极端天气中而迷路，被风雨雪雾豺狼野兽夺命者不计其数，是大人用来吓唬孩子的魔窟。他喜欢风景，而此时已被暴风雨折磨得浑身战栗，浑身浸透冰雨寸步难行。摘掉的眼镜也不知丢到哪里，他艰难地摸索着，不料又一波暴风雨袭来，风疾云涌加上高山缺氧，使他的呼吸更加紧迫。忽然，他一个趔趄栽倒在大石头堆垒的缝隙中，犹如一只心力交瘁、匍匐颠簸的骆驼痛失前蹄而卧倒……

说起这段经历，这位血性的千山雄鹰竟泪眼迷离，至今感慨着那位祁连山上的患难之交。“如果不是先巴才朗医生的冒险搭救，亲兄弟一样的贴心呵护，我张生海的小命就没了。”

先巴才朗，祁连镇医院的医生。几个月来，张医师建立的良好口碑使他五体投地、敬佩有加，那手术过程既精益求精又别有创建，成了先巴才朗学习的榜样。先巴才朗也关心他的安危冷暖，二人惺惺相惜。

医师醒来，已是中午时分。昨夜石头缝中遇险，正是先巴才朗医生一路寻找，在大峡谷看到一袭白大褂，随即一路辗转连背带扛、跌跌撞撞地救回了他。命是保住了，身体却受到了重创，发烧作为大叶肺炎的导火索持续着，缺氧的胸肌压迫心脏，使他咯出血痰。医师意识到还有个帮凶——肝昏迷的重创正与大叶肺炎合谋助纣为虐，如无果断措施，肺气肿、肺心病、肝硬化是必然的。

兴许是心灵感应，老父老母、妻子儿子抑制不住久久的记挂和思念，打来电话说你再不回家看看，咱就去看你！他苦笑着，能给祁连山的人民治病救命，来得越多越快越好！家人无言以对。

并非尾声的尾声

在祁连山脉卓尔山的战斗中，医师始终处于殊死拼搏的状态。国家政策规定，赴青海援医人员享受与援藏者同等待遇，这在职务职称晋升都是占优势的，但这些待遇对他来说并不重要。当医师完成一年的援医任务告别卓尔山时，他把一年所得两万余元出差补助连同奖金，悉数留给了祁连镇医院。医院领导再三拒绝接受这些血汗善款。医师与他们握手告别时涕泪横流，他舍不得离开这令他刻骨铭心的偏远苍野，这清贫质朴的世界。那簌簌流淌的热泪既是他心泉之水，也是他凝结在灵魂深处的脉动。虽然他有奔波劳累八十余年的一双古稀老人需要保健营养，正在上小学的儿子需要增强体质，做教师的妻子在不断开放的新潮流中也有美的追求，但当他看到祁连镇，看到卓尔山风霜雪雨、缺医少药、步履蹒跚、颠簸奔爬、以命拼搏的老乡时，还是决定把钱留在祁连镇医院。

这就是千山雄鹰的性格禀赋，一位奉献于卓尔山上的中国医师的血性。此时此刻，他的形象更加熠熠生辉、光芒万丈。

离别卓尔山三年后的2015年，祁连镇医院的好友先巴才朗医生来到辽宁鞍山，奔赴千山，沿着一线天、天外天，登临五佛顶，攀登仙人台，一览千朵莲花山的无限风光，老友重逢的喜悦，再一次将这位血性医师的心接回了卓尔山。

他能忘掉卓尔山吗？在我们提出这个问题的时候，医师的网名已经是卓尔山了，他的潜意识里充满了祁连山、卓尔山的每一棵树、每一棵草、每一朵格桑花、每一头牦牛、每一朵冰山雪莲。他也是北国的千山雄鹰，一名在祖国、在社会、在人民需要的节骨眼上舍生忘死、大义凛然的鞍山市中心医院教授级专家医师——张生海。

用情留住精彩，让爱生生不息

——记德艺双馨的摄影家刘生生

◎江　颖

2021年9月26日下午，一场妙趣横生的摄影讲座正在沈阳市沈北新区某社区阶梯教室进行。大屏幕前身穿格衬衣、牛仔裤，鹤发童颜，精神矍铄的主讲老师正用一帧帧图片娓娓道来摄影技术、摄影理念，还有照片背后的故事。上百名来自沈城四面八方的摄影爱好者慕名而来，他们跟随着老师的讲解，领略着纪实摄影的魅力。老师饶有兴趣地讲，观众聚精会神地听，时光静静地流淌……

眼前，受摄影人追捧爱戴的主讲老师叫刘生生，高级记者，沈阳晚报原副总编兼摄影部主任，中国晚报摄影学会副主席兼秘书长，沈阳市摄影家协会副主席，辽宁省第十一届人大代表，中国摄影家协会德艺双馨摄影家，中国首届阳光记者，沈阳市劳动模范，省、市学雷锋标兵，优秀共产党员。1996年出版画册《中国当代摄影家精品集——刘生生摄影专辑》，2013年出版图片书《沈阳·30年100个记忆》。

摄影是一份初心

迷上摄影是在刘生生二十岁那年夏天，那时他在沈阳机车车辆厂工作。

1971年，十六岁的刘生生初中毕业，机缘巧合，他进厂做了一名机床维修电工。20世纪70年代，沈阳机车车辆厂在全国机车行业是数一数二的龙头企业，在沈阳也是为数不多的万人大厂。它的前身是1925年由北洋政府交通部投资兴建的“皇姑屯修车厂”，1931年日本人侵占沈阳后更名为“满洲铁道工厂”，新中国成立后，该厂由铁道部直属管理，负责维修火车头与货车车厢。少年刘生生穿着崭新的工作服，迎着朝阳，走在宽阔的厂区。耳畔机器轰鸣，空中红旗飘飘，与工人师傅在一起，刘生生心底格外自豪！

在市政府工作的父亲与做儿科医生的母亲勉励他，要积极向上，虚心学习，做对社会有用的人。天资聪慧的刘生生谨记父母的教导，凭借着不服输的进取精神，勤学苦练，很快便脱颖而出，无论在政治思想方面还是工作方面，都取得了优异的成绩。1974年春天，他作为沈阳优秀青年工人代表走上了沈阳市文化宫的讲台，在中心会场，向全市上百万守候在收音机旁的听众朋友做经验交流。这是青年刘生生的高光时刻，也为刘生生未来的成长之路奠定了坚实基础。家庭教育的熏陶，让他脚踏实地，热爱生活；淳朴善良的工人师傅教会他先人后己，吃苦耐劳；火热的工厂生活，淬炼了他仁爱宽广的胸怀。

从小就喜欢绘画的刘生生，业余时间主动承包了车间的黑板报绘制工作。午休时间，人们常常看到一位穿着工装、瘦高的小伙子站在板凳上，或画图，或书写，五颜六色的粉笔灰落得他满头满肩像个花猫。机修车间图文并茂、妙趣横生的黑板报成为沈阳机车车辆厂一道别致的风景。来来往往的行人，忍不住停下匆忙的脚步，驻足几分钟，感知国家事、身边事，同时也被赏心悦目的图文感召着，精神抖擞地投入工作中。

年少时受父亲影响，刘生生早早地就认识了照相机。车间里，工人师傅汗流浃背热火朝天的生产场景；厂区里，朝霞暮雨春夏秋冬的四季美景；子弟学校里，孩子们天真烂漫、活泼可爱的张张笑脸……这些日常所见，带给刘生生源源不断的艺术灵感，激发着刘生生内心燃烧的创作火焰。“用相机去述说，用影像去记录”，这是四十年前的那个夏天，刘生生冥冥之中许下的一个心愿。

初心就是砥砺前行的动力。无论酷暑严寒，刘生生背着父亲的照相机，白天游走在方圆一平方公里的厂区及周边配套设施齐全的家属区；晚上挑灯夜战，在暗房放大冲洗胶片，刻苦钻研摄影技术。他的工资几乎都用在了买胶卷、药水、专业书上。功夫不负有心人，他的摄影作品不断地被刊登在《沈厂工人报》，间或也会被《沈阳日报》采用，受到工友们的称赞。

是金子总会发光的。1976年，厂领导慧眼识人，刘生生由生产一线调入厂宣传部，加入《沈厂工人报》编辑部。由工人成为一名机关干部。身份的转变对二十一岁的刘生生来说，既是荣誉肯定，也是鞭策鼓舞。他不用扬鞭自奋蹄，每天走路吃饭，满脑子想的都是选取什么题材拍摄，怎样把厂区新貌宣传好，这使他更加坚定了对摄影的热爱。

1976年在中国近代史上注定是浓墨重彩值得铭记的一年，也是国家的转折点。二十一岁的刘生生暗下决心，自己手中的照相机，要像战士的枪、鲁迅的笔，把蕴藏在心底最深处的家国情怀，用摄影作品抒发出来。他坚信：影像留下的是时空的记忆，凝固的是历史的瞬间。再不经意的一个画面，时间也会赋予它永恒的生命和珍贵的价值。一个人，一个家庭，一个单位，一个社会，总要有沉淀历史的留存，那是文化的演变，那是精神的闪现，那是物质的折射。

摄影是一份情怀

机会总是留给有准备的人。通讯员刘生生接地气、关注人物、与众不同的图片引起了《沈阳日报》总编辑刘黑枷的关注。1981

年，他破格把刘生生调入《沈阳日报》担任专职摄影记者。《沈阳日报》给刘生生提供了更高、更广阔的发展平台。从此，刘生生把摄影作为终身职业，倾注了真挚情感。

在众多的摄影门类与派别中，刘生生偏爱纪实摄影。他的摄影区别于其他，独树一帜。他不愿被曝光、快门、速度、白平衡等摄影技术束缚，不靠炫技来哗众取宠。镜头后面，更多的是他的独立思考。他认为在智能手机普及的今天，一幅照片从想要拍，到按下快门的几秒钟，是每个人都会的简单操作。在批量缔造摄影师的时代，一幅优秀的摄影作品应该赋予它某种立意内核，传递给观众些许共鸣感悟，需要摄影师有一双发现美的眼睛。他鼓励摄影人走上街头，汇入生活，“街”是社会的大舞台，在“街”上可以看到人们的喜怒哀乐，世间百态。街拍最能发挥纪实摄影的长处，如摄影大师布列松和杜瓦诺等，通过街拍看到生活的本源，记录现实生活。

四十多年来，他挎着相机，起早贪黑，走遍沈阳大街小巷。他说：“不停地行走，是相信前面一定有更美丽的风景；不断地追求，是因为大千世界融进了铁骨铮铮；不懈地努力，是相信镜头里总有讲不完的故事；不期地守候，是因为人生的艺术显示艺术的人生。”他用一幅幅沈阳地标景象图片记录和见证改革开放四十年来沈阳天翻地覆的发展变化，展示沈城秀丽旖旎的城市风光；他用一幅幅具有时代温度的作品，贴近沈城人民，关注普通人酸甜苦辣的市井生活，给人留下温馨幸福的美好回忆。

这些年，为了摄影，他已记不清磨坏了多少双鞋，更换了多少台照相机，弄丢骑废了多少辆自行车；为了摄影，在没有无人机的时代，他曾经爬上几十米高的塔吊取景，眩晕了，如果摔落下来，后果不堪设想；为了摄影，他曾经“潜伏”在排队购买彩电的人群里，度过漫长寒冷的冬夜；为了摄影，他曾经厚着脸皮，与顶楼的住户搭讪，只为登堂入室俯拍一张构图满意的照片；为了摄影，他曾经在特大暴风雪中徒步四个小时，耳朵被冻伤，起了水泡。为了摄影，中暑、饿肚子、忘记接孩子、丢了钱包证件、崴了脚……这样的糗事一箩筐。无论遇到什么艰难险阻，什么样的磨难，支撑刘生生一路走过来的是他对摄影矢志不渝的热爱，是他对家乡、对民生的牵挂。他把个人情感融入每一张照片之中，用镜头释放家国情怀。

摄影是一份担当

从一名普通的摄影记者，到享誉沈阳乃至全国的摄影家。四十年间，刘生生从普通人的视角，用镜头讲述沈阳故事，用影像见证改革开放进程中的家乡巨变，已成为他的使命担当。

生在沈阳，长在沈阳，刘生生对沈阳的爱就像在母亲的怀抱里，温馨，祥和，快乐。城市是生活与梦想的重要场所，城市风貌会在人们的记忆里留下难以磨灭的印记。刘生生拍摄的图片既有中山广场、太原街、沈阳站、五里河体育场、东塔机场、五爱街等铭记沈阳城市集体记忆的独特“符号”，同时也有《一支抢煤大军》《呛人的大烟囱》《排长队买牛奶》《洪水吞没家园》《“上帝”被训斥》等关注社会弱势群体，聚焦社会不和谐现象的记录。法国摄影师巴贝曾说：“摄影是唯一一种全世界通用的语言。而纪实照片，应该就是最好的佐证。”

2013年，刘生生的《沈阳·30年100个记忆》由沈阳出版社出版。一张照片讲述一个沈阳故事，一百个记忆走过三十年，该书出版后当年就被评为辽宁省优秀图书奖。从出书的创意、照片的甄选、文字的撰写、版面的编辑、封面的设计、开本的选择，事无巨细全部由刘生生自己来做，其中的甘苦与快乐可想而知。读者欣赏图片，阅读作者说给母亲城的心里话，沉浸在饱含纪实性和浓浓情感的文字中，感受到摄影家的付出与担当。《沈阳晚报》高级记者杨志刚在序言中写道：“读懂城市需要阐释，这些‘历史的切片’留存城市记忆，让瞬间变为永恒，让城市的灵魂得以彰显；读懂城市需要灵感，刘生生把普通变成精美，让城市鲜活得令人魂牵情动；读懂城市需要灵性，他用艺术的灵性创造了流芳的精品，让人触摸到时代的脉搏，感受历史之魂。”这份来自同行的肯定，更加充分证明了摄影家刘生生高超的艺术造诣与高贵的道德情操。

摄影是一份奉献

作为辽宁省第十一届人大代表，刘生生无比珍惜人民赋予他的使命。积极参政议政，认真履职，其间提出了二十余份关注民生与城市发展的建议。他认为：如果每个人都自觉做真、善、美的使者，为社会奉献一片绿叶，这个社会就会春色满园。

日本摄影家荒木经惟曾说，最好的摄影就是寻找日常生活中的爱。爱不仅是一种方式，也是“亲切的长存”。在刘生生的摄影作品里最不缺少的就是一幅幅饱含爱意的照片。从1984年儿子出生，到2004年儿子长大成人，二十年间从未间断过的“母子照”，是父亲送给儿子最珍贵的礼物；每隔三年在同一背景为长发女王丽娟与女儿拍摄的合影，见证了奇迹，也记录了亲情；照片中，1980年上幼儿园大班的孩子到2000年二十年后再相聚，让人们想起那首歌《时间都去哪儿了》。而且，刘生生常与自己作品中的人物因一面之缘成为一生朋友。就在最近，1978年在工厂时期拍摄的照片《我们唱着东方红》中的女主角，已经古稀之年，还邀请他为自己再拍一张生活照。

1992年妇女节，刘生生关注流浪儿童撰写的摄影通讯《父母离异儿吞恶果，小小年纪周游四方》被《沈阳晚报》刊登后，引起了强烈的社会反响，读者来信如雪片般涌向报社。文章被《辽宁日报》《黑龙江日报》转载，流浪儿童很快有了归宿。同时又有一位四十多岁的妇女带着三个女儿手持报纸来到报社，等了三天，终于见到采访归来的刘生生，她强烈要求刘生生帮助其寻找亲生父母。刘生生非常同情她的不幸遭遇，撰写了摄影通讯《亲生父母，你在哪里?》刊登在报纸头版，在那个通信不发达的时代，报纸有着无可替代的磅礴力量，没过几天，女子的父亲就出现了，父女相认，揭开了她的身世之谜。在这次寻亲过程中，刘生生了解到妇女是一名单亲妈妈，便同爱人商量，尽己之力，救助孤儿寡母，这一帮就是十余年，直到妇女最小的女儿参加工作。在刘生生三十五年职业记者生涯中，像这样因采访结缘，因同情而长期救助的对象还有好几位，也因此，刘生生被授予省、市学雷锋标兵，优秀共产党员。

岁月染白了双鬓，2015年，刘生生退休了。退休后的时间宽裕了，但是刘生生反而更加忙碌了，对摄影的热爱仿佛已经镌刻到他的基因里，令他无法割舍。他与时俱进，购买了无人机，用高科技数字智能化产品为自己的爱好插上飞翔的翅膀。摄影大师布列松喜欢在街头捕捉他的“决定性瞬间”，对于酷爱摄影的刘生生来说，川流不息的城市给他生生不息的灵感，他依旧坚持拍家乡。“故地重游”用无人机拍摄了“高看一眼”系列，全景式展示了沈阳著名地标式广场、建筑的新风貌。用今昔对比方式，唤起沈阳人的共鸣，将他们带回那曾经魂牵梦绕的岁月，也勾起了无数远游的沈阳人那埋藏在内心深处的思乡之情。他系统地梳理四十多年摄影之路所积累的图片，利用无纸化、低成本、节能环保的网络平台，免费分享图片与心得。“高看一眼”系列至今已推送一百三十多期，每周一期，九张图片，配文字说明；目标一千期的“走中国”系列，每期有一百张以下数量的图片，八百至一千字的文字说明，已经推出三百七十多期；“走欧洲”系列，每期九张图片，一百多个文字，已经推出四百期。翻看刘生生的微信、美篇、微博，就是一次令人陶醉的艺术之旅，一定会有某幅照片、某个场景，似曾相识，让你感动。

他走进学校、社区，参加社会活动，义务为摄影爱好者传授摄影技巧，解答影友疑问，分享摄影经验。他累并坚持着，皆因他喜欢享受赠人玫瑰手有余香的快乐。他的无私奉献、诲人不倦的精神，也更加彰显他德艺双馨的人格魅力。

我们生活在一个日新月异的世界里，这个世界上唯一不变的就是变化。刘生生已经六十五岁了，他依旧觉得“革命人永远是年轻”，依旧秉承着“每张图片都独一无二，每个镜头都传递着爱之心声”的摄影追求。他无比热爱着生他养他的家乡沈阳，无比热爱着最抚人心的人间烟火。他认真记录着母亲城的春夏秋冬，也记录着人生的春夏秋冬，无数个春夏秋冬汇聚成红尘滚滚的沸腾生活。

岁月如歌，城市有情。

留住精彩，生生不息……

身残志坚的掌舵人

——记辽宁省“自强模范”杨景学

◎柴宝侠

杨景学是个敲碎骨头也要挺直脊梁的人。

他中等身材，皮肤被阳光晒出了古铜色，脸上写满了沧桑。他说话直来直去，开门见山，是个爽快、豁达、刚强的东北汉子。

他因见义勇为成为残疾人，他组建残疾人民间艺术团四处播撒笑声，他成立托老中心，为残疾人创办自强自立的家园……他的人生路上既有风雨和坎坷，也有阳光和彩虹。

杨景学出生在黑龙江省一个偏远、贫困的小村，十八岁的他随父亲来到辽宁，在一个矿区的农场上班。

是金子，到哪儿都会发光。在农场上班后不久，他被调到机关招待所工作。后来，他发现挖沙子更挣钱，就去挖沙子卖。

9月入秋天转凉，杨景学穿上厚厚的工作服，扛着铁锹，拿着绳子，起大早来到郊外挖沙子。他将绳子的一头拴在树上，另一头系到腰上，跳进冰冷的、没膝深的水坑里挖沙子。挖一车沙子四元钱，起个大早能挖三车。三车沙子挖完，双腿早已被冷水泡麻木了，不听使唤。他只有拉住绳子才能从水坑里爬上来，然后脱掉裤子在太阳底下一通暴晒，才缓通血脉，恢复知觉……

就这样，杨景学用挖沙子攒下的八十元钱和妻子在街边开了个小小的馅饼店。妻子做的馅饼皮薄、馅大，外焦里嫩，别有一股香味，很受顾客欢迎，生意很快就红火起来。一年后，杨景学家的日子就像烙饼一样香喷喷地翻身了。

美好的生活刚刚向杨家招手，杨景学没来得及和财神爷拥抱，火神爷却拦腰来了一棍，将杨景学打倒。

北方寒冷的夜晚哈气成霜，住在独身宿舍三楼的杨景学想到走廊透透气。一推门，一股刺鼻的烟味扑面而来。不好，着火了！杨景学直奔一楼的电梯间拉电闸，当跑到二楼的拐角时，一股浓烟黑云般地漫过来，他脱下棉衣蒙住脑袋，冲进滚滚浓烟里。他在黑暗中摸索着拉下电闸，一颗悬着的心才放下来，虽然已经累得气喘吁吁，但他不顾自身安危，又像雄狮一样冲上三楼，踹开窗户。

此刻，被惊醒的人们蜂拥着往外跑，杨景学一边紧急疏散人群，一边与迅速赶到的消防队员联系救火。就在消防员指挥杨景学等人在三楼窗户上接水带时，意外发生了：巨龙般的水带奔突着飞到三楼，强烈的冲力像洪水猛兽般将杨景学连同他手扳着的窗框撕裂，重重地从三楼打落，只听嘭的一声，杨景学摔倒在地，瞬间失去了知觉。六百多人的安全保住了，杨景学被送进了医院急救。他的颈椎骨摔坏，造成下半身瘫痪。一个生龙活虎的硬汉子就这样失去了走路的能力，他像一只折断翅膀的雄鹰，绝望地在草地上挣扎，无奈地喘息着。

一个人的躯体垮台时，他的精神世界也会随之坍塌吗？杨景学给出的答案只有一个字：不！他用张海迪的事迹不断为自己鼓劲。

这天病友老孙唱起了二人转小帽："正月里来是新年，大年初一头一天哪，家家团圆会呀……"

沉闷的病房里，气氛活跃起来，还吸引了别的病房的几个病友争相献艺。他们和杨景学一样喜欢东北传统的二人转小曲小调。

杨景学被病友的热情所感动。一个奇思妙想在他的脑海里出现："何不把这些残疾人组织起来，成立个小剧团，让他们发挥特长，有事干，有钱赚，既为社会减轻负担，也体现出了我们残疾人的价值。"灵光一现，杨景学兴奋得差点从病床上滚落下来。

出院后，杨景学拄着双拐开始招兵买马，筹建剧团。乐队和演员都是残疾人，每天演出传统的二人转和自编自导的乡土剧，不久便闻名十里八村。别看是草台班子，别看都是残疾人，他们却用九腔十八调七十二咳咳征服了大江南北，将快乐和笑声洒向长城内外。在全国各地巡回演出超过一千场。

随着眼界的不断开阔，杨景学的精神世界也像冲天的火箭一样得到了升华。以前，他考虑更多的是干点什么能够赚钱，现在考虑的是干什么才能体现人生价值。

2018年他建成西山社区养老服务中心，五十多名老人在这里安度晚年。让人惊讶的是，这么多老人聚居着的地方，竟然没有一丝一缕的"老人味"，四周飘散的是沁人心脾的花香。

走到一个空铺处，杨景学失落地拍了拍床头，伤心地说："老人家上个星期'走'了……"神态就像亲儿子。

"儿女都上班，白天没人陪，愿意到这里来。这里环境好，有人唠嗑，有人说笑，比在家里热闹。"八十一岁的张淑清老太和老伴是第一批入住的老人，他们在这里过得快乐，过得舒服。她说杨景学的老年公寓不是"挣钱"公寓，是享福的家！

2021年初夏，杨景学为了扩大养老事业发展，他把一片荒山变成青山，把绿水青山变成金山银山，在那里建起大型托养老中心。中心的主体建筑是个六千多平方米的二层楼房，设五百多张床位，中心周围栽植了近千棵果树。待夏花绚丽、瓜果飘香之际你来这里参观，定会情不自禁地大呼一声："简直是个世外桃源！"

回眸那个掩映在一片绿色海洋里的百亩养老中心，越看越像一叶承载着孝心大爱的扁舟，掌舵人杨景学正以双拐为桨，率领着一群身残志坚的水手，开始新的航程……

一位“80后”美术馆馆长的华丽蝶变

◎李　玲

题记：芸芸众生，每一个人都不甘平庸，总是梦想着有一天自己会蜕变，像蝴蝶一样，在这个繁华的世界里，翩翩起舞。

1

初见胡永桥是在辽河美术馆，应该是2020年的夏天，参加一位画家朋友的个展开幕仪式，在盘锦，能够在这座东北地区最大最有影响力的美术馆举办画展，是许多色彩艺术追梦人的奢望。那时，胡永桥是馆长，他给我的印象更像是一个朝气蓬勃的阳光大男孩，长相帅气，谈吐真诚。

这一次见胡永桥是在兴隆台区文化馆他的工作室，自从去年听说他离开了工作十八年的辽河美术馆，主动申请调转来做一名普通馆员，就想过来探其缘由。今年初，在他低调的微信朋友圈里我们惊喜地看到一则消息，他的油画作品《乐在其中》入选主题为“生命之光”的2022第九届中国北京国际美术双年展，这是一个名副其实的国字号美术大展，由中国文学艺术界联合会、北京市人民政府、中国美术家协会共同主办，在举世瞩目的北京冬奥会期间亮相于中国美术馆。据说这次双年展组委会收到124个国家和地区5352位艺术家投稿近6000件，最后评出117个国家和地区的艺术家573人，参展作品共计707件。竞争如此激烈，胡永桥是盘锦进入此项展览的第一人，史无前例，他却自称幸运入选，或许只有他自己明白，其实这是他能够静下心来重新倾听内心的声音，重新审视自己的成长轨迹，给“冲动”的自己找一个坚持下去的理由。这是他人生旅途中的一次超越的机会。

2

“作品有幸入围展览，还被馆藏，对自己来说是一次不小的鼓励，此项展览是国家级重要的展览品牌之一，也是世界上参与国家和艺术家最多的国际展览。由于疫情关系没有能够亲临现场，不过，还是非常欣慰的。”胡永桥开心地让我看朋友发给他的照片——在中国最高级别的美术殿堂，他的《乐在其中》像一个初出茅庐的孩子，羞答答地站在那么多的大家之作身边，一种一语难表的激动油然而生。这幅作品题材表现的是广大群众受到2022年北京冬奥精神的感染，积极参加冰雪项目的场景，每个人都可以感受冰雪运动的乐趣。这次创作较他以往风格有了比较大的突破和转变，利用黑、白、灰几大色块更加平面化地展现出夜间雪场天、地、人的空间关系，用笔更加肯定，有点像中国画大写意的洒脱。胡永桥试图在油画作品里面尝试中国绘画体系和中国人文精神中所独有的写意性表达，意在笔先，意在笔中，气韵生动是中国画的独创，有着更高级的艺术表现力。

“你是怎样认识中国油画的？怎样用油画语言讲述中国故事？”

“讲好中国故事是每一个美术工作者的神圣使命。我们没有喝过塞纳河的水，祖祖辈辈都是读着《春秋》《诗经》和唐诗宋词长大的，我们的血液里流淌着的是中国的文脉，我们的情愫里充满着深切的诗意。”胡永桥平静地说，国内外评论界都有种声音说中国人画的油画不够油画，与西方的绘画体系有区别。不过，这恰恰是中国油画的特点，再怎么样去献媚也很难与国外的审美达成完整的共识，到最后也只是邯郸学步，东施效颦。随着我国的政治、经济地位在世界上的不断提升，文化自信理应在此彰显。油画是最适合向外展现中国文化自信的领域，用世界看得懂的语言，展现中国的精神，讲述中国的故事。胡永桥表示，作为一名土生土长的油画家，用最熟悉的题材，融入写意性的表达方式来体现属于自己的人文精神，是他未来在油画语言探索上追求和努力的方向。

“你选择做职业画家，就是为了做更好的自己吗?”

“是的，俗话说一心不能二用，我已经找到属于自己心底的那份热爱!”胡永桥充满自信地说，作为一种艺术语言，油画包括色彩、明暗、线条、肌理、笔触、质感、光感、空间、构图等多项造型因素，油画技法的作用在于将各项造型因素综合地或侧重单项地体现出来，油画材料的性能充分提供了在二度的平面底子上运用多种技法的可能。油画的制作过程就是艺术家自觉地熟练地驾驭材料、选择并运用可以表达艺术思想、形成艺术形象的创造过程。油画作品既表达了艺术家赋予的思想内容，又展示了油画语言独特的美。他要抓住最好的时光，创造自己最大的人生价值。

3

胡永桥总是说自己是幸运的，有处处理解包容自己的父母，有贴心与自己同甘共苦的妻子，有聪明懂事与美术越来越有缘分的儿子……1998年，还在读高中二年级下学期的胡永桥，因为偏科，为了能考上好一点的大学，萌生出学一个特长专业的想法，在母亲的支持下，抱着试试看的态度拿起画笔，时任兴隆台区文化馆美术部主任的著名画家胡泽涛老师成了胡永桥的美术领路人。由于起步晚，从拿起画笔到高考加试也就半年多一点的时间，看着同画室的小伙伴们谈笑间的轻松，胡永桥的心里则是重重的压力和对未来不确定的恐惧，他曾经在晚上十点的红旗大街上骑着自行车对着寒冷的天空狂喊，宣泄一个懵懂迷茫的青年人无处安放的情绪。在那段艰难的日子里，他有幸接触到史力江、顾希之等美术界前辈，他们对待艺术的激情与执着始终影响着他从艺的态度，从他们的行动和眼神中能感受到一种力量，艺术的火焰在他心里冉冉升起……或许是骨子里就具有一种美术家的天分，胡永桥顺利通过高考，一下子得到五个专业的录取通知书或许是为了毕业后的生计，他放弃鲁迅美术学院教育系，选择了辽宁师范大学的非教育专业，学习平面设计。

2003年，胡永桥毕业后顺利进入兴隆台区文化产业园服务中心工作，三年后成为辽河美术馆第一批进驻的工作人员，一干就是十八年，这期间，胡永桥结识了很多优秀的艺术家，作为部门负责人操刀举办了国家级、省市级美术展览和综合类展览四百多项。遗憾的是大学毕业以后设计工作一直没放下，却没有正经画过画。他欣赏过的作品有几万幅，心里总是时不时蹦出一点点想画起来的情愫，随着时间的推移，看的绘画作品越多，心中对画的那份热爱就越强烈，直到2018年一次偶然的机会，受友人之邀创作了一幅风景画，拿起笔的那一刻，他心中的那团火才被重新点燃。

这一年，胡永桥三十七岁。

4

作为一名业余画家，白天忙日常工作，晚上把自己关进画室，一画就到凌晨。胡永桥深有感触地说，在美术馆十八年的从业经验对于他的美术创作来说是财富，也是障碍。看过太多别人的作品，每位作者都有自己抒情的题材，用着不同的表现手法，各有各的特点。那么，自己的绘画方向该何去何从？要画什么？怎么画？一段时间他经常陷入迷茫和困扰之中。他曾试着在西方美术发展的脉络中抓到一个适合自己的突破点。然而对于美术史的再学习后不但没能马上解决问题，反而更迷茫了——几乎能够尝试的绘画风格都被贴上了大师的标签，甚至让人感同身受一些美术界的批评——架上绘画是否已经走到头了？很多人都去研究装置、影像、新媒体形式了，架上绘画还有没有存在的必要和发展的可能？

“遇到黑暗最好的解决办法，就是先闭起眼睛，因为只有让自己的眼睛适应了黑暗，才能在黑暗中看到一丝光亮。画家画画也是，遇到瓶颈时，不妨放下手中的画笔，走出去放松放松。因为放下了才会看见自己遇到的问题。”胡永桥回忆起在辽师求学的四年难忘时光，他荣幸地遇到了恩师姜肖萍和温犊耕，他们是一对伉俪，是艺术世界的同行人，从他们身上看到了什么是爱——对人的爱，对生活的热爱，对艺术的爱。恩师曾经鼓励他说：“一个人能从事自己喜欢的行业是幸福的。”每当在画室纠结时，胡永桥经常会想起他们，记得恩师第一次看他的静物小品时并没有直接评价，说：“最难画的呀，还是人。”这句话一直重复在他的脑子里，人文精神通过人物表现是最直接的，也是对画家最有考验的题材，艺术要源于生活，取材于生活中的感动，首先要感动自己才能感染观者。那么，什么人是自己最熟悉的呢？他脑海里翻来覆去出现这样一幅画面：几乎每次从画室回家都是凌晨了，地平线已经泛起了黎明的曙光，而此时，那些环卫工人也已经上街工作了，他们幸福吗？胡永桥仿佛找到了灵感。于是，他仔细观察，收集素材。2019年，创作了油画《黎明》，同年入选中国美协主办的“美丽黄河口·全国中国画油画作品展”，这也是胡永桥的作品第一次走出辽宁，走向全国。

《黎明》的成功并没有让胡永桥居功自傲，开心过后是反思，他认识到，这幅画在绘画技巧上并不够精到，表现方法上也是云云而已。下一步要怎么画呢？搞平面设计专业出身的胡永桥，在不断否定自己的过程中找到新的突破口，充分利用基本的图形组合构架出视觉的美感与感受，从平面构成的形式感入手，注重共性的审美体验来确定下一步目标。2020年完成的作品《家书背后》就是一次尝试，单纯的背景结合平面构成化的色块设计，舍弃了很多细节，画面效果很简洁有力量，较好地表现出了空巢老人的生活状态和生命没落期的坚韧感，作品入围中国美协主办的“第八届全国（大芬）中青年油画展”。不过，胡永桥没有停止思考，面对美术创作中一个循环一个循环面临同样的困难，思索着下一幅作品能否有一点新的突破，这期间他又经历了一些不太成功的尝试，看似原地踏步，其实也是为了后面的进步再做铺垫。而后他又创作了家书系列的另一幅作品《一封家书》，作品不仅得到身边老师和同道的共鸣，同时也获得了中国美协主办的“2020·第二届深圳（大芬）国际油画双年展”的入会资格（获奖作品）。此后陆续用同样的表现手法创作了几幅表现匠人精神的作品，均得到了多方认可。

5

在2020至2021年任辽河美术馆馆长期间，胡永桥策划了“山水·风景——全国青年画家邀请展”“切片——艺术观念表达的新审美叙事”“辽宁省油画双年展”等学术性展览，同时也策划了“百姓画展”“行·思小幅油画作品展”“平行世界油画沙龙展”等群众广泛参与的展览。胡永桥认为，美术馆作为一个地区重要的文化事业机构，既有责任在学术方面做好引领工作，同时也有责任做好美育普及工作，让更多的人参与到美术工作中来，让更多的人走进美、欣赏美，让美融进每一个人的生活，这是美术工作者最大的愿望和使命。

胡永桥说，从事美术工作多年，自己的点滴进步都少不了身边各位老师和朋友们的鼓励和斧正，比如，盘锦市美术家协会主席赵世杰老师每次见到他都会问一句最近画没画呀？这一句带着父辈般的关心也似督促的问候让他不敢懈怠，每当把近期作品让老师过目时，总能得到最真诚的鼓励和细致的点评。还有近年来成绩斐然的盘锦市美协常务副主席兼秘书长刘仁，青年画家崔鹏程、王晓派等，都是他的良师益友。艺术路上的孤独与清苦产生的黑暗，不是谁都能感受得到的，或者说想感受就能感受到的。有那么多勤奋、积极的人一起同行，绘画的路上并不孤独。

以个体为中心，划一方平行世界，每一件事物，每一处风景，每一个人，在这个世界里皆有不同的诠释。于大千世界，他们将不同的认知维度、空间表达、绘画风格相融于一体……“平行世界油画沙龙展”是2021年胡永桥与吕寒冰、王宝龙、吴家兴三位志同道合的青年画家共同发起的艺术交流活动，他们是伙伴，是挚友，亦是彼此的老师，相互尊重，相互指正，并肩前行，他们相约每年举办一届，每届同一主题，各自创作比较满意的二十幅作品。通过这种方式督促彼此潜心创作，同一主题、不同风格的作品放在一起比较性更强，展览期间邀请专家老师现场指导，相互分析并提出建议，可以更直接地从彼此作品中相互学习，共同成长。这是一群敢于和自己较劲的艺术追梦人，美好的青春年华给了他们永不服输的力量，他们的未来可期。

人生是一场旅行，亦是一场蝶变，华丽的蝶变——我们在积累中、历练中不断地脱壳，再脱壳，直到最后的破蛹。即便生命的途中我们伤痕累累，但在梦想实现的一瞬间，这伤痕累累也会变成累累果实。

胡永桥还是那么阳光帅气。他说，自己是被命运“逼”上了艺术之路。痛，并快乐着。

附

2021年辽宁散文、报告文学扫描①

◎李耀鹏

重温和回眸2021年度辽宁文学的整体格局，散文和报告文学创作仍旧迸发着夺目的光芒，作家们以踔厉奋发的昂扬之姿抒写大变局时代的尘世之歌，用心灵和精神的秩序拮抗现实世界的复杂，正如刘勰《文心雕龙·时序》篇中所指明："故知文变染乎世情，兴废系乎时序，原始以要终，虽百世可知也。"在那些古朴典雅、轻灵曼妙的文学江河中，辽宁散文家谛听文化历史、启悟现实人生，他们以涓涓细流般的温婉抵牾着生活的惊涛骇浪，在史蒂文斯"最高虚构"的意义上赋予2021年度的散文和报告文学"形而上学"的思想力量。很大程度上，散文家都是"持灯的远游者"，"诗和远方"形诸其笔端得以成为被领略的"风景"，生存的困顿、生活的周遭及至生命的哲思都能够在清澈澄明之境中化于无形，以善念如水的激情润泽天地万物。叶燮在《原诗·外篇上》曾言及道："《虞书》称'诗言志'。志也者，训诂为'心之所之'……则其仰观俯察、遇物触景之会，勃然而兴，旁见侧出，才气心思，溢于笔墨之外。志高则其言洁，志大则其辞弘，志远则其旨永。"辽宁散文家和报告文学

① 2022年度辽宁省教育厅基本科研项目（面上项目）"新时期"以来五四新文学传统重构与论争研究阶段性成果。

家的言洁、辞弘与旨永都源于他们坚定的文化自信，他们的创作实绩无疑为辽宁文学铸塑了不朽的丰碑。

恩格斯在《自然辩证法·导言》中对欧洲的文艺复兴运动给予了盛赞，认定那是“一个需要巨人且产生了巨人——在思维能力、热情和性格方面，在多才多艺和学识渊博方面的巨人的时代”。近年来，辽宁散文和报告文学强劲的创作势头愈发呈现出“巨人时代”的来临。我们有理由坚信，在新时代东北文学（文化）复兴的伟大历史征程中，辽宁散文家和报告文学家凝固的那些具有经典意义的“群星闪耀的时刻”必将绽放出震古烁今的花朵。在建党百年华诞的光辉历史时刻，“文学辽军”以众志成城的赤子之心献礼祖国，滕贞甫主编的《百年颂——百名作家百年礼赞》和《世纪芳华·辽宁颂》集中彰显了辽宁文学家钩沉历史、告慰先烈的深情笔耕。刘兆林的《离我最近那颗星》以浓烈的笔墨书写东北抗日名将赵尚志，既生动地复现了他在历史洪流中不惧风雪艰难前行的坚贞革命理想，更召唤出战争岁月中那些永不陨落的英魂。

王秀杰的《遇见草地》写自己置身在若尔盖大草原忆起红军长征时经历的艰难险阻，油然升腾起对革命先烈的深情缅怀，感佩正是难以计数的无名英雄用他们的青春和热血赢得了今日的和平安宁。遇见草地是向庄严神圣的革命精神致敬，是铭记长征历史中的生命传奇，更是对自由民主的新时代生活的感恩和满足。天高地远，绿野无边，风光秀美的大草原飘荡着雄浑的英雄赞歌。刘文艳的《连心井，生命井》讲述了老党员林声为贫困山村滴答水村农民打井的催人泪下的故事，缺水是滴答水村面临的最大困扰和难题，这样的现实困境严重影响着人民的生产和生活，以至于贫穷落后的面貌在新中国成立十余年后仍没有实质性改变。林声带领当地农民破釜沉舟，以愚公移山般坚韧不拔的毅力寻得水源，实现了共产党人对于人民的忠实诺言。吃水不忘挖井人，村民对于党无微不至的关怀和恩情永记于心，真挚的军民鱼水情至今仍感人肺腑。

闫缜尔的《老家的院墙》在一面墙和一个家庭的历史变迁中锻造出对国家的前途和民族命运的关切，洗练朴素中渗透着掷地有声的真诚。老家的院墙承载着无尽的思念和乡愁，更是凝结着“我”的人生意境和日积月累的信仰。虽然那面刻录着温情和乡容的老墙已经永远消失了，“然而，在经历了生离死别的中年况味中，经历了人生的种种际遇，在与内外杂糅生成的浮躁进行抗争的时候，永远也抹不掉它的印记，它始终都矗立在那里。逝去的岁月愈久远，对父亲的信仰愈坚固，愈让我看清前行的路。”在追梦的路上，镰刀和锤头构筑的信念永不改变。钟素艳的《家事百年》在祖辈、父辈和吾辈三代人日新月异的生活变化中铺叙出国家繁荣昌盛的百年岁月，家事中连缀着国事的脉搏。几代人的人生轨迹就是党领导人民不断谋幸福的胜利诗篇，祖父经历着贫困和饥饿的集体记忆，父亲适逢农村改革的时代新风，而哥哥则有幸在新时代脱贫攻坚和乡村经济振兴的伟大时代中大有作为。总之，“江山就是人民，人民就是江山”，党为人民的初心历久弥坚，绵绵不绝。

宏观性透辟和领略2021年度辽宁散文无与伦比而心旌荡漾的魅力，文化散文异军突起占据着“半壁江山”，部分小说家、诗人和批评家的“跨界”写作为辽宁的散文世界注入了新的源头活水，他们纵情于山川万物和星辰大海，以美的心灵见证着无限缱绻的诗意和希望。王充闾先生是兼具文学史和思想史意义的散文大家，他的文化散文表征着当下中国文坛散文创作的最高成就，深厚的文化底蕴和儒雅高贵的修养决定了其宠辱不惊的文学信仰。正是在这样的意义上，作为散文家的王充闾毅然地捍卫着文化散文的尊严，也开创了“新的美学原则”。《戏剧随笔》透过“戏比人生”“戏鉴人生”和“戏迷人生”揭示了戏剧与人生之间的多元复杂关系，氤氲着豁达洒脱的生命境界和人生情怀。虚幻的戏剧故事与现实人生之间总是不期然地遇合，王充闾高度认同戏剧家莎士比亚、导演彼得·布鲁克、社会学家戈夫曼等以戏剧比喻现实人生的论断，在诗人梁镗

《傀儡吟》“须臾弄罢寂无事，还似人生一梦中”和俞樾《别家人》“从今散了提休戏，莫更铺排傀儡棚”中妙悟读解出宇宙人生之“道”。即“独与天地精神往来”的哲思理蕴——“庄子说过，古之真人，不知道贪生，也不知道怕死，出生不欣喜，入土不排拒，顺其自然地来，顺其自然地去，不忘记自己的始原，也不究诘自己的结局。”人们痴迷和神往的戏文剧目蕴含融汇着经世智慧和人生体验，其中共振着他们的生命存在方式和价值取向，进而支配着人生的抉择和道路。歌德的《说不尽的莎士比亚》、易卜生的《当我们死而复苏时》共同揭示的是人类普遍存在的生存和精神困境以及人性的纠葛骤变，戏剧的起落便犹如生与死构筑的生命历程，人生如戏，戏如人生，这才是王充闾先生最想传达出的人类旷远恒常的真知——我们共同走进生命和走出时间。2021年度王充闾出版了散文集《永不消逝的身影》，那些并未远去的帝王将相、诗坛圣哲和士林翘楚穿越历史的烟尘熠熠生辉，他们甘于平凡，在困顿和逆境中坚守本心而追寻理想，这些胸怀浩然正气的仁人志士曾在神州大地上演绎着生命的传奇，他们的“中国故事”仿佛一道凿古通今的光，给行走在中华大地上的后来者以勇气和力量。正所谓人事有代谢，往来成古今，那些英豪在人世间的心灵圣殿里必将永不消逝。

作为小说家的周建新早已誉满天下，我们熟知的《王的背影》《锦西卫》及新近的《香炉山》奠定了其在中国当代文坛的地位，散文写作充分表明了周建新的勃勃雄心，这是他潜心开辟出的新的文学“伟业”。《北极三章》在清丽典雅的笔致中蕴含着独特的生命感悟，作家笔下的北极海是坐落于北纬四十一度的中国海岸线的北极点，北极海岸得天独厚的海风、北镇医巫闾山的茶园和大朝阳山三清观的竹林无不带给人“久在樊笼里，复得返自然”的惬意与舒畅。北极海岸的风刚劲凌厉，永不止息地宣泄着愤怒，它拂过人世的沧桑时也缠绕住岁月的记忆。逝者如斯、不舍昼夜的海风让我们意识到生命中最快的速度是逆风而行，人生中不同的驻足点会领略到全然迥异的景观，“风动，心不动，万物皆静”，这种生命顿悟如同《庄子·天道》中强调的“水静犹明，而况精神！圣人之心静乎！天地之鉴也；万物之镜也。夫虚静恬淡寂漠无为者，天地之本，而道德之至”。《北极三章》通篇浸润着道家文化气韵，品茗是中国传统士大夫文人高雅的追求，清冽通灵而回味无穷的茶香最能够引发人的隽永和神思。古往今来的圣贤都对茶钦羡不已，对于茶的钟爱既源于周建新骨子里血脉深处的文化基因，同时又袒露着他自由浪漫的性情。此外，周建新还着意写到了道观中院的袖珍竹园，竹子不仅彰显着迁客骚人坚忍顽强的气节，同时也让凡俗的日常生活更具仙风道骨。周建新以北极海的风、茶和竹生动地映现着人类的无限创造力，北极无极意味着人的智慧没有穷尽，其深刻的寓意在于揭示出“活得要有分寸，要有尺度，”这便是周建新的生命哲思，亦是他的宇宙人生之道。

刁斗的小说和散文始终带着奇崛精致之势，《姚黄魏紫向谁赊》是具有幽默诙谐意味的“意识流”散文名篇，以现代人自由灵动的笔触穿越时间的阻隔实现千年古镇黄姚的文化寻根，其间蕴蓄着刁斗的文化忧患意识和对现代文明的质疑与省思。宋代诗人杨万里的《二月一日雨寒五首·其一》中写道：“姚黄魏紫向谁赊，郁李樱桃也没些。却是南中春色别，满城都是木棉花。”欧阳修在《绿竹堂独饮》中也记载着“姚黄魏紫开次第，不觉成恨俱零凋”。据史料记述，姚黄魏紫是宋代洛阳两种华贵的牡丹品种，久经岁月积淀的历史名城黄姚便如同诗人礼赞的姚黄魏紫一般，令人艳羡而心驰神往。黄姚位于广西贺州，兴建于明朝万历年间，祥盛在清朝乾隆时代，厚重磅礴的中原文化与俊秀飘逸的岭南文化共同交融滋养了黄姚独特的文化神韵和气质——“在商贾云集的喧嚣岁月也优游淡泊，在与世隔绝的寂寥时光也脱俗出挑，并且，不论在世界内外还是时间前后，都能像那株八百多岁的龙爪古榕一样保守自己的世事洞明与超然物外，都能如那些古风婉约的老宅旧院那般寄寓自己的酒茶掌故与渔樵逸闻……”对于作家刁斗而言，重新探寻黄姚便是对一种文化的重新追溯和体认，更是对特定的历史和人文精神的再度凝聚，作为时间活化石的黄姚便成为“文明以止”的见证者。于是，刁斗在“抵达”黄姚的逆光行旅中便也意识到“所谓黄姚话题即是寻找，而寻找当然也是发现，是好奇与探索，是理解沟通和取舍扬弃，是‘在路上’的无目的或有目标，是昔日血汗勾勒的潇贺古道同今天密如蛛网的高速公路的无缝对接，是远在我认识黄姚之前便于冥冥中接收到的它那启示了我在或平坦或坎坷的寻找之路上如何发现新起点的因缘性启示……”这或许也正是我们面对当下理应更加文明的世界发出“向谁赊”的缘由所在。

苏兰朵的《老里克湖的雪》立意独辟蹊径，试图在山川林海之间寻找满族文化的生动印痕和亲近重返自然的迫切愿望。老里克湖是海兰江的发源地，满语中的“老里克”是对白鹭和仙鹤等长颈鸟禽的称谓，凛冽飘雪而唯余莽莽的冬日盛景犹如格林童话幻境般令人心驰神往。苏兰朵衷情和沉醉于老里克湖的雪所带来的深沉和唯美，流淌在东北人血液里的雪不仅雕刻出了浩瀚雄浑、静谧悠长的自然之景，更重要的是孕育了刚毅古朴的文化性格和民间风情，雪以无比恢宏壮阔的胸襟接纳和包容世间万物。“我相信，一个被冰雪滋养过的灵魂，会在久居温暖之地后生出莫名的焦虑。雪的辽阔，雪的寂静，雪的无喜无悲，赋予东北人的，绝非那些欢乐肤浅的表面性格，幽默的言行下，隐藏的是面对命运的豁达与坚韧。”苏兰朵还有意识地将笔触延宕至老里克湖的“前世”，挖掘这个梦幻之地深邃的历史意蕴。老里克湖所在地先后经历了肃慎、勿吉、夫余等至今无数次的民族融合变迁，九一八事变之际，这里又经受着战争的无情磨难，千里冰封的林海雪原埋葬着无名英烈的忠魂。绵延无尽的雪海能够让我们暂时忘却红尘世界的芜杂和喧嚣，带给世俗生命清水洗尘般的空灵和敬畏。王本道的《冬天的仪式感》是以冬天为基点呈现出中国传统礼仪文化的博大精深，千百年来的农业文明使人们在对自然万物精致细微的体认中约定俗成了诸多依照时令生息的古老风尚，这些融入日常生活中的诸多“仪式”既源于人们对现实世界的庄重敬畏之感，更是内在的天人合一文化追求的外化。更重要的是，这些不同的仪式中还渗透着中国古代文人雅士的诗性和趣味，纵使在万物凋零萧瑟的寒冬时节，也可以有“绿蚁新醅酒，红泥小火炉”，在寒风凛冽的冬夜中吟唱“寒夜客来茶当酒，竹炉汤沸火初红”。传统的精髓就在于它能够跨越时间的阻隔，植根于现代人的文化肌理并带给人愉悦和美好。

胡世宗的散文集《人生与诗——中国当代诗人掠影》呈现出的是他个人的心灵史和当代诗歌的备忘录，在那些短小精悍的“诗人剪影”的篇章中，既有他个人与诗结缘、跋涉诗坛的心路历程，同时又让那些中国当代诗歌史中的诗坛巨擘再次闪耀星空。对于胡世宗而言，这些饱含深情的追忆与怀念同构着他的诗歌道路，那个带着浪漫和青春气息的少年跨越时光翩翩而来，那些弥足珍贵的诗人掠影和诗坛情谊充盈着诗歌的善与美、人生的快意与柔情。作为时代的同行者，胡世宗与他笔下的诗人共同经历着历史的疾风骤雨，又在战斗的激情中淬炼着坚硬的人生质地。正因如此，他的诗歌精神图谱中才会有“满山满谷红花”的李瑛、“脚踏着祖国大地”的公木、“拥有刀剑、玫瑰和诗”的贺东久、“默默闪烁在诗的星云里”的胡昭，以及“荒漠里旋起诗的绿风”的周涛、“被闪电灼伤过的翅膀”的邵燕祥、“为孩子们点燃篝火”的袁鹰等。这些诗人的诗作与他们的人生之间形成了绝佳的映衬，是诗歌的力量给予他们越过荆棘的勇气，他们的诗情与生命智慧如暗夜中的火炬照亮了后来者的前行道路。胡世宗是一位内心充满着战斗豪情的军旅诗人，他以诗人的身份回忆了“诗的往事”，那些动人的诗篇依旧弥漫着至情的光辉，诗笔扬神威，正气驻人间，与诗歌相伴的人生注定惬意洒脱。“人生与诗”是胡世宗作为诗人的宿命，在诗歌的世界中拥抱青春的芳华，乘着诗的羽翼遨游苍穹并一路歌吟。

素素是久负盛名的散文家，《边屯》表面上记叙的是作者与丽江古城的几次不期然的邂逅和相遇，旖旎的自然风光与异质神秘的文化令人沉醉其中，而丽江更大的魅力在于边屯带来的厚重的历史感。一个地方的景致固然无比重要，但是增添其浓稠意义的更在于它的历史和文化，深藏于凤羽村的永胜边屯文化博物馆让作家素素的思绪回到了遥远的戍边屯田的古战场。边屯文化最早可以追溯至秦汉时期，其主要用意在于开疆拓土和争雄天下，蒙恬为抗击北方的异族匈奴而成为中国边屯史上的第一武将。云南永胜农耕文明的辉煌主要得益于明朝洪武年间的“寓兵于农，屯民实边”的政策，澜沧卫城的建立构成了其边屯文化的历史雏形，而毛氏宗祠则是边屯文化中最有代表性的经典集萃。游走在素素细如微澜的历史扉页中，漫卷着烟尘亦真亦幻的铁马金戈如在目前，于是便与素素产生了心灵的共鸣——“亦军、亦民、亦商，曾让云南边屯风生水起，喧闹如市。走在博物馆展厅里，我仿佛听见了从时间深处隐隐传来的嘈嘈切切。是一片金属摩擦撞击的钝响，还是春犁与土地窃窃的私语？抑或是秋镰与稻菽热情的亲吻，又或是茶马古道时断时续的铃声？”真实的历史再次得到了回响并跃然纸上，渐行渐远的“故事”因此没有成为最后的“绝唱”。《卧看流云自沧桑》同样是抒怀历史的散文佳作，素素在白山黑水之间卧看历史的风起云涌。巍然屹立的长白山，荒僻苦寒的医巫闾山以及矗立在医巫闾主峰最高处的望海堂，它们背后都曾演绎和蛰伏着惊心动魄的“春秋往事”。纵横交错的长白山与黑龙江使广袤的东北大地带着激烈雄壮的英雄气息，东胡、肃慎和秽貊族系在这片土地上缔造了辉煌耀眼的功勋伟业。山与河共同目睹了历史的兴衰荣辱，而当动荡的时事繁华落尽、曲终人散时，苍茫缭绕的长白山依旧保持着处子般的清静无争，它以山本然的样子重新置于时间的进程中。

林雪的《当诗人成为一个倾诉者》是高度哲学化的随笔之作，透过讨论好诗的准则进入对生活与写作、文学与人生议题的思索。

一个诗人或一部诗集的高贵就在于其对生命不断地进行探寻和发掘，用词语的方式名状那些难以言说的感受。好诗就是要极尽所能地书写苦难、疾病和死亡，在审美和道德意义上建构命运的崇高与悲壮，“一首好诗就是要充当美好事物的未亡人”。“当诗人成为一个倾诉者，诗句中的形象就注入了诗人自己的智慧。生活是一种宿命，而文学却有着无限的可能。在自己意识到风险、制造出风险后，诗人就能够做到自己挽救自己，也能做到用好诗挽救诗。”此刻，诗人以向外的方式掘进内在的自我，以诗之名义承载消解着生活和命运加诸的一切。

2021年度辽宁地域散文创作带给我们意想不到的审美体验，进一步拓宽了散文写作的边界和范畴。郑执的《那天我再次遇见一只蜻蜓》寓意深厚，以润物细无声的方式呈现了自己的情感记忆和命运变迁，既有对父亲的真切怀念，亦有对生活变幻无常的慨叹。蜻蜓连缀着“我”的生命历程，它让我懂得用清醒的文字击碎和抵御现实的空虚，而当“我”选择将记忆深处的湖水、父亲和蜻蜓写进小说中时，我在祭奠着逝去的亲人，寻找着随时间流逝的美好，更重要的是以平静如水的心境坦然地面对自己。每个人内心中都飞舞着一只自己的“蜻蜓”，它如绳索般缠绕住我们终其一生都未曾忘却的点滴。孙萍的《观潮》隽永细腻，通过对红海滩神奇瑰丽观潮盛景的“写境”冥想到过往的生活岁月，虽有自然风景的妙不可言，但她更加倾心的是对现实人生的品鉴和读解，在微风细雨和潮起潮落中沉淀着生命的顿悟和豁然。光阴荏苒，当年荒芜的陌生之地转而成为孕育生命的沃土，“我”生存的神州大地正燃烧着烈火般的激情，奔走在新的伟大梦想的道路上。“为什么我的眼里常含泪水？因为我对这土地爱得深沉。”我想，观潮时的孙萍或许有着与艾青同样的沉郁和思绪。

邸玉超的《谷雨未雨》是一篇精妙传神却略带忧伤气息的叙事散文，冯秋雨在某个黄昏时分孤苦伶仃地回到阔别多年的故乡，从此风烛残年的他过活着“梅妻鹤子”般鳏寡隐居的日子，人们对他置若罔闻，他同样不去揣测别人的心思。冯秋雨在山顶为自己建造了遮风避雨的石屋，如同沉浸在瓦尔登湖的梭罗一般，跟自然同生而与世隔绝。然而，就是这样一个远离人间烟火的老者不仅帮助寡妇抚育孩子，还为村北的乡儒周仕农烧纸钱，更在静默地为冯杖子村和整个辽西求雨，他的身上凝结着人世间的至情和大爱，冯秋雨的精神之光照亮了人性的黑洞。在谷雨时节万物生发，冯秋雨便是一场人性的甘霖，他在浇灌和拯救着无数行将枯萎的灵魂。此外，散文《谷雨未雨》还显现出了邸玉超的语言才华——“夜里一只布谷鸟一直叫，叫得很孤独、凄切。漆黑的夜，星星如鸟，在夜空扇动翅膀。已在乡村住了两夜，乡村夜异常地静，非凡地黑。思想如鸟，在漆黑的静夜里飞，直到飞到历史深处，飞到《诗经》那样久远的年代，听窗外‘芃芃黍苗，阴雨膏之’。”诗画般的文字建构了典雅的美学意境，给人如痴如醉之感。韩文鑫的《钟鼓楼》兼有地域散文和历史文化散文的多重特质，作为古建筑的钟鼓楼是宁远城的肯綮所在，它身姿凛然岿然不动地诠释承载着历史的凄风苦雨和余韵绵长。钟鼓楼是典型的具有城市地标意义的建筑，六百余年的历史底蕴和文化内涵无疑会让一座城市拥有更多的故事，已然消逝的战鼓和钟鸣昭示着岁月的沧桑巨变。钟鼓楼不仅是兵家必争的军事要塞，“晨钟暮鼓”还关乎古代先民的日常生活。钟鼓楼是时间的活化石，它让人们挣脱了“天地玄黄，宇宙洪荒”的野蛮时间观念进入授时文化时代，这不仅是文明进步的重要标志，更意味着汉民族对时间和宇宙自然的不断理解。如今，钟鼓楼彻底走进历史，可是那余音缭绕的钟鸣与激扬四方的战鼓依旧让人思古悠悠，心旌澎湃。

解良的《别拉之夜》清新自然，浸透着满族文化的鲜活烙印，给人以清风拂面的温柔和暖意，在苏子河畔的山色月影中感受着一个古老民族曾经的生生不息，一条河流带有的未知和新奇便裹藏着我们试图寻找的全部奥秘。在凸罕（倒下的树干横在河上）、苏克素浒（苏子河）、川不当（骏马）、秋皮（鹞鹰）等满族语词系统构建出的生活世界中，重现百年前暗夜、篝火、鱼鸟交织出的乐章。沿河而行，溯时间之流，解良的文化寻根毫无负重感，代之以怡然自在的心情享受着“别拉之夜”的松弛和妙不可言。于是，万籁俱寂时伴着淙淙的流水和满族民谣的古歌清音继续着短暂的沿河之旅。袁海胜《留鸟的民风》具有自然主义和生态主义的倾向，表达的是人与大自然之间和谐共生的状态。文中“我”、朋友光北、段哥与鸽子、小男孩王一旗与麻雀和喜鹊建立了人与动物之间的“真情”，对自然的尊重和敬畏亦是人的自我拯救。“人和鸟、鸟和人情感取得某种一致，是一种文明的延伸，虽然这很难做到，但总算已有人醒悟到这一点。人与自然达成默契，与一个浅显的道理相逢，那就是互相珍爱。”这种“亲生命性”思想和理念在王一旗一代身上得到了体现，这让人们看到了希望和远景，用可持续的生态力量实现“人类命运共同体”的永续发展。张翠的《穿越“北极海”》写的是对中国最北的海——“北极海”的观望和眷恋的情愫，大海磅礴与神秘的气象总是让人对其充满着“穿越”的念想，虽说对于海的未知之探索是永无止境的进程，但是其中牵绊着的历史、文化、记忆和生活确是难以忘却的。作者透过笔下的山和海既有对历史烟尘的回望，也有对当下生活的热爱与沉思。唐代诗人骆宾王、明代兵部尚书孙承宗、清代知府金朝觐以及古建筑三清阁使得笔架山和“北极海”充溢着历史感和书卷气，继而让作者感怀到的是面对命运的从容笃定和返璞归真。“不知道你是什么时候走进了我的灵魂，朝霞和海鸟唤醒了竞渡的千帆；不知道你是怎样驻留在我的心田，夕阳和渔火温暖了归航的港湾……内心的最柔软与最坚硬在穿越中达成和解，却依然无法抵达大海的永恒之谜。”真正的抵达也许就是王维的“隔浦望人家，遥遥不相识”的未抵达，正因如此，才有了不断继续“穿越”的可能，个体的生命和平凡的生活随之丰富而达观。

叶雪松的《下南塘》呈现出的是“我”与父辈两代人情感视角中的南塘芦苇荡，万顷葳蕤的芦苇荡是天然滋生故事的绝妙世界，然而对于“我”和父辈却有着截然迥异的意义。父辈一代迫于生活的艰辛和窘迫，他们要背井离乡、披星戴月地去南塘做刀客、拾柴和搅鱼，为了生存之需奔走于故乡与南塘之间。对于疲于奔命的父辈而言，他们自然无暇顾及芦苇荡美不胜收的景致，而是要在南塘开掘出一条活下去的路。我们无法切身体会到父辈经受的苦难和辛酸，他们直面贫穷的勇气足以让生活在优裕时代的人们无比惭愧。如今，父亲和他的时代已然成为旧光景，去南塘讨生计的日子一去不复返，那片碧波荡漾、望眼欲穿的芦苇荡转而成为休憩身心的静养之地。当我们不再为生存而忧心挣扎时，才有足够的闲情逸致欣赏大自然的馈赠之美，于是发觉南塘“是一块充满祥和的生存之地……以及我们心中一个永远美丽着的人生之梦”。南塘的先辈们便如那消失在芦苇荡上空的丹顶鹤，让人铭记，也让人遗忘。卜庆祥的《草明最喜爱的一张照片》回忆了早期东北文艺的重要领导者、女作家草明，重新描绘了草明在鞍钢生活和创作十年间的动人画卷。草明是秉持革命现实主义创作原则的左翼作家，她始终实践着无产阶级的美学精神和《讲话》的伟大传统，自觉地以工人、农民和战士作为艺术创作的最高灵魂。

万琦的《油画一般的稻田》是一篇抒情化的生活哲理散文，作者寄望着在物欲横流的城市外寻求自由安逸如同桃花源的乌托邦世界，那里远离俗世的纷扰而可以独享自由和孤独。现代化的城市生活就像无法逃遁的囚笼和围城，川流不息的车水马龙昭示着权力和欲望的弥散，而幽静的心灵因此失去了可以安放的家园。我们眷念着远离钢筋混凝土和霓虹灯的大自然，那个不乏神性和灵性的世界舒缓着倦意和负累，继而以宽宥慈悲之心谅解周遭的世界。“油画一般的稻田”是现实中虚幻的梦境，是对理想生活的美妙期许，更是落叶令我疼痛时的抚慰。王玉彪的《形形色色的树们》构思精巧而匠心独运，文中以《诗经》中比兴的手法揭示不同树木具有的象征寓意，以树喻人彰显出崇高的精神特质和深邃的人生道理。孔府的五柏抱槐表征的是团结和友爱，正因为柏树与槐树之间的包容和自信，才使其能够共同抵御经年风霜的洗礼而成就着人间胜景，人类如果放弃偏执和战争走向和谐融洽，世界会因此更加美好。西双版纳的绞杀树让人们在欣赏美之余意识到静寂的丛林中孕育着残酷的生存法则，寄生植物的终极归宿表明单纯依赖宿主并不能展现自身的风光和荣耀，而是要靠自身的智慧和力量，踏着别人的眼泪和血迹拓展出独属自己的天地。热带雨林的望天树则以刺破青天之势的向上力量警示人们要有生存的方向和目标，并且倾其终生为之拼争。可怜松虽然生存境遇奇谲险恶，却因此获得了恒长的生命，它以自身的命运为证表明世界充满着惊奇和辩证。其实，人生便如同这些姿态万千的树木，在无尽的教诲和启迪中过活。

郭宏文的《一条路能走多久》是《鸭绿江》2021年第十期“新辽西派”散文专辑中的一篇，这篇乡土散文朴实无华中浸透着浓郁深情的回忆。故乡是每个人的情感羁绊，那里承载摇曳着生命最初的印记，置身远方的人们总是在某个瞬间重燃思乡的余绪，那条通往故乡的道路会被永远镌刻在心灵深处。一条路究竟能走多久因人因事而异，怎样行走也就决定了山屯人不同的人生轨迹。“我”、大丫姑、振山叔、振野叔的生命原点都是故乡边屯，都在不同意义上远离和回归故乡，“我”和振山叔在城市中泛着永恒的“乡愁”，大丫姑带着村民的牵挂和祝福出嫁，但是边屯永远有着她可以随时归来的“家门”，振野叔仍旧选择在边屯幸福地度余生。正所谓“此心安处是故乡”，故乡长养着生命的根芽，如若我们愿意走上回到故乡的通途，那条路将永远没有尽头。赵冬妮的散文始终有着娟雅高贵的精致感，写人状物、叙事抒情之余带着深远的沉思，可谓“言有尽而意无穷”。《斑鸠》的谋篇立意新奇玄奥，写的是立冬之日“我”在自家露台上遇见一只受伤的珠颈斑鸠，在对其悉心呵护照料的过程中诱发“我”思索斑鸠负伤落地的缘由。实际上是季节的轮转打破了斑鸠对自然认知的界限，于是它们经常性地被窗玻璃折射的虚幻景象误导碰撞致伤。阳光照耀使得窗玻璃映现出新的完整的世界，在斑鸠眼中“树木在延伸，天空更辽阔；也更能想到日落时分，余晖映得西窗玻璃多么辉煌……世界在对面呼唤，没有什么可以阻挡，也没什么不可抵达，直接飞过去，毫不怀疑，也无法收束。”赵冬妮以博爱之心善待自然和生命，斑鸠凄苦的鸣叫使其对生命和孤独有了新的辨识，此刻，我们的耳畔似乎也在徘徊回荡着斑鸠的啁啾。《半成品的木匠和下落不明的椅子》是一篇平和冲淡的叙事散文，讲述的是“我”中学时代因学工劳动短暂做木匠学徒的经历，与这段生活相伴随的是20世纪70年代的历史。显然，赵冬妮无意去回顾和反思历史，她以成长中的往事遮蔽了历史的锋芒，学徒过程中收获到的是师傅的善心和鼓励，是从笨拙逐渐走向成熟的喜悦，那些“精心制作”的下落不明的“大人物”刻印着远去的年代和青葱岁月。时过境迁，后来“我”的人生际遇发生了转变，那个半途而废的“小木匠”几近消失于“我”的记忆，但是那段懵懂的时光似乎近在咫尺而难以忘怀。

高晖的《重返童年》使我猛然间记忆起多年前阅读他的长篇力作《康家村纪事——关于一个村庄的非结构主义文本》时的惊奇与感动，他以小说和散文兼得的方式想象和建构着自己独特的文学观念，为当代小说和汉语写作提供着新的写作范式和审美经验。《重返童年》依旧是关于童年和故乡的“非结构主义文本”，通过我与姥姥生命中的点滴借以精神还乡，那里既有情感上的创伤，又有对孤独和自卑的玩味；既有关于村庄的直觉性体验，也有生命界点来临时的悸动。重返童年不是单纯的叙事冲动和文本抵达的终极价值，而是对时间过程的回溯和重新体验。姥姥给予我无涯的慈悲和爱，也是她在冥冥中启示着“我”永远走在回到故乡的路上并懂得自我救赎。“我还没有完全地重新进入自己的童年，就有一种被抽空的感觉。在这空旷的感觉里，已经没有精力追究自己这一次的返回是否按着原路。我走出去的脚印芜杂零乱得让自己都难以辨认回来的路。我只能对上帝祈祷：这个冬天以及以后的日子，我的内心会变得宁静、深远而纯粹。”时间不语却回答了所有问题，我们此生都将不约而同地经历着高晖式的“重返”。

高海涛的《精神家园的炊烟》写的是特殊的历史岁月中“我”所经历的思想启蒙和精神蜕变，亦师亦友的于老师在艰难的生命情境中顽强地燃起缕缕如绚丽桃花般的生活炊烟。于老师和他同时代的知识分子无法挣脱命运的枷锁，他们注定要在无数个绵延无尽的黑夜中咀嚼着伤痛，而那个年代的“我”满怀着青春、理想和浪漫，于老师的思想和智慧无疑成为历史转折年代中的灯塔，照亮了“我”前行的道路。于老师学识渊博，有着诗人和哲学家的高雅脱俗，他带给我们的莎士比亚、托尔斯泰、卢照邻和《论语》《俄国史》《瓦尔登湖》《伊菲革涅亚在陶里斯》等如春雨般滋养润泽着青年人的灵魂，正因如此，我们才能以丰富的心灵和饱满的诗性从容地面对“解冻时分”——“那是和春天靠得最近的冬天，和春天有些混淆的冬天”。于老师带来的精神炊烟总是似有如无地浮现在眼前，虽阻隔着春岚和冬冥，但是穿越记忆的梦痕，桃花山、黑城子、杨树林、那个腼腆木讷“扫烟囱的男孩”以及被炉火照亮头发的蹒跚老者都令人无限怀念，泪流满面而欲言又止。《秋天想起郭小川》是对诗人郭小川及其诗作的片段性琐忆，其中包裹着“我”对诗人的挚爱和郭小川的诗歌对于“我”的巨大精神启慧。

女真此前的散文集《篝火照亮夜空》《远古足音》执拗在历史与女性的双重维度中透视生命。《四季与诗》则在冬、春、夏、秋四季的时间递变中表达细腻的生活感悟，从东北大地的四时之景中寻找诗意。女真笔下的冬雪、春雨、烈日和秋收不是文人式的抒情感怀，而是从中发现了日常的本真面相和丰沛的诗情，以炽烈的爱拥抱生活的诗篇。女真感受到的冬日不是北风狂舞和酷寒苍凉，而是阳光与阅读带来的难得的惬意；聆听着“随风潜入夜，润物细无声”的春雨，她想到的是农人的春种和庄稼的生长；盛夏的炎热使其感悟到植物顽强的生命力量；秋日的收获时节她感念的是祖先储藏的传统。女真以纳兰性德的雪花、陆游的春雨、李昂的苦夏及苏东坡的秋天去感受自己眼中的北方四季，她的四季风光中蕴藏着庄稼人一年中必经的由种到收的生命历程。每个人的四季感受都会不尽相同，诚然从中获取的诗意也迥然各异，风花雪月是诗，杨柳依依是诗，孤帆远影也是诗，春种夏耕、秋收冬藏同样亦是诗。杏花春雨、江南北国，但愿我们都能找寻得到自己的“四季和诗”。同样是讴歌美好生活的佳作，王立光的《向圆圆学习》则有所不同，既写出了祖孙两代人之间幸福的天伦之乐，同时又以成年人的视角重新审视和发现了儿童的非凡想象力和天真剔透的心灵。孟子的“大人者，不失其赤子之心者也”意在表明成年人不要丢失了童真和童趣；丰子恺先生主张要保持童心，用清澈的眼光看待孩子，也是着意强调孩童世界不染铅华的纯净。圆圆天马行空的情感世界和浸润着智慧的童言给成年人醍醐灌顶式的洗礼，我们心向往之那个曾经拥有的世界。唯愿每个人都可以抱有一颗干净的童心，让世界充满阳光，亦让荒芜躁动的心得以休憩。

2021年度辽宁报告文学家依然以势不可当的气势占据着文学的高地，他们以更加开阔的视野和理念让辽宁报告文学创作具有举足轻重的影响力，同时散文化和诗化的语言和情感倾向丰富了文体，“文学辽军”高扬新时代的理想旗帜，以文学为现实之镜，奏鸣“英雄”的乐章。金方主编的《2021辽宁文学·散文报告文学卷》开设“报告文学·主题创作”专栏，收录省作协主席团成员礼赞最美人物、道德模范、辽宁好人的作品，营造共庆百年华诞、共创历史伟业的浓厚氛围。胡世宗的《信念之子：雷锋》再现了家喻户晓的共产党人雷锋光辉壮丽的一生，令人从中真切地感悟到雷锋精神究竟是怎样炼成的。“人的生命是有限的，可是，为人民服务是无限的，我要把有限的生命，投入到无限的为人民服务之中去。”这是雷锋至死不渝坚守的信仰和箴言，他崇高的锐意进取的道德品质薪火相传，成为无数中国人追逐的精神火种。“雷锋精神是永恒的，是社会主义核心价值观的生动体现。你们要做雷锋精神的种子，把雷锋精神广播在祖国大地上。”雷锋是人民之子和时代之子，我们自觉地践行着雷锋的道路，面对任何疾风骤雨都永不放弃、永不言败，为着民族国家的真理和正义勇往无畏。周建新的《静静的鸭绿江》《满目青山遮不住——记“时代楷模”孙景坤》是抗美援朝老英雄孙景坤的传记，一个奋勇疆场、战功赫赫的战士如今已经是进入暮年的老者，但是他对祖国人民的深情厚爱从未改变。孙景坤等革命先辈以血肉之躯构筑成坚不可摧的钢铁长城，以中华民族的刚强血性和意志换取了民族的光明前景。习近平总书记指出：“伟大抗美援朝精神跨越时空、历久弥新，必须永续传承、世代发扬。”“无论时代如何发展，我们都要砥砺不畏强暴、反抗强权的民族风骨。无论时代如何发展，我们都要汇聚万众一心、勠力同心的民族力量。”在和平年代，吾辈青年要传承伟大的革命精神传统，祈愿中华大地山河无恙，岁月静好。

刘国强是辽宁报告文学创作的“常青树”，多年来他始终以强烈的使命感敏锐地感知时代的精神浪潮。《罗布泊新歌》是感人至深的生命雅歌，获第一届辽宁省出版政府奖图书奖。李守江和他的科研团队为了实现中国钾肥研制的零突破，他们深入素有“死亡之海”的罗布泊艰难探险，在一望无尽的茫茫戈壁中挺起了一代“罗钾人”坚强不屈的脊梁。面对恐怖、死亡、绝望的生存处境，他们敢于向困难进军，用绝处逢生的劲头博取希望和新生。作家刘文艳和赖炳文汉语创作、翻译家斯钦巴特尔以蒙古文翻译的《尹湛纳希传》别开生面，这是蒙古族作家和史学家尹湛纳希的首部传记文学作品，在历史、生活、情感和创作的多元化交融中呈现出一个杰出的现实主义作家的真实影像。鹤蜚的《热血在燃烧——大三线峥嵘岁月》讲述的是20世纪60年代初期党和国家为了扭转动荡和饥荒的困局而进行大三线建设的艰难抉择，在崇山峻岭间开辟着惊天动地的征程，建设者们作别亲人和故土，以雄鹰之姿逐梦高原和险滩。热血在奔流，激情在燃烧，百舸争流千帆竞，三线建设的英豪们在共和国的历史扉页中闪耀光华。“三线建设蕴含着中华民族生生不息的红色基因，包含着中国共产党人特有的精神气质，是我们时代前进历程中取之不尽的精神动能，留下的是永生难忘的记忆和宝贵的精神财富。”纵使建设的时代光影被漫卷的黄沙湮没，精神的丰碑却永远矗立。关捷的《大国飞翔——记全国劳动模范、飞机设计大师顾诵芬》在时间的轴线上回顾了中国航空科技事业引领者、飞机气动力设计奠基人顾诵芬“精忠报国”的奋斗生涯，他终生都在为鸣响中国人的“英雄交响曲”而殚精竭虑。顾诵芬以国家利益至上，不计个人的荣辱得失，在他夜以继日的攻坚克难下，中国的航空工业迈入自主研制的历史新纪元，他以高远的飞天梦想诠释出共和国脊梁的骨气和骄傲。肖世庆《沈飞——中国歼击机的摇篮》让我们正面感受了沈飞集团歼击机制造业走过的风雨征程，正是高方启、徐舜寿、叶正大等老一辈科学家的卓绝钻研，中国的飞机制造业才突破了国外技术封锁而走向了独立探索，不仅巩固了国防建设，同时又为军队现代化提供了坚不可摧的力量。沈飞的工业人甘愿将青春韶华和无悔的生命奉献给祖国航空事业，他们是当之无愧的新时代“最可爱的人”，鹰击长空而直冲蓝天，他们的“梦”就是中华民族的复兴梦。

紫金的《大地如歌》书写的是民警高宝来坚守誓言和初心的铁血人生，深情地凝视了这位平凡警员沉默孤独的生命之旅，展现了他短暂而炽热的精神霞光。“平凡铸就伟大，英雄来自人民”，高宝来毕生将雷锋视作自己的信仰，在普通的工作岗位上付出了所有的心血，用榜样的力量谱写了自己的传奇。高宝来生命的时间指针虽然无情地停止了，但是他的精神如一盏不曾熄灭的明灯，继续用它的微光温暖世人。季志敏的《公鸡打鸣的早晨》是对幸福美好新生活的热情礼赞，作者以川西北猫儿沟杜家九兄妹为原型，他们秉承着中国千百年来仁与义的传统，在团结互助、善良友爱的伦理规约中享受着社会主义的阳光和雨露，展现出中国人应有的精神风貌和德行。赵慧锋的《李林：逃离与回归》写的是墨盘珉琚创始人李林从城市返乡创业的励志故事，他凭借执着和拼搏冒险的勇气克服了无数难以想象的困难，最终贫穷落后的蛮荒之地变成了生态旅游的"美丽乡村"。李林的人生命运与抉择带着悖论性的意味，曾经因为家乡的贫瘠而努力逃离，而后为了实现故乡的脱贫攻坚和报答父老乡亲的养育恩情而回乡建设。对于李林而言，"人生全部的意义就是在逃离与回归之间寻求平衡。一次次的峰回路转，一回回的柳暗花明，不惧爬坡过坎，无路更要向前。"在乡村振兴的伟大历史征程中，李林已经"在路上"。黄瑞的《首艘国产航母总建造师马瑞云：铸舰报国》是对时代楷模马瑞云工魂匠心的颂扬，他将全部的生命热情奉献给首艘国产航母的建造，用难以尽数的血汗和泪水迎来了山东舰成功交付的伟大历史时刻。国之大者，经邦济世，为国为民，正是马瑞云这样的天之骄子以大国重器为护国利剑，捍卫着祖国的强大和尊严。振兴中华乃吾辈之责，新时代的青年人需要马瑞云式的侠骨担当，为民族的复兴伟业奋斗终生。

"雄关漫道真如铁，而今迈步从头越"，辽宁文学正在经历新的机遇和挑战，"文学辽军"不待扬鞭自奋蹄，他们正在极尽力量寻找一泓永不干涸的文学的"活泉和溪流"。铁凝在"新时代文学攀登计划"的致辞中强调："中国文学正与党和人民一道前进，意气风发地踏上新时代新征程，新的时代画卷正在我们面前展开……我们将以'俯首甘为孺子牛'的精神与'化作春泥更护花'的情怀，筑就新时代文学不断向上攀登的长梯。"辽宁的散文和报告文学家深知"时间开始了"，他们同样会以"孺子牛"的精神和"更护花"的情怀向着风光无限的高峰进军。对此，我们心生敬意并充满着无限期待。

图书在版编目（CIP）数据

2022辽宁文学. 散文报告文学卷 / 金方主编. —沈阳：春风文艺出版社，2022.10（2024.8重印）
ISBN 978-7-5313-6347-7

Ⅰ. ①2… Ⅱ. ①金… Ⅲ. ①散文集—中国—当代 ②报告文学—作品集—中国—当代 Ⅳ. ①I217.1

中国版本图书馆CIP数据核字（2022）第196680号

北方联合出版传媒（集团）股份有限公司
春风文艺出版社出版发行
沈阳市和平区十一纬路25号　邮编：110003
永清县晔盛亚胶印有限公司印刷

责任编辑：	崔　丹	助理编辑：	孟芳芳
责任校对：	陈　杰	封面设计：	雷　宇　黄　宇
印制统筹：	刘　成	幅面尺寸：	155mm × 230mm
字　　数：	206千字	印　　张：	15
版　　次：	2022年10月第1版	印　　次：	2024年8月第2次
书　　号：	ISBN 978-7-5313-6347-7		
定　　价：	78.00元		
